Siri Kolu

Les Filouttinen

Coup de Bluff

Traduit et adapté du finnois par
Johanna Kuningas

Didier Jeunesse

LES FAMILLES DE BANDITS

Les Filouttinen

- **Kaarlo-le-Rude,** le père, chef
- **Hilda,** la mère, conductrice de la camionnette
- **Helen,** la fille aînée, sous-chef et responsable de l'équipe du week-end
- **Erik,** le fils cadet, écolier et membre de l'équipe du week-end
- **Marko-les-Crocs,** le meilleur ami de Kaarlo, grand passionné de hamacs et de modèles réduits

Membres temporaires :

- **Elina Filouttinen,** sœur de Kaarlo, membre de l'équipe du week-end, connue également sous son nom de plume, Eva Säde
- **Liisa Vainisto,** écolière, membre occasionnelle de l'équipe du week-end

Les Pärnänen

- **Le Grand Pärnänen,** chef décédé de la famille, précédent Maître Bandit
- **Tim Pärnänen, dit « Tête d'Œuf »,** actuel chef des Pärnänen
- **Tiina Pärnänen, alias « miss Pärnänen »,** femme de Tim, toujours accompagnée de son petit chien
- **Ben Pärnänen, dit « Boutefeu »,** sous-chef
- **Anni Pärnänen,** nouvelle recrue de l'épreuve du Modèle Réduit

Les Hurmala

- **Hektor Hurmala, dit « Papy »,** leur chef, bandit de renom, veuf
- **Jason Hurmala, dit « Fonceur »,** sous-chef
- **Jake Hurmala,** le petit frère simplet
- **Julius Hurmala, dit « Genius »,** cadet de la famille, « Brave Citoyen » et ingénieur (et honte de sa famille)
- **Bertta Hurmala,** l'une des jumelles venimeuses, excellente lutteuse
- **Martta Hurmala,** l'autre jumelle venimeuse, excellente querelleuse
- **Artsi l'Arthrite,** homme de confiance des Hurmala, boiteux
- **Le petit Hansi,** en prison à cause des événements de l'été dernier

Les Trains de l'Enfer de l'archipel

- **Anna-Kaarina, alias « A.-K. Mikkonen »,** amie secrète de Helen et lutteuse prometteuse

• **Luukas,** l'aîné, organisateur de la fête
• **Matteus,** participant de l'ExCo
• **Markus,** participant du Bluff, allié secret de Liisa
• **Johannes,** le cadet, organisateur de la fête

Les Buteurs de Savonie

• **Olof Barbula, dit « l'Œil Noir »,** chef
• **Paula Barbula,** sa femme, concurrente du Bluff
• **Piia Barbula,** « Brave Citoyenne » et pâtissière
• **Päivikki Barbula,** concurrente de la « Tarte & Lutte », passionnée de pâtisserie
• **Pauli Barbula,** le cadet et sous-chef par défaut
• **Make Blouseblanche,** mari de Piia (il convoite la place du chef)
• **Lenni Barbula,** le cousin, passionné de modèles réduits (Marko-les-Crocs l'estime beaucoup)

Les Poignards Volants

• **Riitta Järnström,** plus souvent appelée « la vieille Riitta », leur chef, excellente lutteuse, concurrente du Bluff
• **Julia Järnström,** jeune sous-chef
• Toute une cohorte d'« officiers »

Les Levander

• **Lars Levander, dit « London »,** le chef
• **« Feutre » Levander,** femme de London et sous-chef
• **Miia Levander,** la fille aînée, concurrente de la TaLu
• **Mike Levander,** concurrent du Bluff
• Toute une série de petits Levander, la nouvelle génération

Les Diables des Montagnes

• **Seita « Sumac » Anteroinen,** nouvelle lutteuse prometteuse
• **Aslak,** un vieux Diable des Montagnes, concurrent du Bluff

PARTIE I : Chevaliers servants aux bonbons

« S' creuser l' ciboulot, jouer d' ses poings,
piquer un bon roupillon, ça, c'est la belle vie ! »

Marko-les-Crocs

Chapitre 1

Où Liisa envoie un appel au secours

C'est de la faute de mon père si les Filouttinen ont dû se lancer à l'assaut de ma colo musique.

On était le 3 juin. Le 1er juin, censé être le deuxième jour le plus important de ma vie, était déjà loin derrière. Le jour le plus important de ma vie, c'était, bien sûr, celui où Kaarlo-le-Rude avait décidé de me kidnapper pour tenir compagnie à ses enfants ; c'était l'été précédent, un été pendant lequel j'étais devenue un bandit de grand chemin. J'avais donc passé l'hiver – si triste et si sombre – à attendre le 1er juin, date à laquelle les Filouttinen devaient m'embarquer à nouveau, le temps des vacances. Je leur avais même envoyé un appel au secours. Mais c'était il y avait déjà deux jours. Je commençais à perdre espoir. À ce rythme, j'allais passer toutes mes vacances dans cette stupide colo musique, où mon père m'avait inscrite pour éviter que je ne m'enfuie. Désormais, je ne pourrais plus échapper à ma petite vie minable !

ANALYSE DE LA SITUATION

Notée par Liisa

1• Je suis coincée pour trois semaines dans cette colo musique de chambre, organisée dans le centre de vacances d'Ypäjävuori.

2• Je suis logée dans la chambre B avec trois autres violonistes. Mon groupe se nomme «les Barbalala». J'ai proposé un nom bien plus fun, mais ma proposition a été rejetée à l'unanimité! Je vais être une «Barbalala» pendant trois longues semaines… sauf si les Filouttinen viennent à mon secours.

3• Heureusement, les filles de la chambre M s'appellent «les Moules Mélodieuses»: ça me console un peu.

4• Après réflexion, ça ne me console pas. Je meurs de honte à petit feu.

5• Conclusion: il faut que je trouve un moyen de m'enfuir.

6• Les hics:

> – Le centre de vacances est clôturé par un haut grillage. Le portail est fermé à partir de 20 heures et ne rouvre qu'à 8 heures. Pour le franchir pendant la nuit, il faudrait faire sauter un gros verrou avec un sécateur ou une scie. Mais je ne possède ni l'un ni l'autre.
>
> – Dans chaque chambre, il y a quatre pensionnaires. Si je veux m'enfuir, je dois trouver le moyen de me glisser hors de la chambre sans réveiller les autres…
>
> – … ni l'animatrice, qui dort à côté.
>
> – Pour arriver au portail, il me faudrait en plus passer devant le chalet de la directrice de la colo et celui du gardien.
>
> – Ce dernier fait des rondes la nuit, accompagné de son berger allemand.
>
> ⟶ Je ne pense pas pouvoir y arriver seule.

7• Heureusement:

> – J'ai demandé de l'aide aux Filouttinen via le site Internet *Robber-H*.

– Étant donné que je ne peux pas m'enfuir par mes propres moyens, je leur ai demandé de venir me chercher ici, et de me kidnapper.

8• Un grand « MAIS » :

– Je me suis complètement plantée pour le message. Je n'avais pas bien réfléchi au contenu, et il y manquait tous les renseignements essentiels. Je n'ai pas d'excuse. Je ne m'étais pas préparée comme il aurait fallu. Je n'ai pas été au top. Je n'ai pas su gérer.

9• Le moment serait-il venu d'arrêter cet autodénigrement ?

Voilà ce qui s'est passé le soir de mon arrivée : je suis entrée dans le bureau de la directrice de la colo en prétendant qu'il me fallait d'urgence mon inhalateur contre l'asthme, et que, pour cela, je devais contacter mon père par mail. À force de tousser et de siffler, j'ai réussi à la convaincre. Elle ne m'a même pas demandé pourquoi je ne pouvais pas utiliser le téléphone (si elle l'avait fait, je lui aurais rétorqué que mon père travaillait pour les services secrets et que les téléphones lui étaient interdits. C'est que je suis devenue une sacrée menteuse !) !

J'espérais qu'elle allumerait l'ordi et qu'elle s'en irait. Pas de bol : elle est restée blablater derrière mon dos !

– Les enfants ne doivent pas aller sur Internet sans surveillance des adultes, a-t-elle dit. Peu importe si vous trouvez ça injuste !

J'ai eu beau lui lancer des coups d'œil assassins, elle n'a pas arrêté son baratin. Ça coulait de sa bouche sans discontinuer, comme un ruisseau sur lequel flottaient des petites fleurs et des paillettes.

– C'est pas sorcier, ma petite, dans le champ « adresse », tu mets « Jan point Vainisto arobase » suivi de – c'est quoi, déjà, le petit nom de son entreprise ? – et voilà, le tour est joué !

Argh ! Je me suis demandé si elle avait des enfants. Si c'était le cas, ils devaient être frappadingues !

Il fallait agir vite. J'ai donc feint une crise d'asthme pour qu'elle m'apporte un verre d'eau, que j'ai ensuite soigneusement renversé sur les partitions qu'elle venait d'imprimer. Pendant qu'elle essuyait les feuilles détrempées, j'ai eu vingt secondes pour ouvrir le site *Robber-H* et envoyer à Helen le message suivant : « S.O.S. Petits musiciens à Ypäjävuori, du 1er au 22 juin ». Heureusement, je tapais vite à force de passer mes soirées sur Internet ! Ce site, que Helen avait créé pour vendre ses poupées Barbie customisées, était devenu un moyen de communication indispensable entre nous. Ce qu'on n'avait pas prévu, c'était que la vente par Internet la rendrait riche, et que le mystérieux concepteur des poupées anarchistes était devenu une célébrité. Quand je pense qu'au départ, ces Barbie n'étaient qu'une distraction pour Helen !

Pour gagner quelques précieuses secondes supplémentaires, j'ai donné un coup de pied dans la pile de cartons qui était à côté du bureau. Ils se sont renversés sur les partitions, et des dizaines de petits sachets se sont répandus par terre. Pendant que la directrice tentait de faire face à cette nouvelle catastrophe tout en soufflant et en sifflant de terreur comme une bouilloire, j'ai effacé l'historique de navigation de l'ordinateur (l'une des nombreuses manipes que Helen m'avait apprises). À ce moment-là, je me suis aperçue que les cartons portaient des étiquettes : « Chocolat au riz soufflé », « 20 sachets de 200 g ». À quoi ou à qui pouvait bien servir tout ce chocolat, alors qu'à la cantine nous n'avions droit qu'à du riz et des carottes vapeur, en conformité avec le règlement « Convivialité, musique enchantée et vie saine » ?

Ceci fait, j'ai plané de bonheur toute la deuxième journée de colo. J'ai même supporté mon premier cours de violon, au cours duquel le prof m'a reproché d'avoir une mauvaise posture et un poignet trop fléchi. Pour ne pas craquer, je me répétais : *je ne resterai pas longtemps ici, je ne resterai pas longtemps ici.* La chance n'a pas tardé à me sourire.

Il faut dire que mes souffrances n'avaient que trop duré. Combien de fois avais-je regretté d'être descendue de la camionnette des Filouttinen pour rentrer à la maison, à la fin de l'été dernier ! Ma mère était restée calme, mais mon père s'était mis dans une de ces colères... Quant à ma sœur Julia... eh bien, elle s'était montrée comme à son habitude : HORRIPILANTE.

Au cours de la deuxième nuit de colo, j'ai commencé à avoir des sueurs froides. Tout d'un coup, je me suis dit que mon appel au secours pouvait ne pas être interprété correctement. *Petits musiciens à Ypävuori*, ça faisait penser à un texte publicitaire ! Comme si j'invitais Helen et toute la bande au concert de fin de colo, au lieu de les supplier de me venir en aide ! À quoi avais-je pensé ? Pourquoi n'avais-je pas écrit, tout simplement : « Au secours, vite ! » ?

Si Helen n'arrivait pas à décoder mon message, je pouvais dire adieu à mon été à la Filouttinen.

Voilà où j'en étais au matin de ma troisième journée de colo.

Je suis entrée dans la salle de cours. Mon prof était sans doute parti prendre un café. En posant mes partitions sur le pupitre, j'ai remarqué que mes mains tremblaient. Peut-être que j'avais faim ? À force de ne manger que des carottes cuites à la vapeur, j'étais irritable et exténuée. Difficile de travailler avec des menus pareils ! Tout à coup, les lumières se sont éteintes. Le prof testait-il une nouvelle méthode ?

– Ferme les yeux ! a dit quelqu'un dans mon dos. Pose le violon sur la table devant toi. Les mains sur le pupitre, et pas d'entourloupes !

Le test de loyauté ! Ça y est, je comprenais ! La grande sœur de l'une des Barbalala avait participé à cette colo l'année précédente.

Elle nous avait parlé de ces tests secrets, et mes camarades les attendaient avec impatience. Si on les réussissait, on pouvait, après le concert de fin de colo, obtenir le titre de « Petit musicien » et un pin's en forme de clé de sol. C'était à pleurer !

– Ce stage te plaît ? a demandé la même voix.

– Ben oui, ai-je répondu, sans enthousiasme.

Par sympathie pour mes camarades, je me gardais bien de dire le fond de ma pensée. Mais il ne fallait pas attendre de moi que je mente, quand même !

– Est-ce que tu aimes vraiment jouer du violon et manger des carottes ?

– Non, ai-je répondu en étouffant un petit rire. J'ai alors senti comme une odeur d'arbre, de jeune feuille...

– Et que penses-tu de la directrice et de sa coiffure en nid de chouette ?

– Ça veut dire quoi, tout ça ? C'est un piège ?

Pendant un horrible instant, j'ai cru que c'était la directrice elle-même qui avait maquillé sa voix. Peut-être voulait-elle savoir ce que ses pensionnaires pensaient d'elle, et que c'était mon tour d'être interrogée. Si je lui avouais vraiment le fond de ma pensée, elle ne risquait pas d'entonner son refrain : « C'est super, c'est génial, c'est super génial ! »

– Tu te plais ici, ou tu préfères passer ton été ailleurs ?

– Je préfère passer mon été ailleurs, ai-je répondu.

J'avais enfin reconnu la voix. Je me suis retournée : adossée à l'encadrement de la porte, Helen m'a gratifiée d'un sourire en guise de salutation. Elle avait l'air beaucoup plus grande et beaucoup plus mince que l'été précédent, et son T-shirt noir dévoilait une paire de bras musclés.

– On y va ? a-t-elle dit.

– On y va ! me suis-je exclamée.

Je ne me souvenais pas de la dernière fois où j'avais été aussi euphorique. Je débordais de joie et de soulagement !

– Il va falloir courir un peu, a dit Helen. Prends ton violon ! Tes autres affaires sont déjà dans la camionnette. Erik les a récupérées dans ta chambre. Il faut juste qu'on arrive jusqu'au portail sans attirer l'attention.

On pouvait toujours rêver ! La porte d'entrée à peine franchie, nous avons vu le terrain de sport… Nous aurions dû nous douter que ce ne serait pas si simple : Kaarlo-le-Rude ne faisait jamais rien « sans attirer l'attention » !

Chapitre 2

Où l'on se lance
dans une fuite vertigineuse,
à l'abri des Supernuages

Le terrain regorgeait de musiciens qui avaient interrompu leur répétition, d'animateurs et de profs. Kaarlo-le-Rude tentait de faire taire tout ce petit monde, tandis que Marko-les-Crocs était occupé à rassurer la directrice, qui agitait ses poings dans tous les sens, hystérique.

– Chuuut, va falloir s'calmer, ma p'tite dame, répétait-il comme s'il parlait à un poney. Madame. Madââââme !

Les coups de la directrice n'étaient pas bien efficaces : il suffisait à Marko de tendre son bras pour la tenir à distance.

– Liisa, fais attention ! a crié l'une des Barbalala. Des gens louches ont réussi à s'introduire dans la colo !

– Bon, ça suffit ! a rugi Kaarlo-le-Rude, prenant sa voix de chef bandit la plus effrayante.

Et ça a marché ! Tout le monde s'est tu pour l'écouter.

– Il ne va rien vous arriver de mal. Nous allons tout simplement récupérer ce qui nous appartient, a-t-il expliqué d'une voix calme.

– Les archives, a dit la directrice, dépitée. Les partitions du quatuor à cordes de Melartin sont placées dans le coffre-fort. Juste derrière les cartons de chocolat au riz soufflé.

– Elle a du chocolat et elle ne nous en donne pas ! Elle garde tout rien que pour elle ! a chuchoté une petite « Moule Mélodieuse ».

Une animatrice lui a donné une petite tape sur l'épaule pour la faire taire.

Personne ne voulait prendre le risque d'énerver Kaarlo-le-Rude pour de bon.

– Les partoches, on s'en tamponne le coquillard ! a dit Marko-les-Crocs.

La directrice a cessé de s'agiter sur-le-champ.

– On veut juste une musicienne... Celle-là, plus précisément, a continué Kaarlo-le-Rude, en me désignant du doigt.

– Mais c'est un enlèvement ! a-t-elle bafouillé.

Elle ne comprenait plus rien. Les bandits ne s'intéressaient pas à son trésor musical, alors qu'elle le leur offrait sur un plateau ! Sa bouche s'est ouverte de stupeur quand elle a compris :

– Une rançon, ils vont demander une rançon ! C'est la trésorerie de la fondation qu'ils visent...

À ce moment-là, les animateurs ont commencé à se montrer nerveux. Devaient-ils tenter quelque chose ? Y avait-il un danger réel ?

– Pas de panique, cette musicienne va nous suivre de son plein gré, a dit Helen, tout en fouettant l'air du couteau papillon qu'elle venait de sortir de sa poche : *clac-clac-clac*.

Ça a calmé toute velléité d'intervention, même chez les deux animateurs baraqués responsables des chambres des garçons. Helen a hoché la tête dans ma direction :

– Hein, Liisa ?

– Oui, je pars avec vous, ai-je dit.

J'ai entendu le vrombissement de la camionnette. J'ai ajouté, d'une traite :

– Continuez à faire de la musique, c'est bien, comme activité ! C'est juste que ce n'est pas mon truc. Je suis là parce que mon père m'y a obligée… Personne ne devrait jouer s'il n'en a pas réellement envie !

J'ai eu l'impression qu'ils avaient tous cessé de respirer. Pourquoi ? Parce que je partais de mon plein gré ? Ou parce que j'avouais ne pas aimer jouer du violon ? Apparemment, j'étais la seule musicienne de ce stage à être ici contre ma volonté !

Soudain, j'ai vu la camionnette des Filouttinen surgir du chemin, traverser la pelouse à une vitesse effrénée, et s'approcher dangereusement du terrain de sport. Tout le monde s'est retourné.

– Ne vous inquiétez pas. Ces gens-là sont de ma famille, des parents lointains ! Et surtout, n'essayez pas de nous suivre, cela risquerait de vous coûter cher ! ai-je conclu.

À ce moment précis, la camionnette est arrivée à notre hauteur. D'un coup de poignée de lancement, Erik a bondi à côté de moi pour me cueillir et m'emmener à bord, tandis que Kaarlo se cramponnait à l'autre poignée de lancement, celle de la portière avant. La camionnette a fait un grand demi-tour avant de commencer à rouler lentement vers le chemin. J'ai baissé la vitre au maximum, et je me suis penchée au-dehors.

Helen a fait signe à Marko-les-Crocs, et ils se sont mis à courir d'un pas léger. Tout en continuant à trottiner d'un pas souple derrière nous, Helen a ouvert la portière arrière. La camionnette était pleine à craquer de friandises : barres de chocolat, sucettes *tutti frutti*, rouleaux de réglisse sucrés et salés… Il y avait même des « Supernuages », ces délicieuses barbes-à-papa enrobées de chocolat ! De toute évidence, les Filouttinen ne s'étaient pas ennuyés à l'aller : ils étaient tombés sur un kiosque très bien garni…

Dans un mouvement parfaitement synchronisé, Helen et Marko-les-Crocs ont sauté dans la camionnette et ont commencé à lancer des cartons entiers de bonbons sous les yeux écarquillés des jeunes pensionnaires.

– Mais... restez pas plantés là ! leur a crié Marko-les-Crocs. Jamais vu des mioches attendre une invit' pour ramasser des bonbecs !

– C'est super, c'est génial, c'est super génial ! ai-je chantonné à leur adresse. Voilà ce que c'est ! Y'a rien d'autre à comprendre ! Vous ne voulez quand même pas passer trois semaines à ne manger que des carottes !

– Des Supernuages, a soupiré la directrice, rêveuse. *Mamma mia...*

Marko-les-Crocs a alors attrapé le dernier carton de Supernuages et le lui a lancé. Elle l'a attrapé en tombant à genoux, un sourire béat aux lèvres. Les portes arrière battantes, nous avons foncé vers le portail, et vers la liberté.

Chapitre 3

Où une lettre donne à réfléchir

La camionnette se rapprochait du portail. Et j'étais à bord de ce véhicule qui tanguait et tremblait, entourée de tous ces visages familiers. Mes vacances commençaient enfin ! J'avais retrouvé ma vie de bandit... C'était plus qu'il ne m'en fallait pour sourire de toutes mes dents. Kaarlo-le-Rude m'a ouvert ses bras dans un rugissement de bonheur. J'ai rugi à mon tour. La longue attente et tous les contretemps que j'avais subis s'envolaient ! Ses bras d'Obélix me serraient si fort que je pouvais à peine respirer.

– Quelle journée ! a-t-il grogné. Un braquage de kiosque, suivi d'un enlèvement ! Et Liisa est avec nous ! Que demander de plus ?

– C'est génial que tu sois là, a dit Erik avec son calme habituel, sans presque rien laisser paraître de son émotion. En fait, c'est bien plus que génial, c'est carrément fantastique !

– C'est vrai, ai-je acquiescé tout en cherchant Helen du regard. Merci !

Helen ne pouvait pas m'entendre. Le véhicule faisait trop de bruit, et j'avais la voix cassée suite à mon rugissement de bonheur.

Une fois le portail franchi, nous sommes passés à côté du chalet du gardien, qui avait détaché son berger allemand en nous voyant. Le chien s'est mis à nous courir après en aboyant. Mais c'était peine perdue, il lui était impossible de nous rattraper.

Le chien a vite abandonné la poursuite, ne trottinant plus que pour la forme. Son pelage était couvert de poussière.

– C'était la première course-poursuite de l'été ! a annoncé Kaarlo-le-Rude. Maintenant que Liisa est là, tout va marcher comme sur des roulettes pour la fête ! Et peu importe ce que manigancent les autres bandits, ces pauvres trolls assoiffés de vengeance !

*

– Comment as-tu su où j'étais ? ai-je demandé à Helen, quelques kilomètres plus loin.

– Tu m'avais donné toutes les infos nécessaires, a-t-elle répondu. Grâce à l'adresse transmise par la messagerie, j'ai su où tu te trouvais. Ensuite, il m'a suffi d'infiltrer la liste de diffusion des animateurs pour connaître votre emploi du temps et pour organiser notre attaque. Rien de plus simple. Aucune mesure de sécurité. De toute façon, qui voudrait attaquer une colo musique ?

– Oui, QUI ? ai-je dit, et nous avons tous éclaté de rire.

– Ensuite, il ne restait plus qu'à mettre en place une petite stratégie, a repris Helen.

– Ce petit échauffement nous a d'ailleurs été fort utile, est intervenu Kaarlo-le-Rude. Comme ça, on ne sera pas complètement flagadas en arrivant à la fête.

– Tout le monde était d'accord : il fallait te sortir de là au plus vite. Pas question de te laisser aux mains de ces monstres de musique de chambre qui te mettaient au régime, a dit Helen en rigolant. La suite, tu la connais, elle appartient déjà à l'histoire du banditisme.

– Isssaaa ! a conclu Kaarlo-le-Rude en accompagnant son cri d'un geste de karaté. Maintenant qu'on est au complet, Pärnänen, tiens-toi prêt ! Ton heure a sonné ! Isssaaa !

Hilda se retenait de rire, concentrée sur sa conduite. Des vaches paissaient tranquillement de part et d'autre de la route.

– Mais, au fait, où est Elina ? ai-je demandé tout à coup.

– Elle a laissé ça pour toi, a dit Erik en extirpant une lettre de son sac à dos.

Mon cœur battait à tout rompre. J'avais peur que cette lettre ne contienne de mauvaises nouvelles. Forcément, sinon pourquoi m'aurait-elle écrit ? Et si elle avait changé d'avis ? Peut-être que la vie de bandit ne lui avait pas convenu, finalement ? Ou alors elle avait décidé de se concentrer sur l'écriture de ses romans à l'eau de rose, et je ne la reverrais plus jamais ?

À la fin de l'été dernier, j'avais fait une proposition de réorganisation de la vie des Filouttinen. Pendant des années, Elina avait accueilli la famille de son frère – qu'elle se plaisait à appeler « Kaarlito » – dans son chalet, l'été, et leurs histoires de bandits la faisaient rêver. Alors, pour qu'elle puisse goûter à cette vie elle aussi, j'avais suggéré qu'elle conduise la camionnette le week-end, lors des braquages dirigés par Helen. Je m'étais mêlée de la vie des Filouttinen, mais ils ne m'avaient jamais dit ce qu'il en était advenu. Jusqu'aujourd'hui, je n'avais pas été confrontée aux conséquences de mes actes.

Chère Liisa,

Tu aurais mérité que je te prenne dans mes bras, maintenant que tu es enfin à bord de la camionnette des Filouttinen. Je peux imaginer, non, je sais, grâce à Helen, que ces mois d'automne et d'hiver ont été horribles pour toi. Même dans mes romans, j'ai été incapable de dépeindre une jeune femme aussi agaçante que Julia Vainisto. Ah ! ces tracas qu'elle te cause, à toi, sa propre sœur ! Ça dépasse l'entendement !

Je n'ai pas pu vous rejoindre aujourd'hui, car je me trouve dans un avion au-dessus de l'Atlantique. Le premier tome de ma série Eva Säde, intitulé Le Voyageur au parfum de chèvrefeuille, *va être publié en Amérique. Mon agent l'a aussi présenté à Hollywood. Imagine, Oskar von Hiidendorf sur grand écran !*

Donnez-moi des nouvelles via Robber-H. *Helen m'a appris à l'utiliser quand elle en a eu assez de me raconter vos échanges. Je rentre après la Saint-Jean. En cas d'urgence, n'hésite pas à me faire signe.*

Bises,

Ta marraine-bandit, Elina

P.S. : La personne qui fait de la brioche n'est plus guère la même.

J'ai essayé de ravaler ma déception de ne pas voir Elina. Je m'étais tellement attachée à elle pendant ce fameux été... Elle seule comprenait ma difficulté à être tantôt un bandit, tantôt une jeune fille ordinaire.

– À mon avis, le post-scriptum signifie qu'elle est déjà sur son prochain roman, a dit Helen. C'est CARRÉMENT obscur !

– Qu'est-ce que ça peut bien vouloir dire ? ai-je murmuré.

Erik lisait par-dessus mon épaule.

– Je pense que c'est une devinette, a-t-il dit, songeur. Mais aucune idée de ce que ça signifie.

– Elle ne veut pas qu'on comprenne, c'est justement ça, l'idée, a dit Helen. C'est un code que seule Liisa doit être capable de décrypter. Elina se doutait bien qu'on lirait ses messages...

Elle a écarté les bras dans un geste d'autodéfense.

– Eh oh ! On est des jeunes bandits, qu'est-ce que tu veux ! On nous a appris à transgresser les règles. Et quand quelque chose est particulièrement interdit, on fonce tête baissée !

En empruntant un chemin forestier, nous avons trouvé un endroit magnifique pour monter notre campement. Rapidement, une belle flambée s'est mise à crépiter. Erik avait pris soin d'arroser la mousse tout autour, pour éviter que le feu ne se propage dans la forêt bien sèche.

– Il faut qu'on trouve une solution, a murmuré Erik, tandis que les autres vaquaient à leurs occupations. On ne peut pas continuer à ne se voir qu'en été... Je ne suis pas très... été.

En cherchant ses mots, il tripotait ses orteils à la lueur du feu de camp.

– C'est comme avec l'école, a-t-il poursuivi. Dès le premier jour, lorsque tu apprends les noms de tous les fleuves d'Europe et à calculer le périmètre d'un cercle, tu sais que tu ne pourras plus jamais vivre sans ça. Je voudrais pouvoir partager avec toi tous ces trucs géniaux que je découvre. Tu es la seule capable de me comprendre...

– Tu m'as manqué, toi aussi, ai-je dit, en piquant deux saucisses sur un pic à brochette que j'ai placé au-dessus du feu.

– Tout le monde partage ce sentiment, a dit Hilda.

Son apparition subite m'a fait sursauter.

– On n'arrêtait pas de s'emmêler les pinceaux, quand tu n'étais pas là, a complété Marko-les-Crocs, qui venait lui aussi de nous rejoindre. On volait beaucoup trop de trucs, on oubliait qu'on avait une tête de moins à nourrir.

– Fantastique, ai-je soupiré.

Je me sentais envahie de bonheur, d'un doux bien-être. J'étais des leurs ! Brusquement, j'ai réalisé à quel point j'avais appréhendé ces retrouvailles. J'avais tellement craint qu'ils ne m'aient oubliée dans leur vie remplie d'aventures.

– Fantastique ?! s'est exclamé Kaarlo-le-Rude, stupéfait.

De toute évidence, il avait tout entendu, lui aussi.

– Moi, j'ai trouvé ça affreux ! s'est-il écrié.

– En octobre, tu lui manquais déjà tellement qu'il a failli venir t'enlever dans la cour de l'école, a dit Hilda avec douceur.

– Et hop ! Je t'aurais balancée dans la camionnette avec ton cartable, a complété l'intéressé.

– Je vous aurais suivis de mon propre chef, ai-je dit.

C'était vrai : je serais montée dans la camionnette des Filouttinen, sans me préoccuper une seule seconde du souci que mes parents auraient pu se faire.

Les Filouttinen parlaient tous en même temps, et le cercle qu'ils formaient autour de moi et de ma brochette se resserrait. Ils m'apprirent qu'Elina était retournée habiter au chalet pendant quelque temps, le bruit des tuyaux de chauffage de l'appartement l'empêchant de se concentrer. Marko-les-Crocs avait transpiré comme un cochon pendant des semaines, jusqu'à ce que Hilda lui explique qu'il n'avait pas besoin de porter trois pulls en laine, comme au chalet en hiver. Helen m'a raconté qu'aux alentours de Noël, alors que les boîtes de chocolats scintillaient dans toutes les voitures, il était devenu très difficile de respecter le rayon de cent kilomètres autour de l'appartement – le périmètre de sécurité interdit aux braquages.

– À la veille de Noël, j'ai proposé qu'on t'enlève, ça aurait fait un beau cadeau pour toute la famille. J'ai proposé ça aussi à Pâques, à la Pentecôte... a dit Kaarlo-le-Rude.

– Au printemps, on a enfin trouvé comment faire pour mieux supporter ton absence, a expliqué Hilda. On imaginait à haute voix ce que tu ferais si tu étais avec nous : « Ah, là, elle prendrait plein de notes... » Ça nous a bien aidés.

– « Si Liisa était là, elle te fixerait de ses grands yeux... » Les jeunes trouvaient toujours une excuse pour parler de toi, a complété Kaarlo-le-Rude avec émotion.

– Comment ça, « les jeunes » ? l'a interrompu Helen. C'était toi qui n'arrêtais pas de répéter : « Tiens, on va faire une analyse *à la Liisa* » !

– Tiens, justement, c'est pas l'moment d'faire une p'tite analyse, là ? a dit Marko-les-Crocs, l'air grave. Il s'est passé un paquet d'trucs... Le Grand Pärnänen a cassé sa pipe, déjà...

Sa voix tremblait d'émotion. Helen et Hilda lui ont flanqué un coup de pied.

– Arrête, Liisa n'a même pas encore fini de manger ! a dit Hilda. Tu vois pas qu'elle est toute maigre ! Visiblement, sa mère ne la nourrit qu'avec des salades de B.C. !

Elle me tendait un plateau regorgeant de saucisses et de boulettes de viande, de hot-dogs et de pains croustillants Wasa. De quoi se préparer une véritable tartine de bandit.

– Les B.C. ? C'est quoi ? ai-je demandé tout en mordant goulûment dans ma saucisse.

Mon plaisir gustatif a été tel que j'en suis presque tombée dans les pommes. À la maison, j'avais essayé de faire cuire des saucisses à la poêle, mais le résultat n'avait rien à voir. Celles-ci étaient cuites au feu de bois, grillées à la perfection.

– « Braves Citoyens », m'a répondu Helen en articulant bien, comme si elle parlait une langue étrangère. En gros, ce sont ceux qui constituent notre cible. Il y a trois sous-catégories : les T.B., les total bourges, les D.B., les demi-bourges – entre nous, ce sont ceux qui nous fournissent les meilleurs butins – et enfin, les ARTs, les artistes et autres personnes alternatives.

– Les ARTs ont leurs voitures pleines de peintures, de jus de germe de blé et de banderoles, autant dire que des choses qui ne nous intéressent pas ! a expliqué Erik.

– Ça peut toujours servir, une bonne banderole, a rétorqué Helen.

– Anar ! a lancé Erik pour la provoquer.

– Intello ! a-t-elle répliqué.

Une belle lutte s'annonçait, et ils voulaient que j'y prenne part :

– Et toi, espèce de musicos ! m'a dit Helen en me sautant dessus tel un félin.

– Helen et Erik ! a grondé Hilda. Laissez Liisa manger ! Elle vient tout juste d'être enlevée !

Chapitre 4

Où l'on met en place
la méthode de braquage
dite « Liisa
dans le pétrin »

Ah ! la liberté de la vie de bandit ! C'était encore plus savoureux que je n'avais osé m'en souvenir. Mes muscles abdominaux avaient réclamé ces fous rires. Mon métabolisme avait été en manque de grosses tartines de bandits et de bonbons fraîchement dérobés. Mon cœur s'était langui de ces feux de bois autour desquels les bandits racontaient des histoires aussi vraies qu'effrayantes sur les braquages des années précédentes. Même mon sommeil était meilleur après ces veillées plus que prolongées, sans parler de ces grasses matinées pendant lesquelles Erik me chuchotait des blagues dans l'oreille, sous la tente. Mon esprit avait besoin de cette part d'imprévisibilité que la vie de bandit comportait, chaque jour.

Assez vite, j'ai eu le droit de participer de nouveau aux braquages. Nous testions une variante de l'abordage habituel, appelée « Liisa dans le pétrin ». Debout en plein milieu de la route, munie de mon sac à dos Hello Kitty et de mon étui de violon, je jouais la fillette seule et abandonnée. Mon étui était vide (le violon était en sécurité dans la camionnette) au cas où je devrais me jeter d'urgence sur le bas-côté pour éviter un chauffard fou. D'après le scénario que nous venions de concocter, j'avais essayé de rentrer chez moi en faisant de l'auto-stop, mais personne ne s'était arrêté. Hilda m'avait fait des nattes pour que j'aie l'air encore plus jeune. Helen s'amusait à imiter ma petite voix gazouillante et mes yeux écarquillés de Bambi pendant que nous cherchions l'endroit idéal pour l'abordage. Il nous fallait un chemin étroit.

– T'as eu du bol de tomber sur nous, quand même, a-t-elle dit. L'été dernier, tu étais encore tout innocente, mais déjà sous l'influence de Julia. Sans notre intervention, tu serais peut-être déjà devenue un terrible bébé T.B. !

Mon inquiétude vis-à-vis des chauffards fous s'est vite envolée : toutes les voitures se sont arrêtées, je n'ai pas eu à rouler-bouler dans le fossé. Bon, une BM m'a quand même fait bien peur : elle s'est immobilisée si près que j'aurais pu donner un coup de pied dans le pare-choc. Ça n'a même pas été une bonne pêche : deux pots de gelée de groseille et un morceau de rôti. Et pour les avoir, il nous a fallu subir des cris et des larmes !

– Une voiture T.B.C.D. typique, a bougonné Kaarlo-le-Rude. Si ce n'est pas un Cas Désespéré, ça ! Ces gens ont investi dans des sièges en cuir de gnou, et ils ignorent ce qu'est la vraie nourriture !

Ma tâche, c'était de retenir les voitures le temps que la camionnette des bandits arrive à leur hauteur. « Excusez-moi, vous pourriez peut-être m'aider... », c'est tout ce que j'avais le temps de dire. Une fois la portière de la voiture ouverte et le moteur éteint, les Filouttinen prenaient le relais.

Le drapeau pirate se mettait à claquer au vent, les portières s'ouvraient, Marko-les-Crocs et Kaarlo-le-Rude se propulsaient sur la route à l'aide des poignées de lancement. Ils ouvraient le coffre, fouillaient dans les bagages et les sacs rangés sur la banquette arrière. Ils avaient développé un véritable flair pour localiser toute présence de nourriture !

En regardant les bandits en action pendant le premier braquage, je me suis sentie tiraillée par la culpabilité. Debout sur le bord de la route, je me tortillais les doigts alors que Helen plongeait la tête dans le coffre et que Marko-les-Crocs vidait un grand sac de sport. Puis mon embarras s'est dissipé. J'avais trouvé une solution... Discrètement, je suis allée chercher de l'argent dans la camionnette. Elina et moi avions convenu d'une cachette où nous avions laissé un peu de liquide à utiliser en cas d'urgence. En fait, sans le savoir, les Filouttinen étaient plutôt riches. Seulement, l'argent n'avait aucune valeur à leurs yeux : ils qualifiaient les billets de « pets de souris ». Je venais de trouver un moyen surprenant de m'en servir !

– Votre portefeuille, ai-je dit au conducteur d'une voix forte, comme un vrai bandit.

Pour toute réponse, une main tremblante m'a tendu un petit porte-monnaie, rempli de cartes de crédit. Après avoir vérifié que les Filouttinen étaient occupés ailleurs, j'y ai glissé une liasse de billets ! Une fois cette astuce trouvée, je l'ai répétée lors de tous les autres braquages !

« Elle a mis des billets dans mon porte-monnaie, c'est bien ça, hein, Pertti ? » Certains pouffaient de rire quand ils nous voyaient nous en aller avec une boîte de boulettes de viande et des pommes de terre nouvelles. D'autres se demandaient où se trouvait la caméra cachée. Je leur rétorquais, discrètement pour que les autres n'entendent pas : « Je suis désolée, madame, mais tout ça est réel. Vous avez bel et bien subi un braquage. »

Les victimes étaient royalement dédommagées. Dans notre cachette secrète, il n'y avait que des gros billets.

De retour au campement après cette première journée, les Filouttinen ne tarissaient plus d'éloges à mon égard.

– Qu'est-ce qu'elle est douée ! a dit Kaarlo-le-Rude en reniflant, sans me quitter des yeux. Si douée et si cultivée ! Et elle est à nous !

– *Liisa dans le pétrin*, a dit Marko-les-Crocs, les yeux pétillants. Quelle idée de génie ! À la fête, on fera comprendre qu'on a à bord une musicienne sacrément fortiche ! La miss Pärnänen va être morte de jalousie ! Elle va en bouffer son chapeau !

– Elle n'a pas de chapeau... Elle ne peut pas en porter, elle a chopé la grosse tête, a dit Hilda, à mi-voix.

– Alors, elle bouffera ses chaussettes ! a suggéré Erik, et toute la camionnette a été prise de fou rire.

– Pourquoi tu leur demandes leurs portefeuilles ? m'a soudain interrogée Helen.

Évidemment, Helen s'était aperçue de mon petit stratagème... L'inverse m'aurait étonnée : cela aurait signifié qu'elle n'était plus à la hauteur de sa réputation.

– Je collectionne les tickets de caisse, ai-je menti. J'ai l'intention de les analyser pour associer les marques de voitures aux achats effectués par leurs propriétaires, et donc au butin potentiel. Ça pourrait s'avérer utile !

– Oh ! mais ça m'a tout l'air d'un nouveau coup de maître, s'est écrié Kaarlo-le-Rude. Enfin, j'ai pas très bien compris, mais ça me semble une excellente idée !

J'espérais que Helen laisserait tomber, mais il n'en fut rien. Elle m'observait, les yeux plissés.

– Tu sais vraiment bien retenir l'attention des conducteurs, a-t-elle dit, songeuse. Je ne sais pas bien comment tu t'y prends, mais quoi qu'il en soit, tu arrives à gagner leur confiance... Ça veut dire que tu es une sacrée menteuse, un vrai filou. Hmm...

Elle s'est relevée de la banquette pour aller chuchoter quelque chose à l'oreille de son père. La camionnette prenait un virage à une vitesse époustouflante, comme d'habitude, sans que cela n'ébranle d'un poil l'équilibre de Helen.

– Allô ! C'est impoli de faire des messes basses, a protesté Erik.

La conversation s'est poursuivie pendant un petit moment. Je n'ai réussi à choper que quelques mots : point, nerf, bluff... Bluff ?

Helen a fini par se rasseoir. À en croire son expression, elle était parvenue à convaincre son père.

– On verra, on verra, a dit Kaarlo-le-Rude, avec l'air de quelqu'un qui vient d'avaler une délicieuse friandise.

Chapitre 5

Où l'on passe une douce nuit,
sainte nuit au campement.
Et où l'on parle
du futur Maître Bandit

– Douce nuit, sainte nuit... au campement, chantonnait Kaarlo-le-Rude, alors que Hilda se garait enfin pour la nuit.

Nous avions suivi pendant un moment des panneaux indiquant la plage, et quand elle s'est enfin dessinée devant nous, après une longue route à travers les pins, la camionnette était couverte d'une fine couche de poussière.

– Silence, papa ! s'est écrié Erik. Euh... je veux dire « chef ». D'après la carte, il y a des maisons à proximité. Et là-bas, au fond de la baie, il y a un centre de vacances.

– C'est pas possible ! On n'a fait que rouler depuis ce matin, et maintenant il faudrait que je reste muet comme un sphinx, a grogné Kaarlo-le-Rude.

Marko-les-Crocs s'est mis à rire à gorge déployée, ses dents en or scintillant dans la pénombre. Il a lâché le sac de vivres qu'il portait.

– Il y a de l'eau pour le thé, si quelqu'un en a envie, a dit Hilda d'une petite voix, en étirant ses membres engourdis.

Le trajet avait été long. Elle a rempli la théière en grelottant, malgré la douceur du soir. Elle portait une grande tunique en lin au lieu de son débardeur habituel.

– Allez, on installe la table, tant qu'on en est encore capables, a-t-elle dit en bâillant. Je tombe de sommeil ! Et je vous préviens : ce soir, pas question de jouer pour savoir qui dort où. Je passerai la nuit dans la camionnette ! Après, arrangez-vous entre vous pour savoir qui m'accompagne.

Au dîner, nous avons mangé des feuilletés à la viande, du pain croustillant Wasa, des boulettes de viande, et une quantité incroyable de viennoiseries et feuilletés sucrés. Je ne savais pas qu'il en existait autant de variétés différentes : des feuilletés noisette-vanille, des feuilletés à la fraise avec un glaçage rose, des feuilletés au caramel, des chaussons aux pommes et des chaussons aux myrtilles saupoudrés de sucre glace, de petites viennoiseries à la pêche en forme de fleurs…

– Je parie que cette dernière fourgonnette appartenait à un boulanger ! a dit Helen tout en léchant le sucre glace collé à sa lèvre supérieure. Le coffre était rempli de cartons et il y avait aussi des petits gâteaux et des brioches, mais on s'est contentés des viennoiseries. Le but, ce n'est pas de mettre les gens sur la paille, quand même !

Le mot « brioche » m'a fait penser au post-scriptum d'Elina : « La personne qui fait de la brioche n'est plus guère la même. » Qu'est-ce que ça voulait dire ? À qui faisait-elle référence ? Spontanément, j'ai pensé à Hilda, mais elle ne faisait jamais de brioche, c'était impossible : il n'y avait pas de four dans la camionnette. Faisait-elle référence à Kaarlo-le-Rude ? Est-ce que « faire » pourrait signifier « se goinfrer » ? C'était lui le plus gourmand de tous… En ce moment même, il était en train d'aligner cinq croissants au beurre, qu'il s'apprêtait à avaler en guise de démonstration.

– Regardez ! Votre chef va vous montrer comment on mangeait autrefois : sans les mains ! a-t-il rugi.

Les yeux fermés, il a posé son menton sur la table. Puis il a fait semblant de chercher les croissants au flair, comme un chien. Une fois qu'il les a trouvés, il a entrouvert ses grosses lèvres pour aspirer un croissant entier dans sa bouche ! À peine le premier avalé, il s'est mis à la recherche du suivant, toujours au flair.

– Au secours ! a-t-il crié à la vue du dernier croissant. Je suis un petit croissant innocent, à la fleur de l'âge. On m'a repéré. Oh, les grosses dents ! Un gosier noir… C'est la fin ! Je suis en miettes !

Après avoir fini de manger et souhaité bonne nuit à tout le monde, Hilda s'est retirée dans la camionnette tout en se massant les épaules. Les autres sont restés autour du feu.

– Je suppose que le moment est venu de te dire de quoi il retourne, a dit Helen.

J'ai hoché la tête, avide d'en savoir plus.

Je me doutais qu'elle me dévoilerait enfin ce dont elle avait parlé avec Kaarlo dans la camionnette. Mais ce qu'elle m'a annoncé dépassait tout ce que j'avais pu m'imaginer.

– Cette année, à la fête des bandits, les participants ne vont pas se battre que pour la gloire, comme d'habitude, mais aussi pour savoir qui sera le prochain Maître Bandit ! Ça fait plus de trente ans que le titre n'a pas été remis en jeu…

– Personne n'arrivera à la cheville du Grand Pärnänen, a dit Marko-les-Crocs en reniflant. Pärnänen connaissait les règles de l'art, lui, il était d'une élégance digne des plus grands !

– C'est la fin d'une époque, a dit Kaarlo-le-Rude en tripotant ses tresses.

– Le Grand Pärnänen… a murmuré Marko, avec tendresse. Ah, pour sûr, il était grand !

Il a regardé Kaarlo-le-Rude, et d'un commun accord ils se sont frappé la poitrine, pour observer ensuite une minute de silence solennelle.

– Ces deux-là en font toujours des tonnes... a soupiré Helen, bruyamment. Il faut dire que des événements aussi excitants, c'est rare dans le monde des bandits !

Kaarlo-le-Rude nous a lancé un regard qui aurait paralysé une horloge, et nous nous sommes tues à notre tour, pour respecter leur recueillement. J'en ai profité pour réfléchir. J'avais toujours cru que le Grand Pärnänen n'était qu'un mythe, comme celui des chevaliers de la Table ronde, par exemple. Et j'apprenais qu'il avait bel et bien existé !

Ensuite, Helen m'a expliqué, patiemment, de quoi il retournait exactement. Mais Kaarlo-le-Rude ne pouvait s'empêcher de l'interrompre pour illustrer son propos d'exemples concrets. Heureusement, Marko-les-Crocs est intervenu :

– Laissons la jeunesse raconter. De toute façon, ils savent tout mieux qu'nous ; enfin, c'est c'qu'ils croient !

Ils sont partis vers la plage en ricanant. On a entendu le bruit d'éclaboussures et les cris de terreur des canards, probablement arrachés à leur sommeil.

– Les familles de bandits ont toutes une histoire différente ; certaines sont récentes, d'autres plus anciennes, a repris Helen.

– Je connais un super exemple pour illustrer ce propos, a dit Erik avec fierté. Je peux ?

À ce stade, nous étions assis par terre, sur une couverture, en train de déguster des Supernuages et d'admirer un défilé de vrais nuages dans le ciel. Les cumulus arboraient des couleurs magnifiques : rose, violet, doré... C'était mieux qu'une séance de ciné.

– Je pensais au régime politique suédois...

– Ah non, je t'en prie ! l'a coupé Helen avant de se resservir un énorme Supernuage.

Évidemment, les Filouttinen n'avaient pas distribué toutes les friandises à mes camarades musiciens, ils en avaient gardé une bonne partie. Après le dîner composé de viennoiseries, nous étions donc passés au dessert de Supernuages !

– Mais c'est très sérieux, a poursuivi Erik. La Suède a une famille royale, dont l'une des princesses vient d'ailleurs de se marier. Des membres de cette famille sont présents dans toutes les cérémonies officielles, les inaugurations de nouveaux bâtiments, etc., pour saluer le peuple. Mais, en réalité, c'est le gouvernement, dirigé par un Premier ministre, qui prend les décisions. La famille royale est là pour décorer le gâteau, en quelque sorte. Sans elle, le gâteau ne serait pas appétissant.

– Tu mélanges tout, là : la Suède, la Finlande, le banditisme... a dit Helen en rigolant. Liisa ne va rien comprendre !

– Attends, a dit Erik.

Il s'est tourné vers moi, tout en s'essuyant le coin des lèvres.

Il était impossible de manger proprement des Supernuages. C'était comme enfoncer sa tête dans une machine de barbe-à-papa ! Les feuilles de mon carnet collaient.

– Tu vois, nos Pärnänen sont comme les Bernadotte, la famille royale de Suède. Tous les bandits actuels considéraient le Grand Pärnänen comme leur modèle et ses méthodes comme avant-gardistes. Voilà pourquoi sa famille se sent plus importante que les autres. Mais ma mère a du mal à supporter la jeune miss Pärnänen. Elle pense que le respect se mérite, se gagne même, et notamment en participant aux jeux organisés pendant la fête. On peut donc affirmer que Hilda Filouttinen est une républicaine, tandis que la miss Pärnänen est une royaliste, qui ne fait que tirer profit de ses origines !

– « Royaliste », « républicaine » ! Ah ! si le chef entendait ça, il ne te laisserait plus aller à l'école ! s'est exclamée Helen.

La plaisanterie de Helen a été mal accueillie. Erik a blêmi et il s'est tu.

– Il reste un Supernuage, tu le veux ? lui a dit Helen, en guise d'excuse.

– Plus envie, a marmonné Erik, qui s'est éloigné de nous en traînant les pieds.

– Je l'ai encore vexé, a soupiré Helen. Pas évident d'avoir un frère aussi susceptible. Heureusement, maintenant, tu es là. Malgré tes commentaires à la noix et ce satané carnet, tu es la seule à nous comprendre tous les deux !

Helen était d'une franchise déconcertante. J'ai préféré changer de sujet.

– Cette année, si j'ai bien compris, Kaarlo-le-Rude pourrait devenir le nouveau Maître Bandit ?

– Ouais, a répondu Helen en secouant la tête.

– Mais ça voudrait dire quoi, concrètement ? ai-je demandé.

J'avais du mal à concevoir les responsabilités d'un Maître Bandit.

Helen s'est relevée en soupirant. Elle a plié la couverture pour éviter qu'elle ne soit mouillée par la rosée nocturne.

– Ça voudrait dire que je devrais m'occuper de tout, a-t-elle finalement lâché. Sans que le chef s'en rende compte, bien sûr. Il faudra qu'il continue de penser que c'est lui qui trouve toutes les bonnes idées. Mais en fait, la vraie difficulté, c'est de faire en sorte que les autres le pensent aussi...

Chapitre 6

Où Erik demande conseil

Alors que Helen entrait sous la tente pour dormir, je suis partie chercher Erik. Je l'ai trouvé sous un arbre, là où la plage et la forêt de pins se rencontrent.

– Helen ne l'a pas fait exprès, ai-je dit en lui tendant une feuille de grand plantain.

Le petit sentier qui menait à la plage en était recouvert.

– Tire, ai-je suggéré. Qu'on voie qui ment le plus.

Erik s'est exécuté et nous avons fixé des yeux la feuille, qui s'est déchirée en deux. Les nervures qui dépassaient du morceau d'Erik étaient courtes, tandis que celles du mien étaient très longues.

– Tu as dû sortir de sacrés bobards ! a dit Erik en souriant.

– C'est trop tentant de mentir quand je suis chez moi, ai-je dit en m'asseyant à côté de lui, adossée au pin.

– J'ai besoin d'un conseil d'ami, a dit Erik au bout d'un moment.

J'ai pensé que ça aurait un rapport avec Helen, mais je me trompais.

– Mentir ou omettre des informations, quel est le pire ? Je veux dire, à l'école. Tu as plus d'expérience que moi.

J'ai pris le temps de réfléchir.

– Si les autres s'aperçoivent que tu caches quelque chose, ils vont essayer de te sortir les vers du nez par tous les moyens, ai-je dit. Les adultes laissent passer pas mal de choses, mais avec les enfants, c'est plus compliqué.

– Un exemple ? a demandé Erik.

– Mon retour à la maison, l'été dernier, ai-je répondu en soupirant. Maman ne m'a pas posé de questions, elle était juste heureuse que je sois revenue, alors que Julia, elle, a rendu ma vie infernale. Elle savait que je n'avais pas tout dit.

Ma famille ne me manquait pas, ou très peu. J'ai pensé à mes conversations superficielles avec Julia, et à notre grosse dispute quand elle avait volé ma Barbie *Robber-H*, un cadeau de Helen soigneusement caché : « Comment tu peux avoir une véritable Barbie *Robber-H*, toi qui es complètement OUT ? En plus, tu n'as pas les moyens de t'en offrir une, c'est impossible ! » J'ai repensé à ma mère, qui avait servi d'arbitre, et à mon père, qui était devenu de plus en plus méfiant à mon égard. Aux tentatives de ma mère de ressouder la famille avec des cadeaux de Noël et des séjours au spa. « Ce sont des bêtises de T.B. », m'étais-je dit. À ce moment-là, j'aurais tout donné pour être en train de braquer des voitures avec les Filouttinen. Mais aujourd'hui, avec du recul, je me demandais si je n'avais pas un peu exagéré. J'avais fait comme si j'étais prisonnière de la famille Vainisto. Comme si l'on m'avait enlevée pour la durée de l'année scolaire, alors que j'étais chez moi !

– Dès la rentrée, on commence un projet intitulé « Voici ma famille », a dit Erik avec une grimace.

Pendant que j'étais plongée dans mes pensées, il avait enfin trouvé le courage de me dire ce qu'il avait sur le cœur.

– Dès la première semaine, on doit avoir une idée de la façon dont on va présenter nos familles : nos frères et sœurs, leurs loisirs, nos parents, leurs métiers. On fait des dessins, des exposés, des rédactions. Ensuite, chacun dispose d'une demi-journée pour une présentation plus concrète. On peut, par exemple, organiser une visite sur le lieu de travail de ses parents – à la boulangerie de son papa boulanger, à la caserne de sa maman sapeur-pompier. Tu vois le problème... Je vais faire quoi, moi, à ton avis ?

– Aïe, ai-je fait en grimaçant à mon tour. Je vois le problème.

J'ai fait une boule du bout de feuille resté dans le creux de ma main. S'il y avait eu une petite blessure sur ma paume, elle aurait guéri : le grand plantain fonctionnait comme un pansement naturel.

– Je vois mal ma classe en train d'observer le braquage d'une voiture, a soupiré Erik.

Je savais combien il lui était difficile de se confier là-dessus. J'appréciais ce signe de confiance. Cette amitié aussi m'avait manqué pendant l'année scolaire. Avant de connaître les Filouttinen, je pensais avoir de bons amis parmi les musiciens et les camarades de classe, mais depuis l'été précédent, j'y voyais plus clair. Nous discutions bien sûr des exercices de musique et d'autres futilités, mais jamais nous n'abordions de sujets réellement importants. Personne n'était au courant de ce qui m'était arrivé pendant mon aventure estivale. J'avais gardé le secret des Filouttinen, et cela m'avait transformée.

– Tu sais ce qu'il y a de pire ? m'a demandé Erik. C'est que, si j'en touchais un mot au chef, il serait ravi ! Il n'arrête pas de nous soûler avec ses leçons sur le banditisme ; il serait tout excité à l'idée d'avoir un public novice, qui ne demanderait qu'à être initié ! Parler des dangers et des plaisirs de son mode de vie, il adorerait. Un peu comme il l'a fait avec toi. La tentation de se faire admirer serait trop grande pour qu'il pense aux risques que ça représenterait. Et n'importe qui parmi mes camarades de classe pourrait alors nous dénoncer. Il suffirait qu'un beau matin ma tête ne lui revienne plus pour qu'il passe un coup de fil à la police.

– Ça mettrait tout en péril, ai-je dit. Ta scolarité, votre appartement d'hiver... Vous devriez déménager, à coup sûr.

– Maintenant que j'ai goûté à l'école, il est hors de question pour moi de m'en priver ! Il doit y avoir une autre solution ! s'est-il écrié.

– Peut-être que Helen pourrait se faire passer pour une autre, ai-je proposé. Avec le culot qu'elle a, elle pourrait raconter n'importe quel bobard sur la vie de votre famille.

– C'est vrai ! a dit Erik en souriant, puis son visage s'est assombri à nouveau. Mais Helen penserait que j'ai honte de mes parents et de leur mode de vie, puisque j'éprouve le besoin de mentir, même à l'école.

Je savais ce que c'était que d'avoir honte. Toute l'année, j'avais éprouvé ce sentiment face à l'hystérie de mon père, ou encore quand il se mettait à parler sans discontinuer de ses études généalogiques dès que nous avions des invités. J'avais honte d'être si ordinaire.

– En plus, elle n'aurait pas tort, tu sais, a dit Erik, s'énervant contre lui-même. J'ai honte qu'on soit susceptibles d'être arrêtés à tout moment ! Honte aussi qu'on passe notre temps à se demander si on a réussi à impressionner les autres familles de bandits ou non. Je ferais n'importe quoi pour avoir une famille ordinaire, des parents comme les autres ! Pour ne plus vivre dans la peur !

Chapitre 7

Où l'on apprend
à répondre avec élégance
à un appel au combat

Le lendemain, nous avons passé une bonne partie de la journée à nous baigner. Alors que Kaarlo-le-Rude enchaînait les plongeons en rugissant, nous avons engagé une bataille d'eau. Helen était sans pitié avec sa technique de la « mitraillette » : elle posait ses doigts, tendus au maximum, à la surface de l'eau, puis se retournait très vite. Le jet d'eau était brusque et puissant, comme le tir d'une mitraillette ! Erik et moi, on a dû capituler ! À un moment, en sortant de l'eau pour sécher mes cheveux, j'ai aperçu Hilda : vêtue d'une chemise, debout dans l'eau jusqu'aux mollets, elle semblait plongée dans ses pensées.

Dans la soirée, toujours sur la plage, Kaarlo-le-Rude nous a entraînés au combat. Les tresses trempées de sueur, il nous a montré comment exécuter une « pirouette au regard assassin », autrement dit une PiRA. Les bandits adorent les sigles !

Les séries de pirouettes, de sauts et de frappes qu'il nous enseignait me faisaient penser à une gym de plein air un peu bizarre. Kaarlo-le-Rude nous montrait les mouvements et nous les répétions un à un jusqu'à ce qu'il soit complètement satisfait.

– Ensuite, voici un de mes mouvements préférés : ça s'appelle ACAR, « appel au combat à l'adresse d'un adversaire redoutable » !

Il s'est positionné sur le côté d'un adversaire imaginaire, les genoux fléchis, le regard porté droit devant lui. Il a tendu un bras, a secoué l'index, et s'est mis à imiter un coq !

Nous avons répété les mêmes gestes, en essayant de garder notre sérieux.

– Et si on se contentait de se battre ? m'a chuchoté Erik. Je ne me vois franchement pas pousser des « cocorico » en plein combat !

J'ai ri. La soirée de la veille nous avait beaucoup rapprochés.

– J'ai tout entendu, a dit Kaarlo-le-Rude. N'oubliez pas qu'un chef bandit a une ouïe de chien et un flair de chacal.

– Lors d'un combat dans les règles de l'art, il suffit d'un ACAR bien réalisé pour indiquer à notre adversaire de quel bois on se chauffe, a dit Hilda.

Tout en parlant, elle avait enchaîné une série de mouvements avec beaucoup de grâce : on aurait dit une chorégraphie parfaitement maîtrisée, alliant légèreté et précision.

– Ça va être serré, a murmuré Helen, réalisant à son tour un parfait ACAR.

Sa manière de « coqueliner » m'a glacé le sang. Elle a continué :

– Vu comme ça s'est passé l'année dernière, les autres bandits risquent de nous attendre avec le couteau bien aiguisé. En tout cas, c'est ce que je ferais, à leur place.

– C'est justement pour ça qu'il faut y aller, a martelé Kaarlo-le-Rude. Il faut leur montrer qu'on n'a pas peur. Que nous sommes toujours la bande de bandits la plus courageuse, la plus charismatique et la plus extraordinaire de tout le pays !

– Tout à fait d'accord, mais il n'est pas question d'arriver la fleur au fusil, c'est tout ce que je voulais dire, a répondu Helen.

Ensuite, on est passés au mouvement RRAC, « réponse respectueuse à l'appel au combat », dans lequel il s'agissait de hocher la tête et de battre des ailes, comme une chauve-souris ou une chouette, puis de se positionner de telle sorte qu'on réduisait l'angle d'attaque de l'adversaire.

– Pas besoin de s'creuser le ciboulot sur ce que les autres peuvent avoir en tête, on l'verra sur place, a dit Marko-les-Crocs pour nous remonter le moral.

Ses « battements d'ailes » faisaient penser à une chouette engluée. Très étrange, comme vision...

– De toute façon, ça doit chauffer dans les caboches !

– Enfin, quand même, une petite analyse des risques encourus ne nous ferait pas de mal, a alors proposé Kaarlo-le-Rude.

– Même si on sait très bien qu'une fois sur place on finira par faire ce qui nous chante, a dit Hilda en souriant.

Pendant tout le trajet, elle était restée concentrée sur sa conduite et n'avait pas dit un mot. C'est seulement à la nuit tombée qu'elle avait retrouvé la pêche.

Après nous avoir montré deux autres mouvements (CRSP Class et CRSP Rap, c'est-à-dire « comment retomber sur les pieds » si l'adversaire nous fait un croche-pied ou que l'on trébuche, méthode classique ou méthode rapide), Kaarlo-le-Rude s'est donc lancé dans une analyse de la situation :

– On va faire une liste de toutes les choses qui ont pu énerver les autres bandits l'année dernière. Il y en a certains qui ont été vexés par notre succès aux épreuves. D'autres qui l'ont été par la présence de Liisa et par son esprit si vif. Enfin, certains n'ont pas apprécié qu'on n'ait pas partagé nos pets de souris avec eux.

– Il y en a aussi qui n'ont pas aimé le fait qu'on se soit enfuis. Et d'autres encore qui devaient être plutôt en colère après qu'on leur a crevé leurs pneus... a continué Erik tout en réalisant deux magnifiques CRSP Class.

– Oublions pas tous ceux qui sont en taule à cause de nous, et qui vont y croupir toute leur vie, a complété Marko-les-Crocs. Remarquez, c'est tout bénéf' pour nous : y risquent pas d's'pointer à la fête !

Mort de rire, il s'est roulé sur le sable en se tapotant le ventre, trop content de sa blague.

– C'est juste, sauf que ce n'est pas exactement pour le restant de leurs jours, a rétorqué Helen, ignorant l'hystérie de Marko.

Elle a exécuté un CRSP Rap aussi parfait que celui d'un maître de tai-chi, sans jamais percuter une seule molécule d'air.

– Vous ne trouvez pas bizarre que, malgré tout ça, personne ne se soit plaint ? a demandé Kaarlo-le-Rude. Même cet hiver, lors des conseils des bandits, tout s'est bien passé. C'était comme si on était tous copains, comme avant... Remarquez, c'est peut-être grâce à mon charisme désarmant... On ne me cherche pas souvent des noises, à moi ! D'ailleurs, j'ai même été invité à faire le discours d'ouverture pour la fête. Si ça, c'est pas un signal fort... a analysé Kaarlo-le-Rude.

Il a ensuite enchaîné sur une PiRA particulièrement réussie : son œil droit – grand ouvert – s'est retrouvé à un centimètre de mon nez !

Nous avons continué à nous entraîner en silence. Après une telle analyse, tout prenait un sens nouveau : nous aurions peut-être vraiment besoin de ces gestes de combat un jour... J'ai imaginé à quoi nous pouvions bien ressembler, vus de loin, et ça m'a remonté le moral. Aucun doute que n'importe qui ferait demi-tour en nous voyant nous tortiller comme ça dans tous les sens, et chanter comme des coqs !

– Pause casse-croûte ! a alors claironné Kaarlo-le-Rude, si fort qu'il nous a tous fait sursauter.

Il s'est mis à rire en tenant son ventre à deux mains, puis a ajouté, soudain très sérieux :

– Un dernier point : n'allez pas vous imaginer que dans un vrai combat, vous aurez le temps de réaliser des CRSP Rap irréprochables. C'est tout bonnement impossible.

Il était inutile de le dire à haute voix, nous avions tous compris ce qui nous attendait une fois notre « formation » terminée : il allait falloir affronter des familles de bandits assoiffées de vengeance.

– D'où sors-tu ces mouvements de combat rapproché ? a demandé Hilda à son mari alors que nous dressions la table pour le dîner.

– C'est le Maître qui m'y a fait penser, a répondu Kaarlo-le-Rude d'une voix solennelle. Helmeri Kvist, l'auteur du *Guide élémentaire du banditisme.*

– Le guide ultime ! a soupiré Marko-les-Crocs, rêveur. Tu l'as lu ? Sans blague ?

Il était si excité qu'il en a fait tomber le beurre dans le sable.

– Si oui, alors tu l'as déjà tenu dans tes mains, et tu sais où il s'trouve... a-t-il poursuivi.

– Ah ! si seulement je le savais, a dit Kaarlo-le-Rude, en secouant la tête. Ah ! si je le savais...

– De quoi parlent-ils ? ai-je demandé à Helen.

– *Du* guide, l'objet le plus important de l'histoire du banditisme, a chuchoté Helen. Je te raconterai tout ça une fois que les vieux seront couchés.

Autour du feu, on jouait à « Qui suis-je ? », avec des personnalités du monde des bandits.

– Qui suis-je ? a demandé Erik.

Il s'est lancé dans une marche étrange, la tête penchée, le dos voûté, les genoux bizarrement collés l'un à l'autre.

Reconnaissant la vieille Riitta, Kaarlo-le-Rude et Marko-les-Crocs se sont esclaffés. Leurs rires étaient contagieux, je me suis jointe à eux.

– Il ne faut pas se moquer de la vieillesse, nous a reproché Hilda, avec un sourire en coin.

Erik a fait un nouveau mime : il avançait en sifflant et en faisant mine de renifler quelque chose qui sentait très mauvais.

– Hektor Hurmala, a dit Helen. L'homme qui va obtenir le titre de Maître Bandit, à moins que quelqu'un ne l'en empêche.

Cette fois, personne n'a ri. Kaarlo-le-Rude a affiché une mine sombre et est allé se coucher. Hilda l'a suivi et Marko-les-Crocs est retourné travailler sur son modèle réduit.

Les blagues sur la fête des bandits tombaient à plat, cette année... Les Filouttinen semblaient prendre la chose très au sérieux.

Chapitre 8

Où Liisa en apprend un paquet sur le « guide des guides »

Les adultes avaient enfin disparu. La plage était toute à nous.

– Le chef est inquiet à cause des nouvelles épreuves, a dit Helen. C'est pour ça qu'il ne nous lâche pas sur l'entraînement.

Erik m'a donné la liste complète des épreuves :

- Expertise Coffre (L'ExCo)
- Bluff
- Duel
- Tarte & Lutte (TaLu)
- Modèle Réduit (M.R.)
- Chant du Chaman
- Défi, version solo ou équipe

La liste continuait encore longtemps.

– C'est vrai qu'il y a pas mal de nouvelles épreuves, me suis-je réjouie.

– En réalité, elles sont très anciennes, m'a reprise Helen. Toutes les règles proviennent du guide de Kvist. Il y a peu de temps, certaines ont été retrouvées et ont pu être réintégrées dans le programme.

Une petite alarme a retenti dans ma tête quand elle a évoqué les règles... Helen avait l'air bien informée sur ces nouvelles-anciennes épreuves... Était-ce elle qui avait retrouvé le fameux guide ? Mais j'avais à peine ouvert la bouche pour lui poser la question que j'ai été submergée par les explications d'Erik :

– Chaque année, plein d'épreuves sont annoncées, mais seules quatre ou cinq sont finalement retenues. Cette année...

À ce moment-là, Helen a donné un coup de pied à Erik. Il y avait apparemment quelque chose que je n'étais pas censée savoir... du moins pas encore.

Imperturbable, Erik a poursuivi ses explications. J'appris ainsi que, comme chaque année, le lieu de la fête était tenu secret jusqu'au dernier moment. On savait juste qu'elle se déroulerait dans le nord-ouest du pays. C'est pourquoi nous avions d'ores et déjà entamé le trajet, qui risquait d'être long. La fête des bandits était organisée par deux bandes, les Poignards Volants et les Trains de l'Enfer de l'archipel. Il me rappela comment, à la dernière fête, cette équipe, que personne ne connaissait alors, s'était montrée très compétitive. La jeune A.-K. Mikkonen, d'à peine dix-sept ans, était devenue l'étoile montante de la TaLu, l'épreuve fétiche de Hilda. Je savais par ailleurs qu'A.-K. et Helen étaient devenues amies par le biais du site *Robber-H*, mais j'ignorais si le reste des Filouttinen, y compris Erik, était au courant.

– Je trouve ça génial qu'on réinstaure ces règles, a poursuivi Erik, les yeux brillants. C'est très... fort. Ces règles ont quand même été suivies pendant des décennies avant de tomber aux oubliettes.

– Mais oui, c'est ça, a répliqué Helen en me jetant un regard complice. Liisa, au cas où tu ne t'en serais pas aperçue, Erik est CARRÉMENT de la vieille école. Tu vas voir, il ne va pas tarder à évoquer le Grand Pärnänen et le « bon vieux temps ».

Sans se soucier des piques de sa sœur, Erik a continué, enthousiaste :

– Imagine tout ce qui va changer, maintenant que le guide a été retrouvé. Parce que je suis persuadé qu'il a réellement été retrouvé. Sinon, comment pourrait-on prétendre réinstaurer les anciennes règles ?!

J'ai attrapé mon carnet et j'ai écrit : « Les règles originales... Mystère sur leur réapparition soudaine ! »

– En réalité, Helmeri Wihta, alias Kvist, a écrit en 1884 le *Guide élémentaire du banditisme*, a précisé Helen tout en remuant les braises. À ce qu'on sache, il n'existe qu'un seul et unique exemplaire de cet ouvrage. Et cet exemplaire a disparu pendant la dernière guerre. Au début, cela n'a pas eu de conséquences particulières, puisque tout le monde connaissait les règles par cœur. L'effet de cette perte n'a été ressenti que bien plus tard. Si tant est que ce fût une « perte »...

Il ne restait du feu que quelques charbons rougeoyants.

– Vu la liste des épreuves cette année, on est en droit de penser que le guide a été retrouvé. Et ça ne peut être que la bande de la vieille Riitta, ou alors de celle d'A.-K. Mikkonen, a complété Erik précipitamment. Quand on y réfléchit, ce sont les seules à occuper l'archipel, l'endroit idéal pour cacher un tel objet !

– Dans ce cas, je parie tous mes bonbons que c'est A.-K., a murmuré Helen. La vieille Riitta ne reconnaîtrait pas le guide des guides, même s'il lui tombait sur la tête !

À ce moment-là, j'ai regardé Helen avec insistance, et elle m'a lancé un coup d'œil éclair. Elle en savait bien plus qu'elle ne voulait le dire. C'était évident ! Était-ce pour cela qu'elle faisait mine de déprécier le guide ?

– Ce livre est d'une valeur inestimable, a conclu Erik. Un véritable trésor...

– Disons surtout que celui qui le possède deviendrait d'office le nouveau Maître Bandit, a corrigé Helen. En soi, il ne vaut rien, mais il contient de précieux renseignements sur le banditisme.

Nous sommes restés assis en silence un long moment, à regarder le feu mourant. À quoi pouvait bien ressembler ce guide des guides ? À un vieux papyrus à l'odeur de moisi ? Ou à un petit livre de poche ? Ou bien encore à un énorme grimoire, consultable sur un pupitre construit sur mesure, et si lourd qu'il fallait deux hommes bien charpentés pour le refermer ?

Je me suis prise à rêver que j'étais celle qui le retrouvait, et qui l'apportait, triomphante, dans les mains des Filouttinen. Je me suis torturé le cerveau toute la nuit, cherchant à résoudre l'énigme suivante : si j'étais le grand bandit Helmeri Kvist, où est-ce que je cacherais le guide pour que ce ne soit pas des B.C. qui le retrouvent ? En le cachant, Kvist devait se douter qu'il resterait introuvable pendant des décennies, voire pendant tout un siècle. Mais il ne s'était sûrement pas imaginé que ce serait un petit bandit saisonnier tel que moi qui le découvrirait !

Chapitre 9

Où Liisa se voit confier une tâche d'importance

Le lendemain matin, nous avons cherché un itinéraire qui nous permettrait d'éviter les trop grosses routes tout en offrant un maximum de planques.

– On n'est pas pressés, a commenté Kaarlo-le-Rude en hochant la tête. Et comme ça, ça nous donne le temps de peaufiner notre stratégie avant d'arriver sur le territoire des Poignards.

– C'est grâce à la vieille Riitta si les Poignards ont réussi à être les organisateurs de la fête cette année, a dit Marko-les-Crocs. Déjà, l'année dernière, on s'doutait qu'elle tramait quelque chose. La preuve : elle a manigancé une alliance avec la bande d'A.-K. C'est sacrément bien joué : du coup, les Poignards vont être en terrain connu, cette année ! On a intérêt à faire très attention sur la route côtière, qui mène vers Oulu...

Nous venions de couvrir de sable les braises du feu, et commencions le chargement de la camionnette.

– Que les maillots de bain et les serviettes restent à portée de main ! a grogné Kaarlo-le-Rude. Et dès qu'on commence à avoir le nombril qui transpire, on fait une pause !

– S'creuser l'ciboulot, jouer d'ses poings, piquer un bon roupillon, ça, c'est la belle vie ! a dit Marko-les-Crocs en pliant son hamac d'un geste d'expert.

J'avais oublié à quel point les départs express des Filouttinen étaient excitants !

Deux braquages bien ciblés ont suffi à nous fournir de quoi manger pour toute la journée : des saucisses, des boulettes de viande, des beignets à la confiture, et, en fin de journée, une salade de fruits. Coiffée d'un foulard bariolé, la conductrice de la Lada que nous venions d'intercepter nous lançait de grands au revoir d'un geste de la main.

– On ne devrait pas intercepter les voitures des ARTs, a dit Helen en fronçant les sourcils. Ils n'ont jamais autre chose que du tofu, du boulgour ou d'autres âneries inventées par les végétariens !

– Ne dis pas ça, cette salade est un vrai délice ! a dit Hilda, la bouche pleine.

Elle avait accaparé la salade et la dévorait tout en démarrant en trombe, jonglant avec sa main libre entre le volant et le levier de vitesse. Je me suis rendu compte que je ne l'avais quasiment rien vu manger de toute la journée. Même au petit déj', elle n'avait fait que picorer du bout des doigts une tartelette carélienne[1].

– Moi, ce qui m'intrigue, c'est pourquoi elle t'a dit « Prends-la, elle est à toi » avec un grand sourire, marmonnait Erik. Quelques secondes plus tôt, on aurait dit une sirène de pompiers tellement elle hurlait ! Et elle t'a même proposé le dépliant d'un club

1. Tartelette de seigle, salée et fourrée au riz.

de cuisine végétarienne, non ? Des saucisses au soja, au secours ! Non mais sérieusement, qu'est-ce que tu lui as dit, Liisa, pour qu'elle change d'avis comme ça ?

Je me suis bien gardée de lui expliquer que j'avais raconté à la jeune femme que, en tant que bons « anars », nous évitions les supermarchés, mais que nous dérobions uniquement de la nourriture bio, produite localement... J'avais même gardé son dépliant froissé en souvenir de ce beau mensonge, mais il était hors de question que je le crie sur tous les toits...

– La fillette assure comme un chef, a dit Marko-les-Crocs. Elle me fait penser à la femme de l'Œil Noir dans sa jeunesse, avant qu'elle ne chope la grosse tête.

– Tu parles de Paula Barbula, c'est ça ? a dit Hilda, en faisant tomber la fin de la salade dans sa bouche, et en aspirant le jus de fruit jusqu'à la dernière goutte.

– « La vie va lui apprendre l'humilité », a dit Erik d'une voix aiguë en passant la main dans ses cheveux imaginaires coupés au carré.

Quel imitateur c'était ! Je n'en revenais pas !

– Arrête la camionnette ! a soudain crié Kaarlo-le-Rude.

Hilda a freiné illico, et la boîte de salade de fruits vide a volé du tableau de bord à l'arrière de la camionnette. Un silence stupéfait régnait.

– Écoutez-moi tous, j'ai pris une grande décision, a annoncé Kaarlo-le-Rude en tournant sa grosse bedaine vers la banquette arrière. Une décision de chef.

Sa voix était d'une solennité émouvante.

– Liisa, tes compétences ne sont pas passées inaperçues, a-t-il poursuivi. Tu es une championne pour bluffer !

Mes yeux se sont écarquillés de stupeur. Il me reprochait de mentir ? L'espace d'une seconde, j'ai eu l'impression d'être chez moi, en train de me faire sermonner par un certain Jan Vainisto.

– Ne fais pas ta modeste, m'a-t-il grondée, alors que je m'apprêtais à me justifier. Tu es une bluffeuse de première, un charlatan des plus convaincants, une vraie canaille !

– Chef, je crois qu'elle a compris, a dit Helen avec calme. Tu peux entrer dans le vif du sujet, là.

– J'ai donc décidé que tu participerais à l'épreuve du Bluff, avec Helen. Autrement dit, vous pouvez d'ores et déjà commencer à vous entraîner... aux discours et autres cérémonies en votre honneur ! Parce que vous allez gagner ! J'en suis convaincu ! Allez, on peut reprendre la route, a-t-il ordonné. Je commence à avoir un petit creux... C'est que c'est du boulot, d'être chef !

– Ça, c'est une super décision, chef, a ricané Marko-les-Crocs. Là, du coup, les autres sont mal barrés ! Snif, snif... c'est quoi, cette odeur de brûlé ? Ah, c'est la cervelle de la pauv' miss Pärnänen qui fume ! Ha ha !

– On commence l'entraînement dès ce soir, m'a dit Helen avec un clin d'œil. Pas trop tôt !

J'ai regardé les chemins de campagne qui défilaient, faisant de mon mieux pour ne pas afficher un sourire béat. Cet été, je participerais aux épreuves aux côtés des Filouttinen ! Je porterais leurs couleurs...

Chapitre 10

Un long chapitre où l'on apprend
à raconter des mensonges
gros comme des maisons

– C'est ton dernier repas, a plaisanté Helen alors que nous croquions dans nos sandwichs aux boulettes de viande. Après, place à un entraînement à la dure !

Nous avions fait nos sandwichs nous-mêmes, car contrairement à ses habitudes, Hilda s'était mise à l'écart pour dormir un peu.

– Hilda a une peau si claire qu'elle a de gros soucis dès qu'il commence à faire chaud, a expliqué Kaarlo-le-Rude. En plus, je ronfle. Inutile de me contredire, c'est un fait. Et les chefs bandits doivent reconnaître les faits. C'est un petit bourdonnement de rien du tout, mais qui fait souffrir maman Filouttinen !

Seule Helen a réussi à garder son sérieux. Erik et moi pouffions de rire derrière nos sandwichs. Nous savions tous que son ronflement était assez fort pour abattre toute une forêt !

*

– Le Bluff te convient à merveille, comme épreuve, a dit Helen en me regardant droit dans les yeux. Cet hiver, j'ai bien réfléchi. Tu sais rester mystérieuse. Sauf face à moi, bien sûr. Je lis sur ton visage comme dans un livre ouvert ! J'ai bien compris, par exemple, ton petit jeu avec les portefeuilles !

Je suis devenue rouge écarlate. Erik, lui, avait l'air de vouloir en savoir plus.

– Mais je ne t'en veux pas, ne t'inquiète pas, a-t-elle continué, indulgente. Pour te résumer la situation, on a appris il y a un mois à peine que le Bluff ferait partie des épreuves, cette année. Ça fait un bail qu'il n'a pas été au programme ! Il faut dire qu'à partir des années 1980, le Grand Pärnänen a remplacé tout ça par des conseils et des séminaires sur le thème « paix et amour dans la communauté des bandits ». Un vrai hippie, ce Pärnänen !

– Liisa ne comprend rien à ce que tu racontes, a dit Erik en voyant ma tête. Tu t'égares ! Le principe de l'épreuve du Bluff, c'est de raconter de gros mensonges pour faire tomber ton adversaire dans le panneau.

– La finale sera rude, l'a coupé Helen, irritée par son intrusion.

À l'évidence, elle voulait être ma coach exclusive.

– Ça a tout l'air d'un jeu d'enfant, mais ça ne l'est pas. En finale, il faut être plus que convaincante, sans dévoiler la vérité, pendant que les autres te chatouillent. Ce qui compte, c'est que tu gardes ton sérieux jusqu'au bout. Le plus important, ce n'est pas le mensonge que tu inventes, mais ta capacité à maîtriser ton langage corporel, pour que les mensonges et les vérités se confondent. À vrai dire, l'une des premières qualités d'un bon bandit est de savoir mentir. Si tu te fais prendre par un adversaire, ou par la police, ça devient même vital !

« Langage corporel », ai-je écrit dans mon carnet.

– Le Bluff fonctionne avec les règles qui datent de l'époque de Helmeri Kvist. C'est un duel qui comporte deux parties, la partie IN et la partie OUT. Quand tu es IN, tu es la *bluffeuse*. Tu dois dire trois phrases, dont l'une est un gros mensonge. Tes phrases doivent être écrites sur un papier et soumises au jury avant le début l'épreuve – le jury doit savoir à l'avance laquelle est un bobard, sinon tu pourrais tricher. Moi, en tout cas, si je pouvais, je tricherais, a dit Helen, un sourire en coin.

– Et moi aussi, a dit Erik, souriant à son tour.

– Dans la partie IN, comme je te l'expliquais, il faut savoir maîtriser ses expressions et sa gestuelle, tout en mentant, a poursuivi Helen. Par ailleurs, les trois phrases choisies doivent être en rapport avec la vie quotidienne des bandits, et dévoiler quelque chose de sensible et d'important pour notre communauté. Mais attention ! Si elles sont trop faciles, elles sont exclues d'emblée et tu risques même de perdre des points. Il ne faut pas oublier que cette épreuve a été inspirée par de véritables interrogatoires... Ah oui, j'ai failli oublier : tu dois t'entraîner à ne pas faire des phrases trop longues. Parce qu'en finale, tu devras parler pendant qu'on te chatouillera. Et là, chaque mot à prononcer devient une vraie souffrance !

L'idée de me faire chatouiller me fichait la trouille. Julia m'avait beaucoup chatouillée quand j'étais petite. C'était synonyme d'une vraie torture pour moi. Helen a repris ses explications :

– Je vais revenir à la finale, mais d'abord, je termine de t'expliquer les éliminatoires : après la partie IN, c'est la partie OUT : dans celle-ci, tu es la *défenseuse*. Ça signifie que tu dois interpréter le langage corporel de tes adversaires pour deviner quand ils mentent. Une fois le mensonge décelé, tu cries : « BLUFF, UN GROS BLUFF ! » de la voix la plus effrayante possible. À la fin de chaque manche, le jury révèle quelle était la vérité parmi les mensonges et attribue les points. Dès que l'un des deux adversaires comptabilise deux points d'avance sur l'autre, il est proclamé gagnant.

– Ça m'a l'air facile, ai-je dit. Plus facile que la TaLu, en tout cas.

– Ah, c'est vrai que cette épreuve-là est fondamentalement barjot, a dit Helen en riant. Celui qui l'a inventée doit sacrément détester les pâtisseries ! Ou alors, il avait des goûts très spéciaux !

Sa remarque nous a bien fait rire, et nous nous sommes gondolés tous les trois sur le sable. Je devenais de plus en plus optimiste. Peut-être que Helen avait raison, je pourrais assurer au Bluff. Ce serait génial de se retrouver en finale !

Helen s'est ressaisie et a repris :

– En fait, l'épreuve du Bluff est tout aussi dingue, dans son genre. Les premières manches sont faciles, c'est vrai, mais en finale, il faut assurer. Il y a trois finalistes, qui passent les uns après les autres : cette fois, il ne faut dire qu'une seule phrase, un énorme mensonge, évidemment. Mais en même temps, les deux autres vont essayer de te tirer les vers du nez en te chatouillant, pendant deux minutes chacun. Puis, pendant la dernière minute, si tu as tenu bon, ils s'y mettent les deux en même temps !

J'ai dégluti.

– Eh oui, a dit Helen quand elle a vu mon visage défait. Le Bluff n'a rien d'un jeu d'enfant. C'est une véritable épreuve, qui mesure les qualités fondamentales d'un bandit. Le détenteur du titre de champion du Bluff n'est pas quelqu'un qui divulgue facilement un secret. En tout cas, pas à force de chatouilles. Mais assez parlé ! Il est temps de commencer l'entraînement ! Laquelle de ces trois phrases est un mensonge, à ton avis, Liisa ? m'a-t-elle soudainement demandé en s'asseyant sur le sable en tailleur :

1) Les pages publiques du site *Robber-H* ont dépassé les 500 000 visiteurs ;

2) A.-K. Mikkonen est promise à devenir le plus dangereux bandit du monde des bandits ;

3) J'ignore où se trouve le guide de Helmeri Kvist.

Les yeux fermés, elle attendait ma réponse. Elle me faisait penser à un vieux gourou en train de méditer devant une grotte. Erik m'a jeté un coup d'œil.

– Au secours, a-t-il soupiré, tout en secouant la tête.

– C'est... c'est... bien plus difficile que je n'avais imaginé, ai-je baragouiné.

– Bien sûr que c'est difficile, a dit Helen, toujours avec sa voix de gourou, les yeux clos. C'est bien pour ça qu'elle fait partie des épreuves officielles de la fête. Et ça vous paraît d'autant plus difficile que j'assure CARRÉMENT ! Zut ! J'aurais pu utiliser cette dernière phrase pour un autre Bluff ! Tant pis pour moi. Voulez-vous que je répète mes trois phrases ? Vous avez droit à une seconde fois. Pas plus.

Nous avons acquiescé, et Helen a répété.

Observer le langage corporel ? Mais quel langage ? Son visage était aussi peu expressif que celui d'un poisson rouge !

– Je vous avais bien dit que j'assurais au Bluff, a dit Helen.

L'espace d'une seconde, elle a laissé échapper un sourire.

– C'est bon, je me lance, a dit Erik. Que tu ne saches pas où se trouve le guide de Kvist, c'est forcément une vérité. C'est impossible que tu le saches : le guide a disparu depuis la dernière guerre !

Helen nous observait avec un calme olympien.

– Intéressant, a-t-elle dit. Ah oui, Liisa, j'ai oublié de te dire que tu dois aussi faire attention à la façon dont tu réagis aux suggestions de tes adversaires. Ils vont scruter tes expressions !

– Si tu dis que c'est intéressant, c'est que j'ai raison, c'est bien une vérité, a raisonné Erik. Ça nous fait donc une phrase en moins, a-t-il ajouté en se tournant vers moi, l'air soulagé. Maintenant, nos chances de trouver le mensonge sont de cinquante-cinquante.

Helen arborait maintenant un sourire prétentieux.

– Sauf que… de tous les bandits de Finlande, il n'y a que Helen pour percer un tel secret… Qui sait, elle l'a peut-être vraiment retrouvé ? a poursuivi Erik, tout bouleversé par sa réflexion.

– C'est possible, en effet… Le fait que cette épreuve ait été réintégrée dans le programme laisse croire que quelqu'un sait où était caché le guide, ai-je dit, dévoilant ainsi mes pensées. Erik, as-tu participé à tous les braquages qui ont eu lieu les week-ends ?

D'un air désespéré, Erik a secoué la tête de gauche à droite.

– La phrase mensonge, c'est peut-être celle concernant A.-K. Mikkonen… Pourquoi ce serait elle, le bandit le plus redoutable ? ai-je dit, réfléchissant à haute voix. Et même si c'était le cas, pourquoi est-ce que tu l'admettrais ? Surtout que vous ne vous êtes jamais affrontées dans une épreuve, toutes les deux !

Le sourire de Helen s'élargissait de plus en plus.

– Sauf que… ai-je ajouté en faisant des allers-retours sur le sable, comme un détective privé. Sauf que s'il y a bien un bandit qui peut le savoir, c'est toi.

– Chuuut, a soufflé Helen en jetant un coup d'œil vers la camionnette, où les hommes étaient toujours en train de peaufiner leurs stratégies. Bon, vas-y, tu peux continuer. Qu'est-ce que tu disais ?

Son visage affichait de nouveau une expression indéchiffrable. Il me semblait qu'Erik n'était pas au courant de toutes les activités de Helen sur Internet, et en particulier de ses échanges avec A.-K. Mikkonen. Il me fallait donc la jouer fine.

– Peut-être que, *par un moyen qu'on ignore*, tu as réussi à percer un secret qui te permet d'affirmer qu'A.-K. Mikkonen est amenée à devenir le bandit le plus dangereux.

À son regard, j'ai vu qu'elle appréciait mon effort de cacher ce que je savais sur sa relation avec A.-K. Mikkonen. Au secours, tout cela était vraiment trop difficile !

– Mmmh, d'accord. Dans ce cas, c'est la première phrase qui est un mensonge, celle qui concerne le site *Robber-H*, a dit Erik en s'adressant plus à moi qu'à Helen. Je vais sur ce site uniquement pour voir si tu m'as envoyé un message, Liisa. Je n'ai aucune idée du nombre d'utilisateurs, mais 500 000, ça me paraît vraiment exagéré !

– Ce que je sais, ai-je répondu, c'est qu'en octobre, Helen a ajouté des textes explicatifs sur les Barbie qu'elle vend. D'abord sur la série « Kabuki », puis sur les « Cryptos ». Suite à ça, elles ont toutes été vendues, c'est parti comme des petits pains ! Mais ça ne nous dit pas grand-chose sur le nombre de visiteurs. Cela dit, je ne suis pas d'accord avec toi, je pense qu'il dépasse facilement et largement les 500 000. C'est même certain !

– Eh ben, a fait Erik. Cet exercice confirme une chose : je préfère participer à n'importe quelle épreuve plutôt qu'à celle-ci !

– Proposez quelque chose ! a dit Helen, irritée. Ça ne devait être qu'un exemple. Les vrais exercices vont suivre.

– Allez, on propose… ai-je dit en scrutant le regard d'Erik. On propose que c'est la troisième phrase qui est un bobard. Tu ne sais pas où le guide se trouve. Si ce n'est pas le cas, si en réalité tu sais où il est, j'attends avec impatience l'occasion de te tirer les vers du nez en te chatouillant à mort !

– Donc, c'est ça, votre réponse ? a demandé Helen.

Nous avons hoché la tête.

– Malheureusement, c'est faux ! a-t-elle éructé, triomphante. La bluffeuse remporte le duel. Le mensonge était la phrase numéro un. Le site *Robber-H* n'a pour l'instant que quatre cent quatre-vingt-dix mille visiteurs.

J'ai laissé échapper un soupir de frustration. Ce jeu était vraiment impossible !

– Je n'aurais pas pu trouver mieux, comme exemple, a repris Helen avec douceur. Le meilleur mensonge est celui qui est presque vrai. Il est facile à raconter.

Nous avons ensuite échangé les rôles. À mon tour de raconter des mensonges ! Je savais que je pouvais être une excellente menteuse quand je voulais, il me fallait seulement entrer dans mon rôle. L'été précédent, j'avais menti avec brio, réussissant à convaincre mes parents, au téléphone qui plus est, qu'ils devaient arrêter de publier des avis de recherche.

Mais Helen avait un regard aux rayons X. Elle m'a ainsi appris que je m'humectais les lèvres et que j'agitais mes orteils quand je mentais. Exactement le genre de signes que mes adversaires essaieraient de détecter.

– Le fait de savoir interpréter le langage corporel des autres m'a transformée, m'a expliqué Helen. Plus personne ne peut me raconter de bobards, à présent. Par exemple, je sais toujours quand Kaarlo-le-Rude ment. Et les grandes justifications des adultes du genre « c'est pour ton bien » ou « c'est comme ça qu'on a toujours fait » ne fonctionnent plus sur moi.

– Mais tu ne me l'as jamais dit ! a dit Erik, avec de grands yeux admiratifs.

– Bien sûr que non, s'est écriée Helen. Mais tu sais, parfois, j'aimerais bien être un peu moins perspicace. Enfin non, quand même pas. De toute façon, il faut toujours se méfier de ses parents !

*

– Très bien, ai-je dit. Je suis prête.

L'entraînement avait repris. Je fixais droit devant moi, me disant que j'étais Helen, une professionnelle, une pure et dure.

– 1) Après mon retour à la maison, je n'ai pas lancé une seule fois le couteau qu'Elina m'a offert ;

2) Je pense que ma sœur Julia est une ennemie plus redoutable que mon père, Jan Vainisto ;

3) Helen conduit mieux que Hilda.

La phrase mensongère m'a fait déglutir, et je luttais contre une forte envie de battre des cils. Je savais que cela me trahirait. J'essayais de m'isoler des regards scrutateurs de Helen et d'Erik et de contrôler mon cœur qui palpitait.

– Facile ! a dit Helen. Laissons Erik tenter sa chance. Je vous avais bien prévenus que j'étais plutôt forte à ce jeu.

Elle affichait un air satisfait. J'étais un peu déçue. Je pensais que la troisième phrase parviendrait à la décontenancer. J'avais fait exprès de choisir quelque chose qui la concernait personnellement.

– Il est étrange de prétendre que ta sœur soit plus redoutable que ton père – c'est bien lui qui a appelé la police l'année dernière, non ? a analysé Erik. Julia est une peste, soit, mais pourrait-elle faire quelque chose de réellement dangereux ? Par exemple, entrer en contact avec des bandits armés jusqu'aux dents et s'allier avec eux ? Avec les Pärnänen, pourquoi pas ! Mais en serait-elle seulement capable ? Non, je dirais que cette phrase est un mensonge. Ton père est un adulte, facilement en colère, qui plus est.

Ravie de cette réponse, je me suis tournée vers Helen, qui s'était mise au lancer de couteau. Elle avait fabriqué de nouvelles cibles, qui faisaient la taille d'une boîte d'allumettes. Inutile de préciser qu'elle lançait à chaque fois dans le mille.

– Non, c'est la première phrase, a-t-elle dit tout en allant retirer son couteau de sa minuscule cible. Tu n'aurais pas osé ne pas t'entraîner. Tu savais pertinemment que tu te ferais kidnapper de nouveau dès le début de l'été.

Elle m'a tendu son couteau pour me mettre à l'épreuve. Je l'ai lancé. Il a atterri à dix centimètres de la cible. Helen a hoché la tête, satisfaite de sa démonstration.

– Ah oui, au fait, Liisa, il vaut mieux éviter de commencer par « j'espère » ou « je pense », a-t-elle ajouté. Ce sont des phrases trop fastoches. Un bon jury risque de te demander de les changer, et tu perdras des points : tu peux toujours « espérer » ou « penser », quelle que soit la vérité. Tu vois sûrement ce que je veux dire. Heureusement, on a détecté cette faille avant la véritable épreuve.

Elle a enchaîné sur une roue, et juste avant que sa première main ne touche terre, elle a lancé son couteau. Le couteau s'est planté sur le bord de la cible.

– Je ne pige pas, a dit Erik. Ça voudrait dire que Helen conduit mieux que Hilda ?

– Pour son âge ! lui avons-nous répondu, en chœur.

– Réfléchis à ce que ça va donner dans quelques années ! ai-je expliqué. Là, c'était une vérité qui frôlait le mensonge.

– Tu commences à comprendre, a dit Helen, qui essayait cette fois de lancer son couteau tout en faisant le poirier.

Il lui a fallu trois tentatives pour y arriver.

Chapitre 11

Où l'on fait
beaucoup de guilis

L'Avenir de la campagne ! Pour une raison qui m'échappait, nous étions depuis quelques jours à la recherche du journal *L'Avenir de la campagne*. J'ai bien proposé d'aller l'acheter dans un kiosque à journaux, mais les Filouttinen n'ont rien voulu entendre. Puisqu'on avait choisi d'être des bandits, on devait aussi vivre comme tels. Une bande de bandits qui ne parvient pas à voler le journal qu'elle convoite n'a qu'à changer de métier !

Pendant les temps de pause, chacun vaquait à ses occupations, comme d'habitude. Marko-les-Crocs devenait de plus en plus mystérieux au sujet de son modèle réduit. Rayonnant de fierté, il est venu nous dire un jour :

– J'sais bien que j'dis ça tous les ans, mais c'te fois, c'est vrai : ce modèle réduit est le meilleur qu'j'aie jamais fait ! Il a...

– Des pneus ? a proposé Erik, feignant de ne pas comprendre. C'est un véhicule qui avance tout seul ? Dis-nous !

Helen a tenté de lui donner un coup de pied pour le faire taire. Mais Erik a bondi, réussissant à l'éviter. 1-0 pour Erik ! Ce qui était tout à fait exceptionnel !

– ... une âme, a répondu Marko-les-Crocs en reniflant d'un air digne.

Il m'a adressé un regard, pensant sans doute que moi, au moins, je comprendrais ce qu'il entendait par là.

– Ma maquette possède une âme, a-t-il répété en tournant les talons, vexé.

– Tu supportes bien les guilis ? m'a soudain demandé Helen en me toisant du menton. Parce qu'on ne s'est pas encore entraînés pour la finale.

– Non, très mal, ai-je répondu en reculant de quelques pas.

– Je ne te crois pas, a dit Helen en s'approchant de moi en position d'attaque. BLUFF ! UN GROS BLUFF !

Elle s'est approchée de moi comme une chasseuse vers sa proie, sur la pointe des pieds, les bras tendus en avant. Je ne sortirais pas vivante des chatouilles de Helen !

– Erik, au secours ! ai-je hurlé.

Je cherchais un chemin pour m'échapper, tout en sachant pertinemment que Helen m'attraperait sans aucun effort, où que j'aille.

– Désolé ! Ça fait partie de ton entraînement, a dit Erik, écartant les bras en signe d'excuse, avant de m'attaquer lui aussi.

Une demi-heure plus tard, nous avions tous des traces de larmes sur les joues à force d'avoir été chatouillés. Helen me donna alors quelques conseils :

– Tout le monde a une zone particulièrement chatouilleuse. Les plus fréquentes sont la plante des pieds, le ventre et les aisselles, mais aussi l'arrière des oreilles, la nuque, l'espace entre les orteils, la base du nez ou encore les sourcils.

– Tout le monde, sauf toi, a dit Erik, encore rouge des efforts que nous venions de faire pour essayer de faire craquer Helen.

C'est vrai qu'elle ne semblait pas avoir de point faible. Elle devait être faite d'acier, voilà tout !

– Le foie, a-t-elle lâché en posant son doigt dessus. Je suis chatouilleuse à cet endroit. C'est horrible !

Je l'ai effleurée sur cette zone, et elle s'est mise à rire d'un rire aigu, métallique, comme une poupée à piles. Parfois, je me demandais si Helen était vraiment un être humain, fait de chair et d'os. J'aurais plutôt penché pour une extraterrestre. Ou carrément un robot.

– Il nous faut absolument gagner le Bluff, a conclu Helen. De même pour l'ExCo et le M.R., et les autres épreuves où on est forts.

– Autrement dit, la totalité des épreuves, a dit Erik dans un hoquet. Tu as dit ça aussi l'année dernière, et l'année d'avant. En fait, tu es tout simplement une très mauvaise perdante.

– Oui, mais cette année, c'est différent. C'est le score final qui compte, a rétorqué Helen. C'est ce que Marko essaie de nous expliquer depuis un petit moment ! Réfléchis un peu : la place laissée par le Grand Pärnänen est en jeu… Je te rappelle que, chez les bandits, ça ne se passe pas comme chez tes chers Suédois, où l'enfant aîné du roi hérite automatiquement de la couronne ! Les épreuves vont donc être décisives…

Chapitre 12

Où Helen dévoile
son vrai point faible

Tout s'est fait en douceur. On ne s'en est pas aperçus tout de suite, mais le rythme de nos journées s'était accéléré. Finie la belle vie à la plage, c'était un été d'un tout autre style qui débutait. Un été aux sourires forcés, pendant lequel les bandits ne feraient que courir, les tresses en l'air, le maillot trempé de sueur.

Nous nous étions séparés en deux équipes pour trouver ce satané journal. Moi, j'étais avec Marko et Helen : je faisais mon numéro « Liisa dans le pétrin », et eux surgissaient des fourrés dès que j'avais arrêté la voiture. L'autre équipe, constituée de Kaarlo-le-Rude, Hilda et Erik, était chargée de fouiller des voitures un petit kilomètre plus loin. Nous avions dérobé une telle quantité de vivres que Hilda a fini par nous interdire de prendre des aliments qui ne résisteraient pas à la chaleur caniculaire. À l'exception du poisson. Face à cette demande, nous lui avons proposé d'aller carrément en pêcher, mais elle avait des exigences qui dépassaient nos moyens : pas de brochet, ni de perche, ni de gardon. Seuls le saumon et le sandre lui convenaient.

*

– Bon, c'est quoi, cette histoire avec *L'Avenir de la campagne* ? ai-je fini par demander un jour, alors que nous en étions déjà à notre cinquième braquage de la journée. C'est un test ? Après votre canard, vous allez me dire qu'il faut trouver une cassette de chants de baleines, ou des pinces spéciales épilation de narines ? Non, parce que j'aime mieux vous prévenir tout de suite : aucun être humain normalement constitué n'en possède ! ai-je crié.

Je ne m'étais pas rendu compte que j'avais élevé la voix. Helen s'est mise à ricaner.

– Eh bien, notre petite violoniste commence à manquer de patience, on dirait ! Ce canard, comme tu dis, nous sert de moyen de communication, a-t-elle fini par m'expliquer, alors que nous attendions la voiture suivante.

Nous laissions passer les voitures des T.B. Il était peu probable d'y trouver un numéro de *L'Avenir de la campagne*.

– Comme tous les gangsters, les bandits de grand chemin se contactent par des annonces qu'ils déposent dans les journaux, a poursuivi Helen, patiemment.

– « À l'attention de tous les dangereux bandits en déplacement dans la région : bienvenue à la fête ! » ai-je proposé. « Policiers s'abstenir ! »

– L'Engrais d'Orkola, a dit Marko-les-Crocs. C'est le nom d'la boîte par laquelle on passe pour les annonces. Du coup, on sait qu'chaque fois qu'ils en mettent une, c'est à nous qu'elle s'adresse. Pour la p'tite histoire, cette boîte appartient à la famille Pärnänen.

– Dans les années 1950, l'un de ces idiots s'est marié avec une Brave Citoyenne, l'héritière d'une riche entreprise de fourrage et d'engrais, a poursuivi Helen.

– Du coup, les Pärnänen ont des magasins dans plusieurs régions. Ils peuvent s'planquer en cas de besoin, a continué Marko-les-Crocs. Autant dire : souvent !

– C'est bien le seul avantage qu'un bandit peut tirer des Braves Citoyens, a dit Helen. Et encore, c'est pour ceux qui ont besoin de planques.

Ces explications me laissèrent songeuse... Étais-je un bandit ou une Brave Citoyenne ? À vrai dire, je me sentais un peu les deux... Jusqu'à ce jour, j'avais imaginé que les bandits n'avaient rien en commun avec le monde ordinaire. L'idée qu'ils s'y introduisent de cette façon – en publiant des petites annonces et en disposant de cachettes un peu partout en Finlande – était presque hilarante !

– Ce n'est pas un canal de communication aussi sûr qu'un portail web, a continué Helen, sans s'apercevoir que j'étais perdue dans mes réflexions. Mais certains bandits ne savent même pas ce que signifie le haut débit ! Publier des annonces peut s'avérer risqué : une fois, la miss Pärnänen a reçu un appel de quelqu'un qui voulait de l'azote pour son champ. Mais bon, à part cet incident, je ne crois pas qu'il y ait eu de gros problème.

– Et qu'est-ce qu'elle a fait, la miss Pärnänen ? Eh ben, elle a pété dans le combiné, et elle a ajouté : la facture suivra ! a plaisanté Marko-les-Crocs.

Pendant un moment, le petit chemin ensoleillé a résonné de nos rires.

Nous marchions vers le lieu du rendez-vous. Marko-les-Crocs portait une glacière. Nous avions enfin réussi à intercepter quelqu'un qui avait acheté du poisson frais au marché. En revanche, toujours pas l'ombre du journal tant convoité, si bien que nous avions l'impression de rentrer bredouilles.

– C'est pas mes oignons, a dit Marko-les-Crocs à l'adresse de Helen, mais vous avez bien attaqué les entraînements, toi et le chef, hein ? Parce que j'ai rien capté, malgré mes quatre oreilles.

– Pas encore, a répondu Helen d'une voix étonnamment tendue.

Puis elle a blêmi, et des taches rouges sont apparues sur ses joues.

– Je me suis dit que je poserais la question plutôt à toi qu'au chef, qu'est trop sanguin, a baragouiné Marko. C'est juste qu'y va falloir s'activer un peu...

– Chut ! a fait Helen. Plus un mot à ce sujet !

– À quel sujet ? lui ai-je demandé en m'arrêtant.

– C'est en finale, y'a une épreuve où... a commencé Marko.

– Pas maintenant, l'a coupé Helen en accélérant ses foulées.

Comme elle était beaucoup plus rapide que nous, en moins de deux la conversation a été close : Marko et moi étions en nage et à bout de souffle.

Pour la première fois, Helen cherchait à fuir quelque chose.

Chapitre 13

Un petit chapitre
où l'on découvre
une terrible tricherie

– Du poisson ! a applaudi Hilda en nous voyant arriver avec la glacière. Enfin du poisson ! On va pouvoir se faire de belles brochettes ! Vive l'été !

Tout le monde s'affairait à sa tâche : Kaarlo-le-Rude et Marko-les-Crocs déchargeaient les affaires pour la nuit, Helen était partie faire un petit tour dans les environs pour s'assurer de la sécurité du lieu, Hilda préparait le dîner, et Erik et moi ramassions des branchettes dans une espèce de petit bois riquiqui.

Hilda a soupesé le poisson, l'air ravie. Puis elle l'a posé sur la table de camping pour le déballer, religieusement, feuille par feuille. Brusquement, son expression a changé. Elle a déplacé le poisson sur le bord de la table pour déplier les feuilles humides devant elle. Erik ne s'est aperçu de rien, il était en train d'allumer le feu. Quant à moi, je me suis approchée, intriguée.

– Les annonces, a susurré Hilda. Les annonces ! Yes !

Elle s'est penchée pour les lire. Puis elle s'est relevée lentement, bouche bée, en continuant à fixer le papier. Le poisson aux flancs argentés a glissé par terre, mais elle n'a pas réagi. Comprenant enfin que quelque chose n'allait pas, Kaarlo a rejoint Hilda à grands pas.

– Vendredi, a-t-elle lâché d'une voix rauque. La fête commence vendredi.

Helen est arrivée en courant.

– Qu'est-ce qui se passe ? a-t-elle demandé.

Même Erik a fini par lever son visage noir de suie, l'air inquiet. Mon estomac s'est noué. Ça ne devait pas se passer comme ça. Les Filouttinen étaient les bandits les plus rusés et les plus extraordinaires que je connaisse. S'ils étaient pris au dépourvu, c'est que l'heure était grave.

Kaarlo-le-Rude et Marko-les-Crocs se sont bousculés autour de la table. Le numéro de *L'Avenir de la campagne* qui avait servi de papier d'emballage pour le poisson avait réussi à attirer trois lecteurs passionnés. Pas de place pour un de plus. Je n'avais d'autre choix que d'attendre.

– Ils se sont payé notre tête, a dit Kaarlo-le-Rude. Ils ont avancé la fête de deux semaines. D'habitude, on ne commence pas avant le mois de juillet. Jamais ! Ce n'est pas ça qu'on avait dit !

– La paix entre bandits, mon œil ! a rétorqué Erik. Malgré les apparences, ils n'ont rien oublié, rien pardonné.

– On n'y sera jamais à temps ! a laissé échapper Marko-les-Crocs.

– On n'a pas le choix ! a rétorqué Helen, lançant un regard suppliant à Hilda.

– On y sera, a-t-elle dit d'un ton déterminé. C'est l'été, et les nuits sont lumineuses. Qui aurait envie de dormir ?

Chapitre 14

Où l'on rattrape notre retard
et où l'on prend des forces

Direction le nord ! Nous avons passé toute la nuit dans la camionnette, qui tanguait et vrombissait. Sur les grands-routes, droites et rapides, que nous avions fini par emprunter faute de temps, il fallait faire attention aux radars. En revanche, sur les petits chemins de gravier, Hilda écrasait la pédale d'accélérateur sans le moindre scrupule !

Dans la camionnette régnait un silence peu habituel. Assise à côté de la vitre, j'essayais de voir dehors. La guirlande de poupées Barbie pendues, qui ornait les vitres l'été dernier, me manquait. À présent, Helen était trop occupée pour fabriquer des décorations. Elle vendait toutes ses Barbie customisées à des prix « collector », de plus en plus exorbitants, qui plus est. Helen était devenue une entrepreneuse fortunée, et aucun membre de sa famille ne s'en doutait !

Vers quatre heures du matin, Hilda en a eu assez d'être la seule réveillée :

– Chantez-moi quelque chose ! a-t-elle ordonné, coupant court aux ronflements de Kaarlo-le-Rude, comparables au bruit d'un marteau-piqueur.

Nous nous sommes étirés, ouvrant les yeux à grand-peine. Je m'étais endormie, le visage écrasé contre la vitre.

– Vous m'entendez ? Je veux que vous chantiez ! Sinon, je m'endors au volant, sans rire ! a grogné Hilda.

J'ai entonné : « Le vieux McDonald a une ferme... Iya iya ooo ! »

– De toutes les chansons qui existent, il fallait que ce soit celle-là ! a rouspété Helen.

– J'ai sommeil, il n'y a rien d'autre qui me vienne.

Personne n'a trouvé mieux, nous avons donc fini par chanter aussi la version « Kaarlo-le-Rude a une camionnette ». Et la version « Liisa Vainisto a un cerveau ». Après avoir fait le tour de notre clan, nous sommes passés aux autres familles de bandits. La version qui a eu le plus de succès était celle-ci : « Tiina Pärnänen a des fesses, iya iya prout ! » C'était la suggestion de Marko-les-Crocs, bien sûr. Et à quatre heures du matin, ça nous faisait plutôt rire. Incapables de chanter à force de rigoler, nous beuglions. Et Hilda grognait. Mais deux voix ne se joignaient pas à notre chœur : celle de Kaarlo et celle de Helen. Pour une raison qui m'échappait, tous les deux préféraient se taire, le regard fixé sur la route.

La nuit s'est déroulée ainsi, en roulant et en chantant. Quand nous avons enfin commencé à chercher un lieu de campement, nous étions épuisés. Nous avons fini par trouver un bout de terrain au bord de l'eau, à l'abri d'un petit bois.

Ce matin-là, le petit déj' a été plus festif que d'habitude. Hilda est restée assise sur sa chaise comme un zombie, alors que nous autres cuisinions. Les filets de poulet grillés au feu de bois fondaient dans la bouche. Nous les avions attendris au marteau, garnis au fromage frais, puis enroulés, ajoutant dessus, façon nœud papillon, du bacon croustillant. Il nous fallait reprendre des forces. Un trajet tout aussi long nous attendait avant d'arriver à destination. Je me demandais si nous reprendrions la route en début de soirée, comme la veille. Je doutais que Hilda ait récupéré... À l'heure actuelle elle semblait même incapable d'ouvrir sa portière.

– Ah ! ça va saigner, hein, chef ? a dit Marko-les-Crocs, tout en rajoutant sur son filet de poulet un gros tas de crème fraîche.

– Tu veux dire qu'ils ne sont pas assez cuits ? s'est exclamée Hilda, recrachant le contenu de sa bouche sur l'assiette.

L'air nauséeuse, elle est devenue d'abord verte, puis grise. Laissant son assiette intacte, elle est partie se coucher d'un pas chancelant.

– Mais non, je parlais de la fête et de notre revanche, s'est expliqué Marko-les-Crocs. Vu qu'ils nous ont joué un sale tour avant même le début des festivités, il va falloir y aller à fond les bananes, et jusqu'à la finale ! Hein, chef ? Hein, Helen ?

Kaarlo-le-Rude s'est raclé la gorge, comme s'il avait avalé de travers.

Helen est partie chercher la tente dans la camionnette, puis a commencé à la monter à un rythme effréné.

Qu'est-ce qui pouvait effrayer à ce point l'héroïque Helen Filouttinen ?

*

Avant qu'on aille tous se coucher, Kaarlo-le-Rude s'est approché de sa fille.

– Helen, a-t-il commencé. Pendant notre trajet nocturne, j'ai réfléchi à mon discours, et j'ai réussi à le boucler. Le moment est venu de nous entraîner pour tu-sais-quoi. On n'arrête pas de le repousser, alors qu'on a vraiment besoin d'entraînement.

Il était tout pâle.

Helen a dégluti, et j'ai vu qu'elle se débattait pour s'empêcher de trembler.

– Liisa ne pourrait pas le faire à ma place ? a-t-elle demandé.

Elle claquait des dents, l'air de vouloir décamper.

– Non, c'est impossible, a dit Kaarlo-le-Rude. C'est toi la sous-chef.

Helen a soupiré, secouant la tête.

Ils sont partis ensemble, s'éloignant du campement, et de nous.

– Maintenant, tu vas parler, ai-je ordonné à Erik, qui les suivait du regard. Qu'est-ce qu'elle doit faire ? De quoi a-t-elle peur à ce point ?

Erik a marqué un long silence, l'air de réfléchir à la façon de répondre.

– Il s'agit d'une épreuve particulièrement importante, qui se déroulera tout à la fin, a dit Erik. Pour la réussir, il faut du charisme. Cette épreuve mesure la capacité des participants à convaincre et à impressionner leur public, à mobiliser leurs troupes. Bref, leurs aptitudes de chef. C'est pourquoi seuls les chefs bandits et leurs sous-chefs, c'est-à-dire leurs lieutenants, sont autorisés à concourir.

Helen n'avait pas le choix. Elle voulait devenir le capitaine, et pour la première fois, cela lui demandait un effort.

– Inutile de préciser à quel point c'est stressant pour eux, a ajouté Erik. À l'époque de Helmeri Kvist, cette épreuve s'intitulait le « Chant du Chaman », mais aujourd'hui, avec les évolutions technologiques et autres, l'intitulé a changé. C'est devenu le « Karaoké des Canailles ».

Chapitre 15

Où le quotidien des bandits est perturbé

Nous n'avons pas repris la route avant le lendemain matin et un solide petit déjeuner. Hilda, à qui j'ai trouvé le visage un peu verdâtre, ne nous a pas rejoints.

– Non, merci, je préfère aller faire une petite trempette, m'a-t-elle répondu quand je lui ai tendu une assiette de feuilletés. C'est trop tôt, je n'ai pas d'appétit.

– Elle fait attention à son poids, a chuchoté Kaarlo-le-Rude. Pourtant, je lui dis que je la préfère comme ça, un peu enrobée. Une petite bedaine, c'est comme un bijou, ça met en valeur les T-shirts !

– Une « petite » bedaine, m'a chuchoté Erik, montrant du doigt l'impressionnant bidon du chef bandit.

Nous avons pouffé de rire, en sourdine. Marko-les-Crocs essayait de se retenir, en vain.

– C'est quand même vexant quand on rentre plus dans ses vêtements, a dit Helen. Elle croit qu'on n'a pas compris qu'elle utilise les pantalons de pa... du chef.

Kaarlo-le-Rude a à peine grogné à cause de « papa », avant de se fendre d'un grand sourire. Helen souriait aussi, en cachette, faisant semblant de s'intéresser à ses ongles de pieds.

– Allez, on plie bagage ! a rugi Kaarlo-le-Rude. Il nous reste encore de la route ! La fête commence après-demain, et ce serait bien qu'on arrive sur place un peu en avance.

Il ne nous a fallu que quelques minutes pour charger la camionnette. Démonter la tente, enrouler les sacs de couchage et les enfoncer dans la caisse réservée au linge de nuit, plier la table de camping et ses chaises et les accrocher à leurs supports : tout cela était une petite routine bien huilée.

– Maintenant, il n'y a plus qu'à... a commencé Kaarlo-le-Rude.

La fin de sa phrase est restée en suspens. Il venait de s'apercevoir que Hilda n'était pas derrière le volant, la main sur la clé de contact et le pied sur l'accélérateur.

À l'arrière, nous étions tous à nos places, prêts à partir. Il y avait comme un léger malaise. Je commençais seulement à comprendre que tout n'était pas comme l'été précédent...

– Elle est partie à la plage, non ? a suggéré Erik, une pointe d'inquiétude dans la voix.

– J'y vais, ai-je dit en sautant de la camionnette.

Hilda était assise au bout du vieux ponton délabré, les pieds dans l'eau. Les yeux fermés, elle semblait plongée dans ses pensées.

– Il faudrait penser à y aller... me suis-je lancée prudemment. On a des kilomètres à faire, à ce qu'il paraît.

– Oui, la route va être longue, a dit Hilda, toujours les yeux fermés. Laisse-moi encore une minute.

Elle s'est penchée pour prendre un peu d'eau dans le creux de ses mains, qu'elle a versée sur son front, son cou, ses poignets.

– J'aurais dû me baigner, a-t-elle dit avec regret. Il faudrait toujours faire ce dont on a envie, tout de suite et sans réfléchir.

Je l'ai attendue sur la plage. Elle a ramassé ses tongs d'un geste lent et précautionneux. Était-elle malade ? Kaarlo-le-Rude avait-il eu un sommeil agité ? Si ça se trouve, il avait pris toute la place dans le lit, et elle avait dû dormir sur le bord, toute recroquevillée... J'admirais son stoïcisme : elle gardait toujours ses soucis pour elle-même !

– C'est bon, a soudain dit Hilda, extirpant ses lunettes de soleil de la poche de son ample chemisier. On peut y aller.

Elle m'a dépassée à grandes enjambées. Bizarrement, elle ne m'avait plus l'air aussi redoutable qu'avant. Elle semblait adoucie... en quelque sorte.

J'ai grimpé à ma place. Les autres n'avaient pas bougé. Hilda s'est installée derrière le volant. Cramponnée à la poignée de la portière, je me préparais à un départ éclair. Mais Hilda est redescendue de la camionnette. Elle a ouvert la portière du côté de Marko-les-Crocs.

– Marko, tu voudrais pas conduire ? lui a-t-elle demandé d'une petite voix.

– Quoi !? a dégluti Marko-les-Crocs en cherchant du regard Kaarlo-le-Rude, qui était bouche bée. Euh... Eh ben, oui, d'accord. J'veux bien tenter un essai. C'est qu'un volant, après tout. Il tourne pareil que tous les autres !

– Pourquoi tu taquines ce pauvre homme ? s'est étonné Kaarlo. Il ne comprend pas que tu es en train de le tester ! C'est toi, notre chauffeuse attitrée, tout le monde sait que tu es irremplaçable, a-t-il poursuivi avec douceur. Allez, maman, monte derrière le volant. Personne ne dépasse les limitations de vitesse avec autant d'élégance que toi !

– Non, c'est sérieux. Je ne veux pas conduire, a dit Hilda.

Perplexe, Marko-les-Crocs a détaché sa ceinture de sécurité pour descendre de la camionnette. Il s'est étiré, avant de s'installer à la place du conducteur. Notre étonnement a atteint son comble quand, au lieu de s'asseoir sur le siège de Marko, Hilda a ouvert la portière avant, côté passager.

– Chéri, je voudrais m'asseoir ici, a-t-elle dit doucement. Je risque d'avoir mal au cœur à l'arrière. Ça va mieux quand je vois la route.

Kaarlo-le-Rude a eu un mouvement de recul, comme si Hilda l'avait mordu.

– Mais ça ne se fait pas ! Le capitaine de la camionnette ! Sur la banquette arrière !

Helen a failli s'en mêler, dire qu'elle avait beau être sous-chef, elle était quand même assise à l'arrière, mais je l'en ai empêchée. J'ai posé ma main sur la sienne, et elle a hoché la tête : il valait mieux les laisser régler ça entre eux. Avec une grimace, elle s'est retournée pour regarder au-dehors. Si je ne la connaissais pas si bien, je n'aurais pas pu deviner son désarroi. Pour affronter la fête et ses dangers, il nous fallait à tout prix éviter le désordre dans nos propres rangs.

À l'avant, les négociations se poursuivaient. Kaarlo-le-Rude se cramponnait littéralement à son siège.

– À l'arrière, je ne vois pas… hmm… l'environnement. Il m'est impossible d'analyser la situation, de décider des actions de braquage à entreprendre ! De donner des ordres éclair ! D'encourager l'équipage, bref, d'exercer mes fonctions de chef ! Femme, tu veux… tu veux peut-être que je me retire pour de bon ?

Sa voix avait grimpé dans les aigus sur la fin. Il était aussi stupéfait que vexé, ça ne faisait aucun doute.

– L'autre solution, a poursuivi Hilda d'une voix calme et posée, c'est que M. Kaarlo Filouttinen se prépare à nettoyer un bon dégobillis avant même qu'on n'arrive sur la grand-route !

Plus vite qu'un battement d'aile de papillon, Kaarlo a détaché sa ceinture, et il est monté à l'arrière.

Chapitre 16

Où l'on trouve une nouvelle conductrice pour la camionnette

Marko-les-Crocs était loin de disposer des mêmes talents que Hilda pour la conduite, nous l'avons compris illico.

– Mais appuie sur l'accélérateur ! ont crié Helen et Erik de concert, alors que la camionnette quittait le campement à la vitesse d'un escargot.

J'ai vu que Hilda fixait la route sans se préoccuper aucunement de la conduite de Marko. L'été précédent, elle n'avait cessé d'importuner Elina, la sœur de Kaarlo, quand celle-ci avait pris le volant. C'est dire à quel point elle tenait à sa place de conductrice ! Pourquoi ce n'était plus le cas ? Qu'est-ce qui n'allait pas, bon sang ?

– Écrase le champignon, tu m'entends ! s'est écriée Helen.

– Faut y aller mollo, a murmuré Marko. Ces vitesses font un boucan pas possible. Comme si elles étaient complètement rouillées. Ah non ! non ! t'arrête pas ! s'il te plaît !

La camionnette s'est mise à avancer cahin-caha, et nous sommes enfin sortis du petit bois.

– Doucement mais sûrement ! a fait Kaarlo-le-Rude en guise d'encouragement.

Hilda a fermé les yeux. Elle semblait souffrir du bruit.

– Dis-toi que l'accélérateur est le visage de l'adversaire que tu dois écraser, a conseillé Kaarlo-le-Rude.

Au carrefour, avant de bifurquer sur la grand-route menant vers la côte, Marko a marqué un arrêt, et ceci alors qu'il n'y avait aucun véhicule en vue !

– Un coup d'œil à gauche, puis à droite, et encore à gauche, a-t-il murmuré. La première, on se la joue pédale douce, la deuxième, préparez-vous à la secousse, c'est bien ça, hein, Hilda ? s'est-il assuré.

Hilda a hoché la tête. Derrière ses lunettes de soleil, il était impossible de voir si ses yeux étaient ouverts. La camionnette a avancé de quelques mètres avant de caler.

– Elle est capricieuse comme une chèvre, a dit Marko-les-Crocs avant de redémarrer.

Il y eut un drôle de bruit, et la camionnette a calé de nouveau.

– Laisse le moteur tourner au ralenti, a dit Hilda d'une voix douce.

Le moteur a bien redémarré, mais la moindre voiture qui passait sur la grand-route mettait Marko dans tous ses états.

– Une Volkswagen, à soixante kilomètres à l'heure, j'pourrais passer, je pense, mais je ne prends pas le risque. Une Audi, à peu près à cinquante kilomètres à l'heure, mais qui est talonnée par un camion-citerne. Mieux vaut attendre que s'engager au mauvais moment !

Et nous avons attendu et attendu, encore et encore.

– Ce taxi qui roule à cinquante à l'heure, je me demande si c'est un local, a dit Marko.

– Tu pourrais peut-être garder tes expertises pour la compétition, a dit Erik. On peut y aller, maintenant. Je regarde à droite, et toi, tu regardes à gauche puisque c'est dans cette direction qu'on tourne.

– Vous savez que la plupart des accidents surviennent justement dans les carrefours, a dit Marko en se cramponnant au volant.

S'engager sur la grand-route lui semblait insurmontable.

– Tu peux oublier l'épreuve Expertise Coffre, a dit Helen à l'adresse d'Erik. Si ça continue comme ça, toutes les épreuves seront terminées quand on arrivera !

*

– Il doit y avoir une autre solution, a dit Kaarlo-le-Rude alors que la camionnette venait de caler une fois encore.

Nous venions de faire cinq cents mètres sur la grand-route. Cinq cents mètres pendant lesquels nous nous étions fait doubler par absolument tous les véhicules. Notre vitesse frôlait à peine les trente kilomètres à l'heure. Nous avons fini par nous garer sur un arrêt de bus, feux de détresse allumés.

– Hilda, tu ne veux pas reprendre le volant ? a demandé Marko. Je t'ai réchauffé le siège.

Hilda s'est contentée de secouer la tête. À ce moment-là, une voiture de sport est passée en klaxonnant.

– Il faut qu'on prenne une décision, et vite, a dit Helen. On attire trop l'attention, là. Laissez-moi prendre le volant !

– Toi ? a fait Marko-les-Crocs, vexé. Helen, tu es un bandit très convaincant, mais tu n'as que treize ans. Pour avoir un permis de conduire, il faut...

– Qu'est-ce que ça peut faire ? l'a coupé Helen, tout en extirpant du tiroir de la banquette des objets de luxe dérobés. De toute manière, on n'a pas intérêt à se faire contrôler : « Le permis de conduire et la carte grise, s'il vous plaît ! » Tu peux me croire, je ne me proposerais pas si je pensais nous faire prendre un risque. Il est bien plus dangereux de continuer à avancer à cette allure-là !

Marko-les-Crocs a rougi, appuyant par accident sur le klaxon. La voiture qui arrivait en face a freiné et a fait un appel de phares. Cet incident a marqué la fin de la carrière de conducteur de Marko. Comme Helen l'avait dit, nous attirions trop l'attention.

– Parfait alors, a tranché Kaarlo-le-Rude. Tu n'as qu'à conduire. Mais seulement jusqu'à ce que Hilda retrouve... retrouve...

Hilda s'est tournée vers lui. Ses lunettes de soleil cachaient son expression.

– ... son envie de conduire ! a trouvé Kaarlo-le-Rude, soulagé.

J'ai pouffé de rire, et Erik m'a donné un coup de pied pour me faire taire.

– Qu'est-ce que tu cherches, ma chérie ? a demandé Hilda à Helen, qui fouillait toujours dans le tiroir.

– Ça ! a-t-elle répondu, extirpant une paire de sandales rouges à semelles compensées. Comme ça, personne ne pourra dire que je suis trop petite pour atteindre les pédales.

Helen a enfilé les sandales, puis elle a retroussé le bas de son pantalon pour en faire un short. Il comportait des lanières, cousues sur les côtés, qui permettaient de l'attacher à des hauteurs différentes. Perchée sur ses talons, elle est sortie de la camionnette d'un air assuré. Avec ces dix centimètres de plus, elle était carrément impressionnante ! La tête basse, Marko-les-Crocs s'est faufilé à l'arrière, reprenant sa place. Kaarlo-le-Rude lui a donné une petite tape d'encouragement.

Helen s'est coiffée d'un bandana noir, puis elle a ouvert la boîte à gants et a attrapé la paire de lunettes à effet miroir que Hilda utilisait par temps particulièrement ensoleillé.

– Je passe pour une fille de dix-huit ans, non ? a dit Helen, se regardant dans le petit miroir du pare-soleil.

Il y a un an, habillée de cette façon, elle aurait eu l'allure d'une petite fille déguisée. C'était loin d'être le cas, à présent. Helen avait changé, ai-je réalisé. Elle avait l'air d'un petit gangster, que les gendarmes n'auraient sûrement pas envie d'arrêter pour un simple contrôle routier. Et qui avait largement l'âge d'avoir le permis.

– Maintenant, il faut encore que tu saches conduire, a dit Marko-les-Crocs. Le look, tu l'as, je le reconnais. Mais tu dois aussi tourner le volant, et ça, c'est loin d'être un jeu d'enfant !

– Merci, a eu la force de murmurer Hilda. C'est sympa d'avoir un peu de reconnaissance, après toutes ces années.

– Sans vouloir vexer personne, il va nous falloir trouver un raccourci. On a perdu trop de temps, a annoncé Helen.

Elle a démarré en faisant vrombir le moteur, exactement comme Hilda. Elle a jeté un œil dans le rétroviseur et, constatant que la route était dégagée, elle a tourné le volant de toutes ses forces. La camionnette a effectué un demi-tour, lent et élégant, alors que l'espace était très limité. Nous avons tous crié « hourra » ! Une fois la vitesse de croisière atteinte, Kaarlo s'est penché vers le siège de Helen.

– Tu conduis drôlement bien ! a-t-il vociféré, tout étonné.

Bien sûr que Helen savait conduire, me suis-je dit. Helen excellait dans tout ce qu'elle entreprenait, et elle n'avait peur de rien. Enfin, si. Elle avait peur de l'épreuve Karaoké. Mais cela mis à part, elle avait tout d'un parfait bandit.

Ému aux larmes, Kaarlo-le-Rude prenait de grandes bouffées d'air.

– C'est comme ça, on vieillit, hein, Hilda ? Nos loulous savent déjà tout faire. Ce sont des bandits à part entière. Dans peu de temps, ils se cureront les dents avec un couteau et feront trembler jusqu'aux recoins les plus éloignés de Finlande !

– Ah ! si tu savais... a dit Hilda, l'air bizarre.

– C'est Elina qui m'a appris à conduire, a expliqué Helen, avec modestie. Pendant les week-ends.

– Ah ! c'est donc grâce à Elina, a dit Hilda, pouffant de rire. Elle commençait enfin à reprendre ses esprits.

– « Auto-école Elina Filouttinen », bien sûr, a rétorqué Marko-les-Crocs, avant d'éclater de rire, lui aussi. Elle déménage, ta sœur, Kaarlo, y'a pas à dire !

– Vous exagérez, les a interrompus Helen. Elle n'avait pas vraiment le choix : il était hors de question pour elle de conduire en cas d'inspiration subite. Il fallait que quelqu'un puisse prendre le relais !

Au carrefour, Helen a réussi à prendre le virage au frein à main tout en nous montrant un pouce victorieux. Nous étions de nouveau en route vers l'aventure !

Chapitre 17

Où l'on déguste un dessert
au beau milieu de la nuit

Pour notre dernière halte avant la fête, nous avons monté le campement dans une baie calme, bordée d'une plage de sable et de quelques arbres pour pouvoir accrocher le hamac de Marko.

Erik et moi étions allongés sous la tente. Il n'était pas encore très tard, mais il nous fallait reprendre des forces.

– Et dire que ça commence demain ! a soupiré Erik.

– J'ai peur pour mon épreuve... ai-je dit au bout d'un moment. Comment ai-je pu imaginer une seconde que je pourrais réussir ? En réalité, je ne sais pas mentir.

– Moi, ce ne sont pas les épreuves qui m'inquiètent, a aussitôt répliqué Erik. C'est bien plus grave. Je peux te confier quelque chose ?

J'ai acquiescé d'un hochement de tête.

– Récemment, j'ai pris conscience de quelque chose d'assez effrayant, a-t-il dit. Je n'ai plus aucune liberté. Je me souviens d'un jour, c'était il y a quelques années, où nous étions tous à la plage et où papa nous apprenait à construire des châteaux de sable. On en avait fait un gigantesque, ça nous avait pris toute une nuit d'été ! Marko-les-Crocs était chargé d'arroser le sable, tandis que papa, maman, Helen et moi construisions des escaliers, des tours, des murailles et des bastions. On était allés chercher de la mousse dans la forêt, mais aussi des branches, des cailloux, et tout semblait tellement réel... Une fois que tout avait été terminé, j'avais dit à papa : « C'est dans ce château que je veux habiter ! Et on continuera ce jeu demain, et tous les jours d'après ! » « Rien n'est impossible pour un bandit », m'avait-il alors répondu, et je l'avais cru. Mais ce n'était pas vrai. On n'est pas restés jouer. Je l'ai compris très vite, quand on a repris la route en laissant le château derrière nous.

J'ai soupiré et me suis rapprochée de lui.

– Maintenant qu'on a beaucoup braqué, beaucoup roulé, et qu'on a grandi, on devrait être comme lui et avoir les mêmes rêves, a poursuivi Erik. En tout cas, c'est ce qu'il pense. En réalité, si je me bats contre ces cinglés, c'est uniquement pour qu'on soit sélectionnés en finale et qu'il décroche le titre de Maître Bandit. Parce qu'il n'a plus que cette idée en tête ! Mais ce qu'on ne voit pas, c'est qu'on est devenu ordinaires ! On est en train de reproduire le comportement des Braves Citoyens ! Je le vois bien, c'est pareil chez mes copains de classe : leurs parents ne sont plus jamais à la maison. Ils courent après leurs rêves, et nous, les enfants, on se plie en quatre pour qu'ils les atteignent. Sans obtenir aucune reconnaissance de leur part !

Je pensais à mes parents. À ma mère qui rapportait ses dossiers à la maison et qui faisait semblant de regarder la télé, alors qu'en réalité, elle travaillait. À mon père qui s'enfermait dans la cuisine avec ma mère pour se défouler sur ses collègues. Je préférais mourir de faim plutôt que d'y mettre les pieds.

– Je croyais que ça te faisait plaisir de concourir, ai-je fini par dire. L'année dernière, ça t'embêtait de devoir abandonner l'ExCo avant la fin...

– C'est vrai, a-t-il reconnu. Mais cette année, tout est différent. Si papa réussit et qu'il devient le Maître Bandit – autant dire le roi de l'univers ! – penses-tu qu'il me laisserait continuer à aller à l'école ? Je ne serais plus n'importe qui, ça serait sûrement trop dangereux pour la famille... Alors que c'est ça, mon souhait le plus cher !

Je comprenais enfin son désarroi.

– J'ai aimé chaque jour de l'année qui vient de s'écouler, a dit Erik. Chaque journée d'école. Le rêve de papa risque de détruire le mien, a-t-il ajouté d'une voix sourde. Voilà pourquoi j'ai du mal à me motiver pour ces épreuves.

Quelqu'un a ouvert la fermeture Éclair. C'était Helen, la mine coupable – signe évident que son incroyable ouïe avait capté l'essentiel de notre conversation.

– Erik, je crois que le moment est venu pour moi de te dévoiler quelque chose, a-t-elle dit.

Erik s'est redressé, et ses yeux se sont mis à scintiller.

– C'est très simple, a repris Helen. Je refuse d'admettre qu'il puisse y avoir des choses que je ne sache pas faire. C'est mon secret pour réussir. Notamment pour les épreuves. Fais-nous confiance, Erik. Nous sommes les Filouttinen, la famille la plus entêtée au monde ! Tous les problèmes ont une solution, à condition qu'on tienne bon.

J'ignore ce que Helen est allée dire à Hilda juste après, mais les choses se sont précipitées. Le campement, qui jusque-là dormait tranquillement, s'est mis à s'agiter et à s'affairer. Stupéfaits, Erik et moi avons pointé nos têtes hors de la tente igloo.

– Qu'est-ce que vous attendez ? Venez manger ! nous a crié Hilda.

Elle avait fait bouillir des œufs sur le réchaud. Avec ces œufs, du tarama, trois boîtes de thon et des olives tranchées, elle a ensuite préparé un pâté pour garnir des tartines de pain croustillant. Accompagnées d'une bonne tasse de chocolat chaud, ces tartines gigantesques, à tenir avec ses deux mains, étaient le meilleur souper que j'aie jamais dégusté !

– Et ce n'est pas tout ! Maintenant, on passe au dessert, a annoncé Hilda, toute gaie. Cette nuit plus que jamais, on a besoin d'un Boom du Géant !

– Ne t'embête pas, enfin, pas pour moi... a dit Erik, d'une voix timide.

– Marko, va chercher dans la glacière ce pauvre paquet de glace qui a presque fondu, a-t-elle ordonné.

LE BOOM DU GÉANT

Recette notée par Liisa

• D'après Hilda, le Boom du Géant est le dessert idéal pour se remonter le moral. Il convient aussi quand on a des invités surprises. Ou encore quand on est en train de passer un bon moment, et qu'on a envie que ça continue encore un peu. Pour une raison inexpliquée, ce dessert est encore plus savoureux s'il est dégusté à une heure inhabituelle : au petit déjeuner, après une soirée festive, après la sieste ou encore très tard dans la nuit.

• Pour le Boom du Géant, il faut : de la glace à la vanille ou de la crème anglaise. La crème Chantilly marche aussi. Hilda dit qu'une fois, elle a même utilisé de la glace à la fraise. Bref : ça n'a pas beaucoup d'importance.

• La glace et la crème ou la chantilly sont ensuite mélangées avec ce qu'on trouve dans les placards. La règle de base, c'est qu'il doit y avoir des ingrédients durs et mous, des ingrédients un peu acides ou piquants, et, bien sûr, des ingrédients sucrés.

• On met le tout dans un saladier, on mélange. Et on déguste immédiatement ! Le principal, c'est que les portions soient immenses, voire démesurées, comme pour des géants, d'où le nom de ce dessert !

Les combinaisons préférées des Filouttinen :

– glace à la vanille, confiture d'airelles, crème caramel (Hilda)
– glace, framboises, réglisse salée écrasée en purée
– glace, Oréo, un filet de café (Kaarlo. Pour Erik, la même chose, sans café)
– Dragibus, marmelade de mûres des marais, chantilly
– glace (vanille ou fraise), Chamallows, cacahuètes salées (encore meilleur avec un peu de crème caramel !)
– raisins secs, glace à la vanille, deux cuillerées d'Orangina
– version bizarroïde à la Marko-les-Crocs : des miettes de pain croustillant, roulées dans le miel, enrobées de glace

Attention : à déguster avec une cuillère à soupe ou avec une louche !

Ce soir-là, notre Boom du Géant était composé de glace, de petits morceaux de quatre-quarts un peu rassis et de confiture de rhubarbe volée dans les affaires d'une vieille dame. Hilda a servi à chacun une grosse portion, tout en réservant presque un tiers du dessert dans le saladier. Le visage de Kaarlo-le-Rude s'est fendu d'un large sourire. Un peu trop vite... Quand il a tendu la main, Hilda lui a pointé l'une des assiettes ! Alors qu'il affichait une mine défaite, elle s'est saisie du saladier et s'est adonnée à la dégustation, les yeux fermés et gémissant de bonheur !

– Depuis quand tu manges la nuit ? lui a demandé Kaarlo-le-Rude avec douceur.

– Depuis maintenant, a-t-elle répondu. Cet été, je ne mangerai que la nuit !

Chapitre 18

Où l'on loupe le réveil,
alors que c'est le jour
le plus important de l'année !

J'étais en nage. J'ai battu des cils un instant avant de me rendre compte que j'étais sous la tente, et que le soleil tapait déjà fort sur la toile. D'un rapide coup d'œil, j'ai constaté qu'Erik n'avait pas bougé et qu'il ronflait. Helen somnolait contre un arceau de la tente, à moitié couchée. Impossible de me souvenir de l'heure à laquelle nous nous étions endormis… mais il devait être tard. Nous étions encore en train de préparer des saucisses quand le soleil pointait ses premiers rayons !

– Helen, ai-je dit, en la poussant doucement. Réveille-toi !

– Un faux CRSP Rap, a murmuré Helen dans son sommeil. Tu fais semblant de te mettre en position, puis tu fais une autre attaque !

– Helen, je pense qu'on a loupé le réveil.

Helen a ouvert les yeux, fixant la lumière qui filtrait à travers la toile.

– Oh mon Dieu, a-t-elle dit. On ne va jamais y arriver ! JA-MAIS !

Elle s'est précipitée dehors, pieds nus. Quand je suis sortie à mon tour, elle était en train de s'acharner des deux poings sur la portière de la camionnette. Il n'en fallait pas moins pour réveiller Kaarlo-le-Rude, qui a surgi, les yeux écarquillés.

– Ne casse pas la camionnette, Helen ! Elle est solide, mais quand même ! C'est notre véhicule ! Notre fidèle destrier ! Le meilleur ami du bandit !

Marko-les-Crocs est tombé de son hamac, accroché entre deux arbres.

– C'est quoi ? Qui nous attaque ?

Réalisant un ACAR somnolent, il a failli se prendre les pieds dans une racine.

Je suis revenue à la tente.

– Réveille-toi, Erik. Il est tard !

– Ouais, ouais, a dit Erik. Mais je n'ai pas d'interro, aujourd'hui.

– Ben non, ai-je dit en souriant.

Ça lui ressemblait bien de s'inquiéter plus pour une interro que pour une attaque.

Erik s'est retourné pour se rendormir.

– Lève-toi ! Sinon, cet été, vous allez... Nous allons rater la fête des bandits !

C'était la déroute totale.

– L'inauguration commence dans trois heures, a soupiré Kaarlo-le-Rude en se grattant le ventre.

L'air effaré, il contemplait ce qui restait de notre feu de camp et de notre petite veillée improvisée.

– Personne n'est jamais arrivé en retard à la fête des bandits. Pas une seule fois.

Helen fixait Kaarlo-le-Rude.

– On plie bagage ! a-t-elle ordonné.

Marko-les-Crocs, Erik et moi avons commencé à tout rassembler en vitesse.

Hilda est alors descendue de la camionnette d'un bond souple et dynamique.

– Sensass' ! s'est-elle exclamée tout en s'étirant. Il faudrait qu'on mange plus souvent la nuit. D'abord du sucré, puis un petit truc salé. Vraiment sensass' !

Elle s'est mise à danser le boogie-woogie, ignorant tout du remue-ménage autour d'elle.

– On est en retard, a commencé à pleurnicher Kaarlo-le-Rude. On devrait déjà avoir fait la moitié du trajet, à cette heure !

– C'est pas grave, a annoncé Hilda. Dépêchez-vous de charger la camionnette ! Moi, je vais faire une petite trempette, avant de me remettre derrière le volant ! On y sera à temps !

Chapitre 19

Où l'on se fait braquer

Cela faisait maintenant trois bonnes heures que Hilda faisait vrombir le moteur et nous étions presque arrivés à destination. Je n'avais jamais vu quelqu'un rouler aussi vite. J'avais beau m'agripper aux poignées, chaque virage me faisait bondir sur mon siège.

– Les épreuves se déroulent dans une petite agglomération, au sud-est de Pietarsaari, au bord de la nationale 741, a expliqué Helen. À cause des événements de l'année dernière, il a fallu trouver un coin vraiment reculé.

– Vous connaissez vraiment pas le programme ? a demandé Erik. Vous pouvez au moins me dire si l'ExCo commence aujourd'hui ou demain. Ça fait bizarre de devoir se préparer comme ça, à l'aveuglette !

– On n'en sait rien, chéri, a dit Hilda. On n'a jamais été aussi mal informés. D'ailleurs, je commence à me dire que ce n'est peut-être pas le cas de toutes les bandes. J'ai comme le sentiment qu'il n'y a peut-être que nous qui ne sommes pas au courant… Comme par hasard…

Elle a alors fait une sorte de grimace. Je comprenais enfin de qui Helen tenait son sourire de requin.

– Ils font tout pour nous mettre des bâtons dans les roues, a dit Marko. Mais ça tombe à plat ! C'est comme tirer sur un ours et le toucher à la patte, ça lui fait reprendre du poil de la bête !

– Helen et Liisa, attrapez-moi *Chemin de goudron*, le journal qui est sur la banquette arrière, a ordonné Hilda. On va vérifier qu'il n'y a pas une annonce de l'Engrais d'Orkola. Il faut bien qu'il y ait des infos quelque part !

– Orkola… ai-je dit, reposant un instant le journal. Orkola ? Pourquoi ce nom me dit quelque chose depuis que vous en parlez ?

– Allô, allô ! a dit Helen en roulant de gros yeux. ORKOLA !

Elle me fixait comme si j'étais atteinte d'amnésie profonde.

– La pastille à la réglisse d'Orkola, a dit Erik pour m'aider. LA pastille à la réglisse !

La conversation a été interrompue : nous avons été pris d'assaut par un véhicule de bandits.

Il y en avait deux, en réalité. Une camionnette cabossée, placée en travers de la route, et une autre voiture, qui n'a pas tardé à surgir d'un petit chemin pour se plaquer derrière nous. Le piège parfait !

– Les Hurmala ! Bon Dieu de bonsoir ! a grogné Kaarlo-le-Rude. Le drapeau, hissez le drapeau !

– Inutile, ils ont parfaitement reconnu notre camionnette, a dit Hilda à mi-voix.

– Hisse quand même le drapeau !

Elle a tiré sur une chaînette pour hisser le drapeau pirate par le toit ouvrant, en guise de salutation.

– Ils vont pas avoir le culot de s'attaquer aux confrères ! s'est exclamé Marko-les-Crocs, qui ne comprenait pas.

Hilda a dû freiner brutalement pour éviter de percuter la camionnette. Nous avons tous été propulsés en avant. J'avais très peur. Erik m'a serré la main, essayant vainement de me réconforter.

Kaarlo-le-Rude s'est tourné vers nous.

– Helen et Erik, vous ne laissez personne prendre Liisa, c'est compris ? Quoi qu'il arrive ! On va se battre jusqu'au dernier homme… dernier membre de l'équipage, je veux dire, a-t-il rectifié.

– On va se battre, t'inquiète, a dit Helen.

Elle semblait très calme.

Les Hurmala encerclaient à présent notre camionnette. Chacun portait un foulard rouge autour du cou. Hilda a éteint le moteur.

– Sacrebleu ! C'est qu'ils viennent vraiment ! Sans aucun état d'âme ! s'est exclamé Kaarlo-le-Rude. C'est du jamais-vu dans l'histoire mondiale du banditisme !

– Qu'est-ce qu'on fait ? l'a interrompu Hilda. Ces gars ne sont pas venus pour jouer à la dînette.

Elle observait deux des bandits, qui se rapprochaient de sa portière.

– Jake Hurmala et Artsi l'Arthrite sont armés jusqu'aux dents !

– Verrouillez les portières ! a crié Helen. Comme ça, ils resteront bloqués dehors un bon moment !

C'était sans compter l'amour-propre de Kaarlo-le-Rude. Profondément blessé, il est descendu de la camionnette. Même ses orteils, qui dépassaient de ses sandales, étaient recroquevillés. C'est dire à quel point il était vexé !

– Alors comme ça, vous barrez la route à vos camarades bandits ! De quel droit ? Vous oubliez le principe de « paix et respect » ?

Il avançait vers la camionnette à la recherche d'un visage familier, pour discuter tranquillement. Le papy Hurmala de préférence. En vain. Il ne semblait y avoir que des jeunots. Et qui se payaient notre tête, sans la moindre gêne.

– « Paix et respect », c'est bon pour la fête, et elle n'a pas encore commencé, à ce que je sache ! a dit un jeune homme aux cheveux coiffés en brosse.

– Jason Hurmala ! a soupiré Helen. Encore plus taré que son père, lui. Un blanc-bec, et à l'occase le sous-chef de la famille. Le frère cadet, Jake, est nettement moins pénible.

– Et puis, j'ai pas le souvenir que ce bon vieux principe de « paix et respect » ait été particulièrement honoré l'année dernière... a poursuivi Jason Hurmala en s'approchant de Kaarlo-le-Rude. Qu'en dis-tu, Erik Filouttinen ? C'est pas toi qui avais crevé tous nos pneus ?

Les Hurmala ont éclaté d'un rire mesquin. Le ton était monté d'un cran.

Erik a blêmi et m'a serré la main très fort.

J'ai eu soudain très peur que les bandits ne s'en prennent à lui à cause de notre plan de sauvetage de l'année dernière... Ils semblaient trop rancuniers pour l'affronter dans le respect des règles.

C'était une grossière erreur que d'aller à la rencontre des bandits. En sortant de la camionnette, Kaarlo-le-Rude avait laissé la portière ouverte, si bien que l'un des bandits a pu entrer dedans. Tout était calculé, ai-je compris plus tard. Les ennemis de Kaarlo-le-Rude savaient qu'il perdrait son calme et oublierait de surveiller la camionnette. Nous étions en train de nous comporter exactement comme les passagers de nos voitures cibles : de manière prévisible. C'était enrageant !

Jake Hurmala, qui était monté à la place de Kaarlo-le-Rude, a menacé Hilda de son couteau et exigé qu'on ouvre la porte arrière. Marko-les-Crocs s'est exécuté en serrant les dents, et d'autres Hurmala, tous munis d'un couteau, se sont précipités dans la camionnette pour la braquer. Mon cœur explosait de chagrin, d'inquiétude et de rage.

Artsi l'Arthrite, un homme d'un certain âge qui boitait d'une jambe, a commencé à fouiller tous les recoins de la camionnette. Un type qui assurait leurs arrières un peu plus loin s'est approché pour nous dissuader de résister.

– Qu'est-ce que vous voulez ? a demandé Erik, qui s'était relevé, s'efforçant d'ignorer les couteaux. Arrêtez avec vos menaces, et dites-nous pourquoi vous nous braquez !

J'ai vu de l'admiration dans le regard de Marko-les-Crocs. Erik prenait un grand risque en s'adressant ainsi aux Hurmala.

– Vous ne pigez pas, hein ? On est venus ici pour gâcher votre compétition, a ri Jake, le visage collé à celui de Hilda.

– Jake ! a crié le dénommé Artsi l'Arthrite pour le faire taire.

– Quoi ? a répliqué Jake Hurmala. Je ne leur ai pas dit qu'on allait voler les haricots de Hilda !

Le haricot rouge était l'ingrédient principal de la célèbre pâte à tarte de Hilda, qui lui avait permis de remporter maintes fois l'épreuve Tarte & Lutte. Sans ses haricots, Hilda ne pourrait pas réaliser sa recette, ni participer à l'épreuve !

– Mince ! s'est exclamé Jake en se frappant le front. Que je suis bête !

Il est resté un moment à nous scruter d'un air niais. On voyait ses dents jaunes briller derrière sa longue frange.

– Bah, si ça se trouve vous n'avez pas pigé ce que j'ai dit, a-t-il ajouté.

– Jake Hurmala et Artsi l'Arthrite, a dit Marko-les-Crocs. Il ne manque que le petit Hansi ! En général, vous faites vos bêtises à trois, me semble-t-il. Où est-il ?

– Il n'a pas réussi à s'échapper de prison, mais c'est pas faute d'avoir tenté ! a dit Jake. Il fallait bien qu'on se venge.

Artsi l'Arthrite a soudain poussé un cri de triomphe.

– J'ai trouvé les bocaux de haricots ! Maintenant, tais-toi, ne leur dis plus un mot !

– Oh non ! a marmonné Jake, en se rendant compte qu'il avait encore trop parlé. Artsi, s'il te plaît, ne dis pas à Jason que j'ai bavardé. Je suis vraiment un imbécile...

En voyant ses bocaux disparaître dans leurs sacs, Hilda s'est mise à gémir.

Pendant ce temps, à l'extérieur de la camionnette, Kaarlo-le-Rude faisait la morale à Jason Hurmala. Il lui expliquait que braquer la camionnette de camarades bandits, le jour même de l'ouverture de la fête annuelle, témoignait d'un mauvais goût et d'un réel manque de discernement. Sans compter qu'ils transgressaient la règle numéro un du banditisme : ceux qui partagent un métier difficile se doivent de rester en bons termes. Le pays est grand. Il y a de quoi braquer pour tout le monde !

Dans la camionnette, l'ambiance se gâtait. Nous avions fini par lever les bras en signe de capitulation.

– Y a de l'argent, ici ? nous a demandé Artsi l'Arthrite en fouillant l'étagère à chapeaux.

– Des pets de souris ! a ricané Marko-les-Crocs. Qu'est-ce qu'ils peuvent bien avoir d'intéressant, ces essuie-fesses ?

– Jason va piquer une colère si on prend autre chose, a dit Jake. Il va nous frapper sur la tête et dire : « Quels idiots ! »

– Bon, soit, a dit Artsi, soulevant Marko-les-Crocs par le col. Où est ton M.R. ?

– Quoi ? a répondu Marko-les-Crocs, inquiet. Comment ça ?

– Ton modèle réduit ! Il est où ? a insisté Artsi l'Arthrite d'une voix menaçante.

– Non, pas ça ! s'est écrié Marko. Vous avez déjà pulvérisé le modèle réduit de Lenni Barbula il y a deux ans, ça vous a pas suffi ? Le M.R. est une épreuve sympa, ne gâchez pas tout !

Furieux, Artsi a collé son visage à celui de Marko :

– Marko, ne m'oblige pas à faire danser mon couteau !

Marko-les-Crocs a ouvert son sac de sport et en a extirpé un carton.

– Artsi, réfléchis encore. C'est mon modèle réduit, que j'ai fait de mes propres mains, a-t-il dit à mi-voix, se cramponnant à son carton.

– Pas le tien, le *nôtre,* a répliqué Artsi l'Arthrite en ricanant.

Il tendait les bras pour prendre le carton.

– J'ai même pas fini de vernir la toiture, a dit Marko d'une voix désespérée. Sans parler des LED, il y a des fils qui pendent…

Il mentait pour sauver son trésor, c'était évident.

Puis tout s'est accéléré : Artsi a arraché le carton des mains de Marko, les bandits sont descendus de notre camionnette et ont rejoint leur acolyte. Avant de se précipiter dans leur véhicule et de partir en trombe, Jason nous a lancé, en faisant un clin d'œil en direction de Hilda :

– Je vous remercie, c'est un vrai plaisir de faire des affaires avec vous ! En plus d'un été plein d'aventures, il me semble que votre automne ne manquera pas de rebondissements !

Marko-les-Crocs fixait ses mains qui se cramponnaient dans le vide. Hilda, elle, semblait effondrée.

– La chaleur lui a fait perdre la boule, à Jason, a fulminé Kaarlo-le-Rude. Il va le regretter !

Nous entendions ses dents grincer de rage.

– Ils ont voulu se venger, lui a expliqué Marko-les-Crocs. Jake a laissé échapper cette info. Cet abruti a osé pointer son couteau sous le nez de Hilda, j'en r'viens pas ! Un gentleman ne ferait pas ça ! À l'heure qu'il est, le Grand Pärnänen doit se retourner dans sa tombe.

La voiture qui nous bloquait à l'arrière a reculé avant de repartir elle aussi en quatrième vitesse.

– On la suit ? a dit Erik. On ne va pas se laisser faire par ces abrutis !

À ces mots, Hilda a aussitôt démarré le moteur, et lâché l'embrayage.

– Ah non, on ne va nulle part, a-t-elle dit. Ils ont crevé l'un des pneus arrière !

PARTIE II : Deux chefs en compétition

« Taratata, nous voilà ! »

Kaarlo-le-Rude et Helen

Chapitre 20

Où la fête n'est pas à la hauteur des attentes

« Bureau européen de produits chimiques et autres règlements sanitaires », ai-je lu sur la pancarte de la fête. Il régnait une ambiance tendue. Les campements étaient rassemblés autour d'un grand terrain formant un demi-cercle. Plusieurs bandes avaient installé des murs antibruit. Entre ces murs, les multiples tentes et la foule des bandits, on aurait pu se croire à un festival de rock ! La zone prévue pour les épreuves était beaucoup plus étendue que les étés précédents. Elle se situait à la lisière de la forêt, sous de grands chapiteaux. Il y avait une grande scène, devant laquelle toutes les autres bandes se trouvaient déjà ! Il ne faisait aucun doute que certaines familles avaient déjà passé une nuit sur les lieux. J'ai aperçu les deux véhicules des Hurmala, garés à côté de la caravane du chef de la famille.

Alors que nous passions devant le chapiteau des conférences, des bandits en sont sortis, visiblement mécontents.

– La réunion d'information est déjà finie ? a dit Hilda, frôlant la barrière de sécurité d'un campement.

Vêtus de leurs gilets ornés d'un « P », des Pärnänen nous ont vus et ont crié quelque chose. Ça ressemblait fort à des insultes. Était-ce pour notre retard ? Il nous avait fallu plus de trois heures pour changer le pneu, le temps d'en voler un compatible avec la vieille camionnette ! Ça avait été toute une aventure ! Heureusement, Kaarlo-le-Rude ne semblait pas inquiet.

– Tiens, ils sont allés jusqu'à changer de voiture, a grogné Kaarlo-le-Rude en observant le campement des Poignards Volants. Maintenant qu'on se réunit chez eux, ils se mettent à frimer !

La capitaine des Poignards Volants, la vieille Riitta, a entrouvert la porte de sa caravane et lui a souri. Le fait que les Filouttinen se pointent en retard avait l'air d'illuminer sa journée.

– Vous avez vu ça, ils ont décoré leur carrosserie avec des couteaux, quelle originalité ! a gloussé Marko-les-Crocs. Je vais leur proposer de changer de nom, ça leur permettra de refaire la déco. Cuvettes Volantes, qu'est-ce que vous en dites ?

– Taisez-vous, il y a une annonce, a dit Hilda en baissant sa vitre.

– *Enfin, quelques résultats nous parviennent,* a dit l'animateur qui portait l'emblème des Poignards Volants. *L'épreuve du Modèle Réduit vient tout juste de se terminer. Le jury a mis longtemps à délibérer : il a été très difficile de répartir les points entre les trois premiers. Mais le résultat est maintenant là, entre mes mains. Mesdames et messieurs, le vainqueur de l'épreuve M.R. est... Jason Hurmala ! En deuxième position, la novice Anni Pärnänen, avec sa belle et singulière maquette de pont-levis, et en troisième position, le très expérimenté Lenni Barbula des Buteurs de Savonie. Mes meilleures félicitations à tous les trois !*

– Non mais vous avez entendu ? a fulminé Kaarlo-le Rude. Ces monstres de Hurmala l'ont fait ! Ils se sont inscrits à l'épreuve avec le modèle réduit de Marko ! C'est scandaleux !

Il secouait la tête si fort que ses tresses lui fouettaient le visage.

– Ajoutons que cette victoire individuelle apporte aux Hurmala dix points. C'est un excellent début ! Par ailleurs, il ne reste que quelques minutes pour s'inscrire à l'épreuve TaLu, qui débutera à l'heure indiquée dans le programme.

Abasourdis, nous sommes descendus de la camionnette. Comme nous étions les derniers arrivés, nous avons dû nous contenter d'une place située près d'un passage bruyant. Nous aurions du mal à nous concentrer pour les épreuves...

– Comment ça se fait que le M.R. soit déjà terminé ? a baragouiné Kaarlo-le-Rude après avoir enfin saisi tout le sens de l'annonce. Et mon discours ? J'étais censé prononcer un magnifique discours d'ouverture sur les coups de maître !

Il a frappé sur ses cuisses robustes, affichant une mine abasourdie.

– C'est pas possible... On a mis combien de temps à changer ce foutu pneu ? a marmonné Marko-les-Crocs.

Il semblait tout aussi abattu que le chef. Son modèle réduit avait remporté l'épreuve M.R. dans les mains d'un autre !

– Ressaisissez-vous ! a ordonné Helen en parcourant les campements du regard. Notre arrivée en retard semble en avoir arrangé plus d'un. Il y a quelque chose qui se prépare...

– Il vous reste cinq minutes pour vous inscrire à l'épreuve TaLu !

– Cours t'inscrire ! a dit Kaarlo-le-Rude avec douceur à Hilda.

Il s'efforçait de ravaler sa déception.

– Allez, maman. Il nous faut rattraper les dix points de retard sur les Hurmala !

– Justement... a dit Hilda d'une petite voix. Je ne pourrai pas participer. J'avais prévu de vous le dire bien avant, mais l'occasion ne s'est pas présentée. Entre la panne de réveil et le braquage...

– Comment ça, tu ne peux pas participer ? s'est écriée Helen sans cesser de scruter les campements des Hurmala, des Pärnänen, des Poignards, chacun à tour de rôle, comme le shérif d'un western.

– Bien sûr que si, lui a dit Erik. Il va juste falloir chiper quelques haricots rouges, ce n'est pas la mer à boire. On s'en sortira !

– Ce n'est pas pour ça, a répondu Hilda.

– *Trois minutes*, a annoncé l'animateur d'une voix solennelle. *Mes chères dames bandits, la lutte pour le titre est lancée. Qui sera la championne de l'épreuve Tarte & Lutte cette année ? C'est l'occasion de remporter dix points pour votre équipe !*

A.-K. Mikkonen des Trains de l'Enfer de l'archipel est sortie en courant du chapiteau des organisateurs pour gribouiller son nom sur la liste.

– *Le numéro deux de l'année dernière, A.-K. Mikkonen, vient de s'inscrire à l'épreuve !*

A.-K. Mikkonen a salué la foule de la main. Dès qu'elle a vu notre camionnette, elle a cherché du regard Helen, puis elle a fait mine de taper sur un clavier, dans le vide. Helen a hoché la tête.

– *Plus que deux minutes !* a insisté l'animateur.

– Vas-y ! a dit Kaarlo-le-Rude sur un ton encourageant en poussant Hilda vers le podium. Tu dois défendre ton titre ! C'est un jeu d'enfant pour toi que de l'emporter sur cette jeunette d'A.-K. Mikkonen !

– Non, a dit Hilda. Si quelqu'un veut participer, qu'il participe. Helen, par exemple.

– Je participe déjà au Bluff, et à ce truc en finale, a dit Helen, résolue. Une troisième épreuve, ça risque de faire trop. En plus, c'est ta spécialité. La TaLu, c'est toi. Au sens figuré, s'entend.

Il était temps d'intervenir :

– Excuse-moi, Helen, écoutez-moi, vous tous ! Cette conversation est importante, bien sûr, mais le temps presse, il faut se décider !

– *Plus qu'une minute*, a dit l'animateur.

– Je n'irai pas, a répété Hilda, déterminée.

– *Cinquante secondes*, a continué l'animateur, jetant un coup d'œil à sa montre. *Quarante-neuf, quarante-huit, quarante-sept...*

– Et pourquoi ? a demandé Helen en fronçant les sourcils, incrédule.

– Je n'ose pas lutter, a répondu Hilda. J'attends un bébé.

Chapitre 21

Où l'on a des flatulences
qui donnent des coups de pied

Les Filouttinen se sont regardés d'un air stupéfait.

Brusquement, je me suis rendu compte que j'étais en train de traîner Helen vers le podium.

– *Trente-cinq, trente-quatre, trente-trois...*

– Encore une ! ai-je crié, à bout de souffle.

– *Ah bon,* a fait l'animateur, visiblement déçu, le nez sur sa montre.

Il devait se dire que Hilda Filouttinen était arrivée, malgré tout.

– Helen Filouttinen, ai-je annoncé.

– Moi ? a baragouiné Helen, fronçant les sourcils.

Par-dessus son épaule, elle lançait des regards paniqués vers Hilda qui se tenait au milieu de la foule silencieuse.

L'animateur semblait partagé entre la surprise et le contentement. La championne de l'année précédente ne participerait pas, finalement ! Il m'a tendu un stylo que j'ai posé dans la main de Helen. Et alors qu'il continuait à égrener les secondes, j'ai guidé sa main sur la liste, et elle a gribouillé une vague signature qui ressemblait à un trait.

– C'est fait, elle est inscrite ! ai-je dit, de retour à la camionnette.

– C'est génial, a dit Hilda avant de fondre en larmes.

Marko-les-Crocs l'a prise dans ses bras et a baragouiné :

– Je suis très content pour toi, chère Hilda... Félicitations !

« La personne qui fait de la brioche n'est plus guère la même ! » Ça y est, je comprenais enfin ! Helen avait raison, Hilda était l'incarnation même de la TaLu, et c'était ça qu'Elina avait essayé de me faire comprendre par sa lettre. Si j'avais saisi le sens du post-scriptum à temps, j'aurais pu prévenir les autres.

En entendant les félicitations de Marko, Hilda s'est mise à sangloter de plus belle.

– Aucun de vous ne m'a félicitée tout de suite, a-t-elle dit en reniflant. Aucun ! Vous n'aviez que la TaLu en tête. Mais ce n'est qu'une épreuve ! Cette fête est stupide ! Et vous êtes une famille horrible !

Pour la première fois, je ne me sentais pas à ma place. Il valait sans doute mieux que je laisse les Filouttinen régler cette histoire entre eux et que je reparte à la maison. Ou alors – j'ai senti ma tension monter et mon cœur se mettre à battre la chamade – que je rentre à la colo musique d'Ypäjävuori, où tout le monde devait être en train de s'entraîner avec ferveur pour le concert. Non ! Tout sauf les Barbalala et la tête de la directrice !

– On monte dans la camionnette ? a dit Kaarlo-le-Rude à mi-voix. Il faut qu'on fasse le point...

Nous aurions dû installer le campement, nous échauffer publiquement, frimer devant nos voisins, mais nous étions tous raplaplas. Nous sommes montés un à un dans la camionnette, au ralenti.

– Est-ce que quelqu'un pourrait récapituler ? Je me sens un peu perdu… a demandé Erik d'une petite voix. Ça fait beaucoup, tout ça !

Avant que chacun n'y aille de sa jérémiade, Kaarlo-le-Rude s'est exclamé, les yeux brillants :

– Je vais être papa ! Papa pour la troisième fois, je veux dire. C'est incroyable ! J'en ai le souffle coupé ! Et moi qui pensais que les fruits de mes entrailles ne tarderaient pas à quitter le foyer pour fonder leurs propres familles.

Hilda lui a lancé un coup d'œil. Erik m'a regardée en répétant : « fruits de mes entrailles » ?

– Je vais être papa ! a vociféré Kaarlo-le-Rude, faisant trembler mes tympans. Oh merci, merci, merci !

Il s'est penché vers Hilda, posant un gros bisou sur sa joue.

– C'est merveilleux ! Et déprimant pour les autres ! a-t-il dit sur un ton triomphant. Les Pärnänen viennent de perdre leur chef, alors que notre bande continue de s'agrandir ! Rien que pour ça, on mériterait des points supplémentaires ! On va donner naissance à une nouvelle petite crapule !

– C'est vrai qu'cette nouvelle va être dure à avaler pour la miss Pärnänen, a ricané Marko-les-Crocs. Taratata ! Un troisième mini-Filouttinen ! Ça va nous faire une belle série ! Encore mieux que trois directs du droit dans leur bobine !

Les Filouttinen avaient fait le point. Il ne leur en fallait pas plus pour être de nouveau sur pied.

– C'est sympa, ce petit moment tout en émotion, mais avant d'aller frimer devant qui que ce soit, j'aurais une petite question, a dit sèchement Helen. Comment on fait, maintenant ?

Helen était la seule à avoir réellement recouvré ses esprits. Elle a attrapé son ordinateur portable dans le tiroir sous la banquette et a ouvert une page Internet. Elle voulait savoir si A.-K. Mikkonen lui avait laissé un message. Peut-être nous avait-elle écrit pour nous éclairer sur ce qui se passait.

Helen n'avait toujours pas dit à ses parents qu'elle était régulièrement en contact avec A.-K., et ce n'était certainement pas le moment de le faire. Mais du coup, personne, à part Erik et moi, bien sûr, ne comprenait ce qu'elle fabriquait !

– Comment peux-tu te mettre à jouer dans un moment pareil ! s'est indigné Kaarlo-le-Rude. Tu viens tout juste d'apprendre que tu allais être grande sœur, et Erik, grand frère ! Vous aurez chacun votre part de responsabilité dans son éducation ! Pas autant que moi, bien sûr, qui vais être papa, PAPA ! mais quand même. C'est un grand jour… Hissez le drapeau, ça se fête, une pareille nouvelle ! Et pas question que tu joues à ces jeux minables !

Helen a gémi, s'efforçant d'ignorer le doigt désapprobateur de Kaarlo-le-Rude.

Heureusement, l'enthousiasme de ce dernier était tel qu'il est vite passé à autre chose, laissant Helen tranquille.

– Je vais être papa ! s'est-il écrié. Un SUPER papa ! Le fiston dira : « Regardez, celui-là, avec les tresses, c'est mon père, il est vraiment génial ! »

– Vous pensez la même chose que moi ? nous a chuchoté Erik en se tournant vers Helen et moi et en roulant de gros yeux. Il va détruire notre réputation. C'est pas possible d'être aussi gaga !

Helen ne réagissait pas, elle était en train de se connecter au site *Robber-H*.

– Je déroberai chaque circuit de train, chaque paquet de Lego, chaque pistolet à eau qu'on trouvera dans les voitures, se promettait Kaarlo-le-Rude. J'habillerai ce petit gars avec une veste en cuir et un bandana « tête de mort », pour que tout le monde voie que c'est mon fils !

– Et moi je lui fabriquerai un hamac. Il y sera bien, ce p'tit bout de bandit, a dit Marko-les Crocs.

– *Oh my God…* a soupiré Helen tout en consultant ses messages privés. Et il va nous falloir supporter ça pendant des mois !

– Enfin, pas si longtemps que ça, a corrigé Hilda, d'une voix timide. C'est prévu pour la fin de l'automne...

– L'automne ? me suis-je exclamée. Il va naître en automne ? Mais c'est quasiment demain !

– Ça fait longtemps que tu le sais, alors. Pourquoi tu ne nous as rien dit ? a demandé Kaarlo-le-Rude, abasourdi.

– Mais pas du tout, a répondu Hilda du tac au tac. Je ne l'ai su qu'il y a peu, et presque par accident. Je n'avais pas la tête à ça, il s'est passé tellement de choses ces derniers temps. Ça ne vous est jamais arrivé, d'avoir des flatulences qui donnent comme des coups de pied ?

Chapitre 22

Où Liisa se bat contre un sac de nœuds

Dans la camionnette, tout était confus. Personne ne semblait savoir quoi faire. Nos regards allaient et venaient de nos pieds à Hilda, qui en a vite eu assez :

– Arrêtez ! Le bébé est important, mais pour le moment, pensons aux épreuves !

– Alors, on a le droit de participer aux épreuves ? s'est assurée Helen.

– On a le droit de faire trembler les gilets « P » ? a renchéri Marko-les-Crocs.

– Bien sûr que oui ! a dit Hilda en riant. On reparlera du bébé plus tard. Il est un peu tôt pour distribuer des heures de baby-sitting !

– On a le droit de frimer ? a poursuivi Kaarlo-le-Rude qui semblait déjà prêt à crier la nouvelle sur tous les toits.

– À vrai dire, a dit Helen, pour l'instant il vaut mieux garder tout ça pour nous.

Nous n'avons pas compris tout de suite le pourquoi de cette précaution. Par contre, l'évocation des autres bandits semblait avoir secoué tout le monde. L'excitation était de nouveau à son comble ! Helen, qui venait enfin d'ouvrir le message d'A.-K., fronçait les sourcils.

– Vas-y, lis-le, m'a-t-elle dit tout bas. Ça commence à devenir sérieux. C'est un vrai sac de nœuds, toute cette histoire.

– Un sac de nœuds ? lui ai-je chuchoté en guise de réponse.

Comme souvent dans les situations tendues, j'ai été prise d'une irrésistible envie de rire. J'ai réussi à me contenir, mais à grand-peine.

– Ce calendrier des épreuves semble avoir comme seul objectif de prendre au piège celui qui le consulte. Un vrai sac de nœuds, quoi ! Mais je suis sûre que c'est dans tes cordes, a dit Helen. Tu sais analyser et planifier, toi. Tu es la seule parmi nous à posséder un cerveau doué pour l'organisation !

– Passe-le-moi ! Je n'ai peur de rien ! a crié Kaarlo-le-Rude en surgissant, tentant de s'emparer de l'ordinateur.

Helen a réussi à le rattraper de justesse !

– Ce n'est qu'une page d'info, a-t-elle expliqué.

Même prise au dépourvu, elle savait mentir. Elle aurait fait n'importe quoi pour cacher son amitié avec A.-K.

– Ah ok, a acquiescé Kaarlo-le-Rude, calmé. C'est bien, de se servir d'Internet. C'est moderne.

Le visage de Helen ne laissant rien transparaître, Kaarlo-le-Rude a poursuivi son laïus, nous expliquant en quoi Internet pouvait s'avérer pratique pour nous, bandits.

Il recommençait à donner des leçons, ce qui était bien la preuve qu'il avait retrouvé son aplomb !

– Chaque bandit qui se respecte, y compris nous, les seniors, devrait apprendre à appuyer sur « Entrée » et à utiliser le rat, a-t-il poursuivi, l'air content.

– La souris, a rectifié Erik.

– Enfin, ce rongeur, peu importe lequel, qui sait ouvrir les filets, a dit Kaarlo-le-Rude, en écartant les bras. Méfiez-vous, j'ai de bonnes oreilles, j'entends ce que vous dites ! Et je maîtrise.

– Le chef pourrait-il maintenant faire ce qu'il a à faire ? ai-je supplié, relevant la tête du calendrier des épreuves.

– En langage Liisa, ça veut dire « sors d'ici ! », a traduit Helen. Elle a besoin de réfléchir.

– On n'a qu'à aller faire le feu, a dit Marko-les-Crocs. Une petite poêlée de saucisses, ça me dirait bien.

– Montez plutôt le campement, a proposé Hilda, qui n'avait rien perdu de notre discussion. Je m'occuperai du repas.

S'en est suivie une demi-heure de travail acharné. Je me suis efforcée de me concentrer tandis que Helen, Kaarlo-le-Rude et Erik déchargeaient la camionnette. L'auvent, compliqué à monter, a été attaché aux portières de la camionnette. Les Filouttinen ne s'en servaient que lors de fortes pluies pour abriter le hamac de Marko-les-Crocs, et lors de la fête pour nous protéger des regards hostiles des autres bandits, qui s'étaient rassemblés de l'autre côté de la camionnette pour pester contre nous.

Bien, bien, bien... ai-je soupiré en me remettant au travail. *Comme l'a dit Helen, ce n'est qu'un emploi du temps, après tout.* Pendant une année entière, j'avais su me débrouiller avec l'école, la chorale, les cours de violon et les cours de solfège. J'avais dû apprendre par cœur les allées et venues de Julia pour pouvoir l'éviter au maximum, de même que l'emploi du temps hebdomadaire de mes parents. J'avais réussi à trouver du temps pour répéter mes leçons de violon, pour faire mes devoirs et pour échanger des messages avec Helen sur le site *Robber-H*. Ce n'était pas ce pauvre planning qui allait me résister !

J'ai ouvert le fichier joint au calendrier des épreuves. À première vue, ça ressemblait à une lettre de bienvenue. En réalité, il contenait des conseils et des consignes. J'ai sorti mon carnet et je me suis mise à les recopier, phrase par phrase, pour bien comprendre ce qui se cachait derrière un jargon bien complexe. Je me sentais de plus en plus inquiète au fur et à mesure que je remplissais des pages. À la fin, j'ai récapitulé. Et j'ai fait un schéma.

ANALYSE DE LA SITUATION

Notée par Liisa

Helen a tort, ceci n'est pas un sac de nœuds, mais une pyramide. Ou un cône. L'un comme l'autre se rétrécit au sommet. Étape par étape, la compétition se resserre, jusqu'à ce qu'il ne reste plus qu'une équipe et un chef.

Voici mon cône, avec les explications :

♛
K.C.
→ Le score final ←
M.R., ExCo, Bluff, TaLu

1• Le titre de Maître Bandit (♛) sera décerné au vainqueur du Karaoké des Canailles (K.C.). D'après le message, il le conservera pendant dix ans !

– Le vainqueur du K.C. sera élu au suffrage universel. Tous les bandits présents possèdent un droit de vote, c'est le peuple bandit qui a le pouvoir.

– Ce sont les chefs des deux équipes finalistes qui participeront au K.C.

– Au premier tour, les sous-chefs chanteront également (ce qui fera en tout quatre participants).

– Pour la finale, seuls les deux chefs s'affronteront en un véritable combat de coqs !

2• Les deux équipes ayant totalisé les meilleurs scores des épreuves précédentes participeront au K.C.

3• Même si l'on n'est pas finaliste, il est important de récolter un maximum de points. En effet, les quatre meilleures bandes constitueront le conseil des bandits de l'année prochaine. Le conseil participera à la prise de décisions avec le Maître Bandit.

→ Un objectif secondaire non négligeable !

4• Le score final est constitué par le cumul des points des quatre premières épreuves. Chaque victoire rapportera dix points. La deuxième place, et même les places suivantes, pourront également permettre de cumuler quelques points. Le score maximal qu'une équipe puisse obtenir est donc de 40 points.

5• Le programme est chargé, les épreuves sont longues, et l'ExCo, le Bluff et la TaLu vont se chevaucher. Il va nous falloir une organisation irréprochable !

– Tu en veux ? a demandé Helen en entrouvrant la portière de la camionnette.

Elle tenait une assiette avec une montagne de saucisses et de pommes de terre. J'étais rassurée, les Filouttinen respectaient toujours leur bon vieux principe : en cas de coups durs dans la vie, rien de mieux que de bien manger !

Évidemment, j'en ai voulu, et ce bon repas de bandits, largement relevé de moutarde, m'a redonné un coup de fouet !

– Nous avons un gros problème, ai-je annoncé aux Filouttinen à la fin du repas, alors que nous étions tous assis dans la camionnette (nous nous y sentions plus en sécurité que sous l'auvent). Tout a changé. Plus rien de ce que vous m'avez enseigné l'année dernière sur le fair-play et le respect des règles n'est d'actualité, ai-je continué, un peu mal à l'aise. D'après les nouvelles règles, il est toujours interdit de cambrioler les maisons qui se trouvent à proximité. Par contre, rien n'empêche de voler les camarades bandits : il n'y a aucune clause là-dessus ! Ce n'est qu'un exemple mais ça montre à quel point la fête a changé. Voilà comment c'est formulé : « Cette année, les épreuves auront lieu dans un environnement de braquage naturel qui permettra de mesurer, mieux encore que les années précédentes, les aptitudes de chaque concurrent. »

– « Environnement de braquage naturel », a répété Marko-les-Crocs, pouffant de rire. Ça veut dire quoi, tout ce baratin ?

D'accord, d'accord, ai-je soupiré en mon for intérieur. Ça ne servait à rien de leur lire des extraits. Il me fallait aller à l'essentiel.

– En gros, il y a pas mal de nouvelles règles qui n'existaient pas l'année dernière. Le changement le plus important, c'est que personne n'a le droit de participer à plus de deux épreuves. Sachant que pour Kaarlo-le-Rude et Helen, l'une de ces épreuves est obligatoirement le Karaoké des Canailles.

– Et la TaLu ? a blêmi Helen. *Oh my God !*

– Ça veut dire que je serai seule au Bluff, ai-je déduit en déglutissant avec peine.

J'avais espéré que cette conclusion provoquerait un tollé, mais c'était peine perdue. Ils me fixaient tous sans piper mot.

– A.-K. Mikkonen ! s'est écriée Helen en cachant son visage dans ses mains. Il ne manquait plus que ça !

Elle venait de comprendre qu'elle serait amenée à combattre son amie – à supposer qu'elle en soit réellement une. J'ai réalisé que rien n'était moins sûr... Pourquoi cette prétendue amie ne nous avait pas prévenus plus tôt ? Pourquoi avait-elle retenu toutes ces informations cruciales jusqu'à la dernière minute ?

– Tu vas remporter cette épreuve, m'a rassurée Helen qui essayait de se reprendre. Et haut la main !

– Et comme les Hurmala ont déjà dix points d'avance sur nous, a poursuivi Marko, si vous ne souhaitez pas que M. Hektor Hurmala devienne Maître Bandit, il nous faudra aussi remporter la TaLu pour avoir notre place en finale.

Marko-les-Crocs et Kaarlo-le-Rude se sont mis à plaisanter aux dépens de Hektor Hurmala. C'était leur façon de se ressaisir. Je n'avais pas encore osé aborder le sujet le plus important. Comment leur annoncer que toute la réglementation avait été conçue pour aller à l'encontre des Filouttinen ?

– Cette année, la fête ressemble aux Jeux olympiques, ai-je dit après avoir longuement réfléchi à une comparaison.

Plusieurs épreuves auront lieu en même temps. Demain, ce seront les épreuves de la TaLu, du Bluff et de l'ExCo, ce qui veut dire que Helen, Erik et moi combattrons en même temps. Tout ça est délibéré, c'est fait pour mesurer les aptitudes du chef à organiser ses troupes, en plus de savoir choisir les meilleurs compétiteurs pour chaque épreuve.

– Mais c'est facile ! a lâché Kaarlo-le-Rude. Le chef, c'est moi ! Et nous avons les meilleurs compétiteurs !

– Trois épreuves en même temps ! Ça veut dire que chacun d'entre nous doit se débrouiller seul, a précisé Erik, découragé.

– Liisa et Erik essaient de te dire que les différents concurrents n'auront pas le soutien de leur bande, a dit Hilda avec douceur en serrant le bras de son mari pour lui faire comprendre ce que cela signifiait.

– Pas de soutien ? a rugi le chef. Liisa, toi qui es si intelligente, tu sais bien que c'est impossible ! On fait toujours tout ensemble : on braque ensemble, on a le trac ensemble, on fait cuire des saucisses ensemble, on dort ensemble ! ENSEMBLE ! C'est ce qui fait notre force ! Autour du même feu de camp, côte à côte, c'est ainsi que les bandits doivent vivre !

En voyant que nous ne le suivions pas dans son mouvement de révolte, il s'est tu, vexé.

– Désolée, mais Liisa a tout à fait raison, a expliqué sèchement Helen. Nous serons seuls, cette fois. Les épreuves se chevauchent, mais c'est notre seule chance.

Helen s'est abstenue de dire le pire : nous n'étions pas assez nombreux...

– Pas cool, chef, a dit Marko-les-Crocs à mi-voix. Pas cool du tout.

Ses propos ont brisé le courage de Kaarlo-le-Rude.

– C'est un complot, tout ça ! Je leur avais fait confiance, mais je me suis fait avoir. Ils se sont payé ma tronche !

Désemparé, il s'est laissé tomber au sol, sur le dos.

– Chef, tu n'as pas entendu ? Liisa a un plan, a dit Helen tout en l'aidant à se relever. Le plan qu'elle avait concocté l'année dernière a bien marché, non ? Il n'y a pas de raison que ça ne soit pas le cas cette année.

Il était temps de présenter mon plan.

Chapitre 23

Où Liisa résout plus d'un problème

– Il va nous falloir garder la tête froide, a dit Kaarlo-le-Rude, une fois notre conciliabule terminé.

Il était de nouveau égal à lui-même, c'est-à-dire redoutable. Il venait d'apprendre que nous avions toujours une chance de gagner, moyennant de gros efforts.

Chacun s'affairait à ses tâches. Erik est parti s'inscrire aux éliminatoires de l'ExCo. Il ne lui restait plus qu'une heure. Pendant ce temps, on a cherché une solution à notre problème de TaLu.

– Mon pif de bandit flaire le danger, a continué Kaarlo-le-Rude d'un air sûr de lui, en se tapotant le nez. L'absence de la championne en titre a sans doute éveillé l'espoir de certaines concurrentes.

– Elles n'ont qu'à venir ! a dit Helen alors que nous sortions de l'auvent. Allez, à l'attaque !

Son visage rayonnait. À ses yeux, rien ne valait une bonne bagarre au crépuscule !

On était à peine sortis que le couple des chefs des Pärnänen, suivi d'une bonne partie de leur bande, nous a accueillis :

– Et voilà, Hilda ! La pire froussarde et loseuse de tous les temps ! T'as fini par comprendre que tes chances de remporter la victoire étaient nulles ? a crié Tim, l'actuel chef des Pärnänen, surnommé « Tête d'Œuf ».

Sa tête chauve et ses biceps huilés scintillaient au soleil. Il avait posé un bras autour des épaules de sa femme, Tiina Pärnänen, qui trimballait dans ses bras un petit chien. Tous les trois portaient un gilet orné du fameux « P ». Ceux de Tim et Tiina arboraient également un pin's doré en forme de couronne. À l'évidence, les Pärnänen avaient fait leur deuil. À peine le Grand Pärnänen enterré, ils avaient élu un nouveau couple de chefs pour leur clan.

– Bienvenue ! a crié à son tour Tiina en gesticulant comme un gangster.

Les Pärnänen qui se tenaient derrière le couple ont pouffé de rire.

– Tu vas voir, Helen ! a-t-elle poursuivi. Ça va barder !

– Ça va barder ! ont répété en chœur tous les gilets « P ».

– On va aller jeter un œil sur la liste de participantes à la TaLu, nous a dit Hilda en commençant à se frayer un chemin à travers la foule.

Helen et moi lui avons emboîté le pas. Les Pärnänen n'ont rien fait pour nous faciliter le passage.

– Les filous de Filouttinen, les p'tits filous de Filouttinen ! criaient-ils, parfaitement en rythme. Si vous avez peur de perdre, vous n'avez qu'à appeler la police et balancer tous vos camarades ! Vous avez l'habitude, non ? Et c'est qui qui vous a appris à crever les pneus des autres dès la première contrariété ? C'est maman Filouttinen ?

Helen secouait la tête en marchant. Je me demandais si c'était parce qu'elle appréhendait la TaLu, qui débuterait deux heures plus tard, ou à cause des insultes.

– C'était idiot de venir, m'a-t-elle chuchoté. Je n'ai pas arrêté de leur dire qu'on devrait se renseigner un peu avant de prendre la route. N'importe quel bandit a tout intérêt à recueillir le maximum d'infos sur ses ennemis ! Mais non, chez nous, on applique toujours la bonne vieille méthode du chef : « Taratata, nous voilà ! »...

– Jusqu'à présent, ça a plutôt bien marché... ai-je murmuré.

Un peu plus tard, nous étions tous de retour. Nous nous sommes installés sous l'auvent pour nous concerter, en chuchotant car nous savions pertinemment qu'un grand nombre de Pärnänen nous écoutaient, les oreilles collées à la toile de tente.

– C'est insupportable, a soupiré Kaarlo-le-Rude, s'affaissant sur une chaise pliante qui a émi un grincement. Ce sont de vrais cloportes, ces gilets « P » ! a-t-il poursuivi, d'une voix plus forte.

Quelques ombres derrière la tente ont vite disparu.

– Pour la TaLu, il y aura quatre rounds éliminatoires, a dit Hilda. Et trois nouvelles recrues : Bertta Hurmala, l'une des « jumelles venimeuses », une jeune Poignard, et puis la fameuse Seita de la bande des Diables des Montagnes. Parmi les anciennes concourront Miia Levander, Tiina Pärnänen et Päivikki Barbula des Buteurs de Savonie.

Elle s'est laissée tomber sur un matelas déplié par terre, puis s'est allongée en soupirant d'aise.

– Ah, et j'oubliais : il y aura aussi la nouvelle nana de l'archipel, c'est quoi déjà, son petit nom ?

– A.-K. Mikkonen, a répondu Helen, maussade. Et la vieille Riitta ? Elle ne participe pas à la TaLu, cette année ?

– Non, c'est Julia Järnström qui représente les Poignards, cette année. Mais je ne sais pas à quelle épreuve va participer Riitta...

– L'ExCo ? a suggéré Erik.

Hilda et Helen ont secoué la tête.

– Non, a dit Helen.

Tout à coup, elle a blêmi.

– Le Bluff ! Je parie tous mes bonbons de l'année que la vieille Riitta participe au Bluff ! Elle a l'esprit tordu et des poings de fer. Liisa, ne te sens surtout pas obligée de concourir !

– On discutera de ça plus tard, a dit Hilda en se tournant sur le côté. Dès que je me mets sur le dos, je deviens tout ankylosée, a-t-elle expliqué tout en essuyant des gouttes de sueur sur sa lèvre supérieure. Il va nous falloir y aller doucement, une épreuve à la fois, sinon on risque de paniquer.

Affronter la chef des Poignards au Bluff ? Pour paniquer, je paniquais ! Mes chances de gagner étaient bien maigres.

Toujours allongée, Hilda a expliqué à Helen les détails de sa recette. Helen a hoché la tête, visiblement contrariée – il était évident que la perspective de l'épreuve de pâtisserie ne l'enchantait pas. La voyant se tortiller ainsi, je me sentais coupable. C'était moi qui l'avais plus ou moins obligée à s'inscrire à la TaLu.

– La décoration sur la tarte est nécessaire, a dit Hilda d'un ton sans appel. À la première étape, les tartes seront évaluées sur leur apparence. Le problème, c'est que... à cause des Hurmala, il nous manque la moitié des ingrédients !

– On fait quoi, alors ? ai-je demandé.

– On se met au boulot, a répondu Hilda. Va falloir qu'on pique ce qui nous manque !

– Ça, c'est pour toi, a précisé Helen en me lançant un regard lourd de sens. Nous autres, on risque trop d'attirer l'attention. L'heure a sonné pour le premier braquage en solo de Liisa Vainisto !

Les Pärnänen continuaient à tourner autour de notre campement. Ils avaient été rejoints par des Hurmala qui se vantaient ouvertement d'avoir volé le modèle réduit de Marko, lors d'un braquage où nous nous étions faits piéger comme des amateurs.

– Voilà ce qui arrive quand le chef est occupé à faire sa chochotte avec ses tresses, et que personne ne monte la garde !

Ça n'arrêtait pas !

Le plan était simple. Une demi-heure avant le début de la TaLu, les Filouttinen provoqueraient une émeute devant la camionnette. Il ne fallait pas que ce soit trop tard, pour que j'aie assez de temps, ni trop tôt, sinon on risquerait de s'apercevoir du vol. Provoquer du tapage ne poserait pas de problème. Les bandits étaient déjà échauffés...

– Faudra pas entrer par le devant, m'a conseillé Helen alors que j'enfilais son pantalon dont les grosses poches me permettraient de transporter mon butin.

Contrairement à Helen, le pantalon, beaucoup trop long pour moi, ne me donnait pas vraiment l'air convaincant. Mais au moins il était pratique.

– Pour entrer dans les tentes, tu fais une ouverture à l'arrière avec ton couteau, a-t-elle poursuivi. Pour les caravanes, tu utilises les fenêtres laissées entrouvertes pour l'aération, tu montes sur une chaise pliante et tu te glisses à l'intérieur. Et oublie les Pärnänen. Même s'ils sont presque tous réunis autour de notre campement, c'est trop risqué.

Très bien, mais où aller en premier ? Le mieux était sans doute d'entrer dans le campement des Hurmala et de récupérer les bocaux volés... Mais alors, il me faudrait affronter leurs gardes !

Chapitre 24

Où les Filouttinen provoquent une émeute pendant que Liisa réalise son premier braquage en solo

L'émeute a commencé comme prévu :

– Maintenant, ça suffit ! a crié Helen en ouvrant la porte de l'auvent d'un geste brusque.

Parfait timing, ai-je observé tout en me faufilant derrière elle. Nous étions encerclés de membres des familles Pärnänen et Hurmala qui riaient aux éclats des bouffonneries des uns et des autres. Et qui ne demandaient qu'à être provoqués !

– Impossible de dormir avec un tel boucan, a poursuivi Helen. On entend d'ici vos cerveaux qui moulinent !

– Eh ben dis donc, a fait Jason Hurmala, appuyé contre la camionnette des Filouttinen. Voilà une donzelle qui ne mâche pas ses mots !

Tout en me dirigeant le plus discrètement possible vers les autres campements, je l'ai regardé furtivement : les insultes de Helen n'avaient pas l'air de lui déplaire...

– Hilda, montre-toi ! a réclamé la miss Pärnänen. C'est qu'elle a la trouille, maintenant que ses biceps ont dégonflé ! Voilà ce qui arrive quand on passe son temps à préparer des petits plats à son gros mari au lieu de s'entraîner !

A.-K. Mikkonen est sortie du chapiteau des organisateurs, de grandes lunettes de soleil vissées sur le nez.

– Mais qu'est-ce que c'est que ce bazar ? a-t-elle demandé.

L'émeute me semblait bien partie...

Je ne prenais pas ma mission à la légère. Les Filouttinen me faisaient confiance : il fallait absolument que je réussisse ou Helen se retrouverait dans le pétrin.

Je suis arrivée au campement des Diables des Montagnes. Il semblait sans surveillance, mais l'idée de voler une bande que je ne connaissais pas me déplaisait. Nous n'avions jamais eu de problème avec ces gens. Ils n'étaient même pas venus à la fête, l'année dernière. En revanche, les Hurmala nous avaient causé bien des ennuis : c'étaient eux qui méritaient d'être braqués à leur tour !

À côté des Diables des Montagnes campaient les Buteurs de Savonie. Une fourgonnette, habilement stationnée, protégeait leur intimité. Sur celle-ci était écrit « Fruits et Tartes – Barbula », suivi d'un numéro de téléphone. C'était pour le moins étonnant. D'habitude, les bandits ne dévoilaient rien de leur vie privée, de peur de se faire prendre. Par exemple, les plaques d'immatriculation de leurs véhicules étaient toujours recouvertes de boue.

Les Buteurs se reposaient apparemment sous leurs tentes, probablement éreintés par le long trajet en voiture. De ma cachette, j'ai saisi un échange :

– Lève-toi. Il faut que tu sortes, tu n'as pas le choix ! Tout le monde sait que tu n'es pas malade. Ils risquent de te prendre pour un lâche !

– Peut-être que je le suis pour de vrai, a dit une voix de jeune homme. Tu n'as qu'à prendre cet insigne de sous-chef ! Je suis sûr que tu en brûles d'envie. Moi j'en veux pas, de cette fichue responsabilité ! C'est un boulot de chien.

Alors que je faisais le tour du campement des Buteurs, une phrase a attiré mon attention :

– Ne va pas ajouter ton grain de sel ! Tu le sais bien, les Filouttinen n'apportent que des calamités !

Plongée dans mes pensées, j'ai continué ma progression vers le campement des Pärnänen. L'émeute battait son plein du côté de la camionnette des Filouttinen, et les quelques Pärnänen qui étaient encore au campement se tenaient prêts à intervenir, surveillant un éventuel besoin de renforts chez les leurs.

À l'arrière de leur campement, à côté des poubelles, j'ai remarqué un léger espace entre deux pans du mur antibruit. Le moment était venu pour moi de passer à l'action ! En forçant un peu, j'ai réussi à me glisser à l'intérieur. Un bandit adulte n'en aurait pas été capable.

J'ai éliminé illico le camping-car des chefs. L'entrée était surveillée et aucune vitre n'était ouverte. S'il y avait un frigo là-dedans, je ne pouvais pas m'en approcher. En poursuivant mon chemin, je suis passée à côté d'une tente où deux hommes qui venaient de terminer leur tour de garde discutaient.

– C'est plutôt pas mal, le coup de la bobine gravée sur la pastille, non ?

– C'est excellent, tu veux dire !

– C'est super bien manigancé de la part du chef, je dois l'avouer. Quoi qu'il fasse, il va être dans un sacré pétrin ! Et PAF !

– J'aimerais bien voir sa tête quand il comprendra qu'il a tout perdu !

– Mais tu vas la voir ! Elle sera gravée sur la pièce !

À pas feutrés, je me suis approchée d'une autre tente, qui semblait vide. Pas l'ombre d'un chat ! Avec mon couteau, j'ai fait un trou dans le coin arrière, que j'ai ensuite élargi en déchirant la toile, et je me suis glissée à l'intérieur. Deux plaids pliés faisaient office de matelas, et deux sacs à dos étaient posés à côté de l'entrée. J'entendais des rires dans la tente d'à côté. Il me fallait agir vite et garder la tête froide. Si quelqu'un entrait sous la tente, je n'aurais aucune chance de m'échapper.

Je m'étais mise dans cette situation de mon plein gré. J'aurais tout aussi bien pu être à Ypäjävuori, en train de jouer du violon devant le regard embué de fierté de mes parents, assis au premier rang ! Au lieu de quoi, je braquais un campement de bandits qui n'hésiteraient pas à me prendre en otage s'ils m'attrapaient, ni à faire griller mes orteils sur le feu en guise de saucisses. Oui, décidément, c'était une belle journée de vacances, comme je les aimais !

Une fois sortie du campement des Pärnänen avec mon butin sous le bras, je n'ai pas résisté à l'envie d'esquisser quelques pas de danse : c'était une belle victoire ! Avec mes trouvailles, Helen aurait de quoi préparer sa tarte ! Mais j'ai voulu poursuivre un peu mes recherches. De nouveaux bandits se dirigeaient vers le vacarme, ce qui me facilitait la tâche. J'ai aperçu un Hurmala brandir des battes de base-ball.

– Tu vas voir, espèce de saucisse chauve !

J'ai immédiatement reconnu la voix de Kaarlo-le-Rude, très en forme, qui s'adressait vraisemblablement à Tim Pärnänen, dit Tête d'Œuf.

Arrivée au campement des Levander, j'ai choisi la tente la plus reculée, et au moment où l'émeute semblait être à son apogée, je suis passée attraper un sac de victuailles pour le fouiller tranquillement à l'extérieur. Quand j'ai vu qu'il n'y avait que des aliments banals – des tartelettes, du chocolat, des céréales... – je me suis précipitée pour le leur rendre. En particulier les briques de sirop et les petits pots de compote... Je ne voulais surtout pas que les Levander, qui semblaient sympas et qui avaient une demi-douzaine d'enfants en bas âge, aient à souffrir de la faim à cause de moi.

Ma fichue honnêteté a failli me coûter cher. Une fois le sac remis à sa place, alors que je me tenais à côté de l'entrée de la tente, Miia Levander est revenue du campement des Filouttinen, accompagnée d'une femme plus âgée qui portait un chapeau de feutre. Heureusement, les deux femmes s'occupaient d'éloigner les enfants de l'émeute, elles ne m'ont donc pas vue ! Je me suis jetée derrière la tente, dans une pirouette digne des récents enseignements de Kaarlo ! Je m'efforçais de respirer calmement, mais j'avais l'impression que l'on m'entendait depuis les campements les plus éloignés.

– J'aurais voulu rester regarder, a dit Miia Levander avec regret.

– Concentre-toi sur ton épreuve, Miia, a dit la plus âgée. S'il faut en venir aux mains, ton père s'en occupera. C'est sûr que c'est encore une magouille des Filouttinen. Et la veille des épreuves ! C'est vraiment minable !

Miia était une grande brune très belle, que l'on aurait imaginée dans les cafés chics des grandes villes plutôt qu'à la fête des bandits.

– Il nous faudra attendre une longue année avant la prochaine fois, a-t-elle soupiré.

– Je t'ai dit que c'était une magouille ! a dit la femme au chapeau de feutre. C'est Helen qui a provoqué le tapage, mais je parie qu'au moment où on parle, elle est déjà en train de dormir, deux rondelles de concombre sur les yeux, tandis que Hilda conclut l'affaire. Demain matin, épuisées, les adversaires de Helen n'auront pas la force de lutter, et Kaarlo-le-Rude considérera cela comme un coup de maître. Je parie qu'il hissera son caleçon au mât, tellement il sera content !

Mon braquage en solo se transformait en mission d'espionnage. Pour la première fois, j'entendais les autres bandits donner leur avis sur les Filouttinen, et ils n'avaient pas l'air de les apprécier. Ils les trouvaient agaçants et suffisants. Le genre de personnes qui volaient toujours la vedette, prêts à tout pour réussir ! Je prenais conscience que, dans la communauté des bandits, les Filouttinen étaient la pièce en trop du puzzle, exactement comme moi au sein de ma famille.

Chapitre 25

Où l'on pénètre
dans les profondeurs
d'une caverne de bandits

Le temps pressait. J'ai donc pris mon courage à deux mains et je suis partie pour le campement des Hurmala. J'étais terrorisée : je savais que si je me faisais prendre, les Hurmala ne me ménageraient pas ! Heureusement, Jason Hurmala s'était retrouvé au cœur de l'engueulade, et son petit frère ainsi que ses nombreux cousins étaient partis le soutenir, si bien qu'il n'y avait plus grand-monde dans le campement. La bande des Hurmala était l'une des plus importantes : elle comptait entre vingt et trente bandits, tous issus de la même famille.

J'ai entendu un ronflement en provenance d'une caravane dont la porte était entrouverte. Par l'embrasure, on apercevait un homme âgé, allongé sur un lit rabattable, qui se grattait de temps en temps le nombril avec ses doigts couverts de bagues en or. C'était sûrement Hektor Hurmala, dit « Papy », le chef de la bande, veuf depuis une dizaine d'années, et dont la méchanceté et les braquages de sang-froid étaient légendaires. Kaarlo-le-Rude en avait parlé une fois autour du feu de camp, quand il nous expliquait la différence entre cette bande et nous.

– Imaginez ! Ils ramassent de l'or, et tout ce qui brille ! avait-il dit sur un ton méprisant. Comme des pies ! Mais vous pouvez toujours essayer de réchauffer une montre en or pour votre petit déjeuner, ça ne vous remplira pas le ventre !

En fin de compte, le campement n'était pas aussi vide que je l'avais espéré. À travers les parois d'une grande tente blanche, j'ai distingué deux ombres en pleine conversation. Pour pénétrer plus avant, il m'aurait fallu passer à côté, ce qui était risqué. Et de toute façon, les aliments que je recherchais étaient très probablement stockés dans la caravane de Hektor Hurmala (chez les bandits, le chef se sert toujours en premier dans les butins). Il me fallait me rendre à l'évidence : je n'avais d'autre choix que d'affronter le redoutable ronfleur.

Alors que j'essayais de monter dans la caravane sans faire de bruit, le marchepied a grincé. Hektor Hurmala a fait un geste de la main, murmurant :

– Julius « Genius », Julius « Genius »... Ils n'arrêtent pas, avec ce refrain ! Fistons, faites quelque chose pour raisonner Julius ! C'est une honte pour notre famille. Ingénieur... pfff... Jason, tu peux y arriver, toi. Parle-lui !

Il faisait très chaud dans la caravane, pas étonnant qu'il fasse des cauchemars. À côté du lit, sur une sorte de table, se trouvaient des sacs en plastique. Je les ai fouillés en prenant toutes mes précautions. Des revues, des jeux de dés. Bref, rien d'intéressant. Je sentais les gouttes de sueur froide couler le long de mon dos. À chaque fois que la respiration lourde de Hektor Hurmala s'arrêtait, je m'attendais à ce qu'il me saute dessus. Jusqu'à ce que j'entende, avec un grand soulagement, une forte expiration :

– Julius « Genius » !

Dans le frigo, bien sûr ! ai-je fini par deviner. Aucun aliment ne pouvait se conserver à l'extérieur par une telle chaleur. Malheureusement pour moi, le frigo était situé en face du lit. Je me suis mise à fredonner pour me donner du courage. Tralala, j'avance de deux pas vers le frigo. Tralalala, je pose ma main sur la poignée. Tralala, j'ouvre la porte d'un geste rapide et efficace. Ne grince pas, gentille porte, s'il te plaît ! J'ai jeté un rapide coup d'œil au papy Hurmala, qui se grattait le nombril dans son sommeil, avant d'étudier le contenu du frigo. Je transpirais à grosses gouttes. Il y avait bien les deux bocaux de haricots !

Mon sac étant plein, j'ai glissé les bocaux dans les poches latérales de mon pantalon. À croire que j'avais des mollets musclés, mais situés au mauvais endroit !

Alors que j'étais sur le point de repartir, j'ai aperçu un objet familier : le carton grisâtre que les Hurmala avaient emporté avec triomphe. L'espace d'une seconde, j'ai revu Marko se cramponnant à son carton imaginaire, les mains accrochées au vide. Peu importait que nous ayons perdu l'épreuve, le modèle réduit lui appartenait. Mais il y avait un hic : le carton se trouvait sur le lit, à côté de Hektor Hurmala.

J'ai fait un pas en avant en reprenant ma chansonnette. L'haleine de Hektor Hurmala sentait le hareng. Ou, plus exactement, un hareng qui aurait passé quelque temps dans les égouts. Une longue inspiration suivie d'une expiration ronflante. Je me suis approchée. J'ai tendu une main vers le carton, priant en silence qu'il ne soit pas trop lourd. Retenant ma respiration, je l'ai attrapé. J'ai alors regardé Hektor Hurmala : ses yeux étaient grand ouverts !

J'ai réagi d'instinct.

– Julius « Genius » ! ai-je susurré de ma voix la plus effrayante, essayant d'imiter la prestation qu'Erik nous avait faite de Hektor Hurmala autour du feu.

Par miracle, ça a marché ! Après avoir hoché la tête d'un air mélancolique, il a refermé les yeux.

– C'est vraiment dommage, a-t-il murmuré.

J'ai attendu qu'il se rendorme. Après quelques petits gémissements, les ronflements ont repris de plus belle. J'ai rejoint la porte à reculons, très lentement. Mes jambes étaient toutes molles, j'avançais à grand-peine.

Arrivée sur le marchepied de la caravane, j'ai entendu l'annonce :

– *À toutes les participantes de l'épreuve Tarte & Lutte : préparez-vous ! La première manche débute dans dix minutes. Je répète : dans dix minutes. Vous devez vous présenter sur le terrain avant le début de l'épreuve pour le contrôle des ingrédients. Tout ingrédient jugé non consommable sera exclu d'office.*

Depuis mon poste d'observation, j'ai aperçu le campement des Filouttinen. L'ambiance y était toujours explosive. Mais en entendant l'annonce, les bandits ont commencé à se disperser pour se préparer. Kaarlo-le-Rude s'est mis à brailler :

– Les bandits, c'est plus ce que c'était. Il suffit de gonfler un peu les biceps, et ils s'enfuient la queue entre les jambes !

Sous l'auvent, l'ambiance était tout autre.

– On va perdre, c'est sûr ! répétait Helen en faisant les cent pas.

Elle tirait sur les bretelles de sa tenue de lutte, une salopette rayée sans poches – la tenue de rigueur pour la TaLu afin d'éviter que quiconque ne glisse dans sa pâte des ingrédients proscrits. C'était fou ce qu'elle ressemblait à sa mère !

– Ça va peut-être aider, du moins un peu, ai-je dit alors en posant sur la table les bocaux de haricots et un paquet de levure de boulanger.

Et pour terminer, j'ai sorti de mon sac le butin dérobé chez les Pärnänen : un petit sachet de piments de la taille de l'ongle du petit doigt.

– Ah, ah, a dit Helen, l'air ravie, en caressant de ses doigts les piments. Tu as raison, je commence à entrevoir la lumière au bout du tunnel…

Elle savait bien que plus le piment est petit, plus il est fort…

Chapitre 26

Où l'on ingurgite une tarte aux limaces

Le résultat du contrôle des ingrédients s'est révélé plutôt maigre : seul un gros paquet de chewing-gums a été confisqué à Bertta Hurmala, qui avait l'intention de l'incorporer dans sa pâte.

– Cet ingrédient n'est pas destiné à être avalé, a estimé le jury.

– Mais c'est un produit alimentaire ! a protesté Bertta, tapant du poing sur la table. La preuve : il est disponible dans les magasins d'« alimentation générale » !

– Ah bah, dans ce cas on peut aussi ajouter des journaux, et même des jeux de grattage ! a plaisanté Julia Järnström des Poignards Volants, qui attendait son tour derrière Bertta.

Même les membres du jury rigolaient.

– Ça, tu vas le regretter ! a marmonné Bertta entre ses dents serrées, se retournant aussitôt vers le jury, le sourire fendu jusqu'aux oreilles.

Elle n'avait pas l'air du genre à se laisser faire. En accompagnant Helen à sa table, je l'ai suivie du regard : sa table était au meilleur endroit, c'est-à-dire à l'ombre. Comment était-ce possible ? Il y avait une minute à peine, elle était en train de chercher la bagarre à la table du jury !

– Des jumelles, a murmuré Helen. Les seules dans la communauté des bandits. Et crois-moi, elles n'hésitent pas à en tirer profit à la première occasion, comme tu peux le constater. Elles sont tout sauf sympas : une seule suffirait amplement, dans le genre ! Voilà pourquoi on les appelle les « jumelles venimeuses ». Une minute en leur compagnie, et c'est comme si un serpent t'avait mordu !

– C'est laquelle, elle ? ai-je demandé en montrant du doigt la jeune fille aux cheveux frisés, coiffés en couettes, qui s'appuyait contre sa table de travail. Elle était dotée de l'imposant nez crochu qui caractérisait les Hurmala.

– Elle, c'est Bertta, a chuchoté Helen. La lutteuse. Et au contrôle des ingrédients, c'était Martta, la querelleuse.

Helen m'enseigna comment les distinguer : Martta avait une zone chauve grande comme une pièce de monnaie derrière une oreille. Dans leur enfance, Bertta lui avait arraché une mèche, et au désespoir des deux sœurs, les cheveux n'avaient jamais repoussé. Mais avec des couettes, comme aujourd'hui, ça ne se voyait pas. À part ça, les deux jeunes femmes se ressemblaient comme deux gouttes d'eau.

Elle m'a ensuite montré Seita Anteroinen des Diable des Montagnes, qu'elle considérait comme sa pire adversaire.

– Elle a beau être de petite taille, elle est sacrément douée, m'a dit Helen. Ce n'est pas une grande pâtissière, pas plus que moi, mais en lutte, elle glisse entre les mains de ses adversaires. Menue comme elle est, elle se déplace très vite. Sa bande n'a pas participé à la fête, l'année dernière. C'est qu'en Laponie, ils ont largement de quoi braquer, et ce sont les seuls à avoir le courage d'affronter ces chemins perdus dans les montagnes. Pour eux, pas besoin de venir à la fête pour se faire une renommée ! À mon avis, s'ils sont là cette année, c'est parce que depuis quelque temps les Buteurs de Savonie essayent de s'immiscer dans leur territoire.

Enfin, la première manche a commencé. Les participantes disposaient de quatre heures pour préparer leurs tartes. Il y avait peu de gens dans le public. Les bandits étaient tous épuisés par l'émeute. Beaucoup d'entre eux préféraient aussi assister à la lutte.

Privée de ses chewing-gums, Bertta Hurmala préparait une pâte à base de sang, qu'elle garnissait d'une viande mi-cramée, mi-crue, particulièrement pénible à digérer. Julia Järnström avait abandonné la victorieuse pâte de seigle-kebab de la veille Riitta au profit d'une tarte au poisson qui cachait de longues arêtes. Comment avaler une tarte avec des arêtes sans se racler la gorge ? Plus enthousiasmée par cette première manche que par la lutte, Päivikki Barbula des Buteurs de Savonie faisait cuire sa viande hachée tout en chantant. Quant à Seita Anteroinen, des Diables des Montagnes, elle était située trop loin de moi : impossible de voir ce qu'elle préparait.

Certaines d'entre elles avaient-elles vu leurs plans s'effondrer à cause de mon petit tour de braquage ? Miia Levander touillait sa pâte, l'air sereine, de même qu'A.-K. Mikkonen, qui prenait bien garde de ne pas regarder Helen. La miss Pärnänen, elle, divertissait les spectateurs en jouant les chefs qui officient à la télé. Mais Helen ne se laissait pas impressionner. Elle suivait les conseils de Hilda et préparait une tarte de seigle et de blé complet garnie de haricots, de viande coupée en dés et de piments. Elle en a broyé avec soin une poignée, tout en gardant un œil sur ses adversaires pour être sûre de ne pas être observée.

Une fois cuites, les tartes ont été soumises à l'appréciation du jury. À ce stade, seule l'apparence était jugée, les tartes ne seraient pas goûtées avant le lendemain. Celle de Helen s'est retrouvée en milieu de classement : sa décoration, enfoncée sur un côté, avait cramé…

En début de soirée, j'ai rendu visite à Erik et à Marko-les-Crocs sous leur tente igloo. Comme ils allaient devoir se lever tôt le lendemain, ils dormaient ensemble. Marko-les-Crocs allait faire des allers-retours entre l'ExCo et le Bluff pour nous encourager, Erik et moi. Mais cela signifiait que je serais toute seule sur la piste du Bluff la moitié du temps.

À l'abri de la tente, j'ai tendu à Marko-les-Crocs le carton de modèle réduit.

– Une petite consolation, ai-je dit en souriant.

Marko m'a remerciée, tout ému, et a serré le carton dans ses bras comme si c'était un être humain. Il est sorti de la tente pour s'assurer que son modèle réduit était intact. Silencieux, Erik n'avait pas l'air très en forme. Il avait pourtant passé avec succès les premières manches de l'ExCo, et était en tête de l'épreuve. J'essayais de le distraire en donnant mon avis sur les adversaires qui allaient s'affronter deux par deux à la lutte – le tirage au sort venait d'avoir lieu. Je bavardais au sujet des couples de lutteuses et de leurs chances de gagner pour détourner l'attention d'Erik de l'essentiel : Helen n'avait pas eu de chance au tirage au sort. Dès la première manche, elle aurait à affronter Tiina Pärnänen, son ennemie jurée. Il y aurait une véritable horde de gilets « P » autour du tapis de lutte demain matin, c'était certain.

Helen n'a pas fermé l'œil de la nuit. Nos lits étaient placés sous l'auvent, où nous parvenaient les ronflements de Kaarlo-le-Rude, mais je m'y étais déjà habituée. En revanche, je me réveillais chaque fois que le vent faisait remuer la toile. Et quand j'ouvrais les yeux, je voyais Helen debout devant la fenêtre, le regard fixé au loin.

– Rendors-toi, disait-elle quand je voulais me lever. N'oublie pas que tu as aussi une épreuve demain.

Au petit matin, il avait plu, mais le jour se levait chaud et moite.

– Conditions météo tropicales, c'est parfait ! a observé Helen, contente. Ça me donne une avance au moins sur Seita, une des lutteuses.

– Et sur la miss Pärnänen ? ai-je soupiré. C'est surtout elle que tu dois battre !

– Ah oui, je l'avais oubliée, celle-là, a dit Helen en bâillant.

Il ne restait plus rien de son anxiété nocturne ; elle semblait presque nonchalante.

Elle a versé dans un verre un liquide qu'elle a fait tourbillonner avant de le boire. Ses narines s'écartaient à mesure que le liquide disparaissait. C'était le signe qu'elle n'aimait pas quelque chose, j'avais appris cela lors de nos séances d'entraînement au Bluff. Ça ne devait pas être de la limonade au citron !

– Il y a quoi, dans ton verre ? ai-je demandé comme si de rien n'était, tout en rangeant dans mon sac mon carnet et ma bouteille d'eau.

J'évitais de penser que je devrais me débrouiller toute seule jusqu'au soir.

– Des anti-acides de trois sortes différentes : à action immédiate, intermédiaire et prolongée.

– Pour la digestion ? me suis-je étonnée.

– Pas exactement, a souri Helen. Disons plutôt que c'est un traitement préventif.

Je connaissais assez Helen pour savoir qu'elle mijotait un mauvais coup.

– Est-ce que je mets celle à rayures, ou la noire, plus élégante ? a dit Kaarlo-le-Rude en entrant sous l'auvent torse nu. Deux chemises sans taches de moutarde ! Un exploit !

– La noire, avons-nous répondu à l'unisson, Helen et moi, bien conscientes que les rayures horizontales mettraient encore plus en avant son gros ventre.

Puis Helen a lancé un « ciao » pour partir s'échauffer avant le début de l'épreuve.

– C'est vrai que la noire fait classe, a dit Kaarlo-le-Rude, devant la glace. C'est classique et sobre, à la Paul Newman. Ça fait « porte-parole de la nation ».

– De quoi parle-t-il ? a demandé Hilda dans un gloussement. La canicule lui a définitivement fait perdre la tête !

– Il se voit déjà en Maître Bandit, ai-je susurré. Il incarne son rôle avec élan.

– D'un autre côté... a dit Kaarlo-le-Rude, levant son index tel César. D'un autre côté, ma fille Helenita portera une tenue à rayures, héritée de sa mère. Il faut donc que je porte aussi des rayures. Ma fille ! a-t-il dit d'une voix remplie de fierté et d'émotion. La pire des voleuses. Une sucette parmi des bonbons en vrac ! La Grace Kelly des bandits !

– Helenita, ai-je dit. Non... c'est pas vrai ? C'est ça, son véritable prénom, à Helen ?

– Mais non, a répondu Hilda, mais sans me regarder dans les yeux.

Grâce à mes nouvelles compétences acquises au Bluff, j'ai su tout de suite qu'elle ne disait pas toute la vérité, voire qu'elle me mentait carrément.

Comme prévu, la manche gustative de la TaLu avait attiré un public nombreux. Devant chaque concurrente étaient posées sept parts de tarte. Helen plaçait les parts dans l'ordre où elle avait l'intention de les avaler. Elle était très concentrée ; il me semblait que rien ni personne ne pourrait la déranger.

Les plus difficiles à ingurgiter étaient sans conteste la tarte aux limaces et à la mélasse de Seita Anteroinen (rien que l'imaginer me donnait des frissons !), la tarte super salée d'A.-K. et la tarte « surprise » de Helen. Cette dernière était différente des autres : au premier abord, le goût était plutôt agréable, le carbonate de sodium et le piment ne faisaient effet que plus tard. Le piment brûlait alors la gorge, puis le carbonate de sodium et les haricots chamboulaient complètement la digestion.

La tarte poulet-curry-cannelle de la pauvre Päivikki Barbula n'avait rien à voir avec celle, horriblement piquante, qu'elle avait cru préparer : elle ne faisait qu'agréablement chatouiller le palais, et était savoureuse ! J'ai vu Helen sourire, et même se lécher les lèvres, en avalant sa part en trois énormes bouchées. Päivikki, elle, a perdu deux points, car la tarte aux arêtes de Julia Järnström, et celle pimentée de Helen, l'avaient obligée à se racler la gorge. Miia Levander a aussi perdu des points : après avoir mordu dans une limace, elle a poussé un hurlement de dégoût déchirant, dépassant la minute autorisée par le règlement. Puis, comme par miracle, elle a réussi à se ressaisir. Les yeux fermés, elle a ingurgité le reste de la tarte.

À peine la dégustation terminée, la foule s'est agitée, criant « hourra ! » et réclamant avec impatience le début de la manche suivante. Enfin, les premières lutteuses sont arrivées sur les tapis. Sur le numéro 1, Helen secouait les bras, l'air concentrée. Sur le numéro 2, Seita Anteroinen prenait une gorgée dans sa gourde, quand, soudain, elle a eu un haut-le-cœur et a tout craché !

– Elle est tiède, a-t-elle dit.

Avant de prendre un air inquiet et de hurler :

– Mais c'est de la lessive !

Cela a provoqué un véritable esclandre. Les Diables des Montagnes ont exigé une enquête. Hilda a immédiatement couru examiner la gourde de Helen. Elle a levé la main : elle contenait également de la lessive ! A.-K. Mikkonen, Miia Levander et Päivikki Barbula sont aussi parties vérifier les leurs. Derrière ses lunettes miroir, Julia Järnström restait impassible. En revanche, Tiina Pärnänen et Bertta Hurmala affichaient un sourire sournois, l'air de se réjouir de la situation. L'arbitre du tapis 2 a ramassé les gourdes de Seita et de Helen et a rejoint son homologue du tapis 1 pour une entrevue d'urgence.

Dans le public, ça commençait à dégénérer. Kaarlo-le-Rude a provoqué un chahut, suivi de toute la bande des Diables des Montagnes. Helen semblait fâchée, mais pas vraiment effrayée. Je me suis demandé ce qui se serait produit si Seita n'avait bu dans sa gourde qu'à la pause, avec la lessive complètement dissoute dans l'eau tiède.

– Sabotage ! a crié et hué Kaarlo-le-Rude à pleins poumons.

J'ai hué moi aussi, du fond du cœur !

J'ai alors senti quelqu'un me taper dans le dos.

– Ce n'est pas vraiment le bon moment, je le sais bien, mais on ferait mieux d'aller t'inscrire, a dit Marko-les-Crocs, l'air sincèrement désolé. J'ai capté des bouts de conversation, ça en arrangerait plus d'un qu'on loupe le Bluff !

Il portait la glacière que Hilda avait remplie de provisions. J'ai acquiescé. Le début de la lutte ayant été reporté, nous avons profité de ce bref contretemps pour dire au revoir à Hilda. Une enquête express, organisée par Luukas et Johannes des Trains de l'Enfer, était en cours pour élucider l'origine de la lessive. Quelques membres des Poignards leur prêtaient main forte, fouinant dans les affaires des lutteuses et dans les poches des bandits venus les soutenir. Ils voulaient trouver le coupable sur-le-champ.

– Bonne chance, ma chérie, m'a chuchoté Hilda.

Elle semblait regretter de me laisser partir, mais elle n'avait pas le choix : la situation était critique sur la piste de la TaLu, il fallait qu'elle reste avec Helen. C'était la première fois que je participais aux épreuves, et j'allais devoir le faire sans le soutien d'aucun membre de la famille Filouttinen.

– N'oublie pas de les surprendre ! a dit Hilda en souriant. Pour une petite fille aussi gentille, tu es quand même une sacrée menteuse !

Elle m'a donné un coup de pied aux fesses pour me souhaiter bonne chance.

C'était à moi de jouer, maintenant !

Chapitre 27

Où l'on ment
au péril de sa vie

À peine arrivés sous le chapiteau du Bluff, Marko et moi avons été pris à partie par des bandits.

– Ça y est, elle est là ! Liisa, la petite louloutte !

C'était la vieille Riitta, accompagnée de sa bande. Ils n'avaient pas l'air commodes. Et ils nous attendaient, ça ne faisait aucun doute. Heureusement que Marko-les-Crocs était avec moi. Sentir sa présence, juste derrière moi, me réconfortait.

– On a eu toute une année pour se renseigner sur toi, et on sait qui tu es vraiment, Liisa Vainisto.

Une bande de dix bandits nous encerclait. Il n'y avait que des Poignards Volants.

– Et ton papa, il en pense quoi, du fait que tu sois ici ? a demandé la veille Riitta en ricanant méchamment.

Ça m'a fait perdre tout mon courage. Est-ce que l'un d'entre eux avait appelé mon père ? Ou, pire encore : mon père s'était-il fait prendre par ces bandits en partant à ma recherche ? Mon angoisse frôlait le désespoir. Voilà ce que ça faisait quand les Filouttinen n'étaient pas là !

– Ne les écoute pas, ils racontent des salades ! m'a murmuré Marko-les-Crocs, tout en me poussant vers l'avant. Ils essaient de te ficher la trouille, mais ça ne sert à rien, à part nous mettre en pétard.

Une fois devant la table des organisateurs, nous avons vu qu'il ne me restait que quelques minutes pour m'inscrire ! Si nous étions restés répondre aux provocations des Poignards, nous aurions à coup sûr loupé l'épreuve, ce qui était sans nul doute leur objectif. La clôture des inscriptions au Bluff a été annoncée, puis les noms des participants ont été révélés. J'étais la dernière.

À cause d'un nombre particulièrement élevé de concurrents, le Bluff a débuté par des épreuves éliminatoires. J'ai affronté le petit frère de Miia Levander, ainsi qu'un monsieur d'un certain âge, Aslak, des Diables des Montagnes, et j'ai remporté les deux parties. Ce succès m'a redonné confiance !

J'attendais donc avec impatience les résultats des autres concurrents. Qui allait participer aux demi-finales ? La première à être annoncée a été la vieille Riitta des Poignards volants. Sa façon nonchalante de proférer des menaces sanglantes avait impressionné tout le monde dès son arrivée sur les lieux. Lors des éliminatoires, elle avait battu nombre de jeunes hommes aux visages impassibles et de jeunes femmes sûres d'elles. Les Poignards étaient une grande bande et la place du chef était convoitée par de nombreux bandits, tous plus assoiffés de pouvoir les uns que les autres. Pour mener un tel troupeau, il était sans nul doute nécessaire de savoir mentir.

Le deuxième demi-finaliste était l'actuel sous-chef des Pärnänen. C'était un homme d'une quarantaine d'années, qui affichait toujours un air mécontent. En toutes circonstances, il portait son gilet « P » sans T-shirt en dessous, laissant apercevoir une petite bedaine, signe d'une vie confortable. Il était coiffé d'un bandana aux motifs de flammes, l'autre symbole des Pärnänen. On l'appelait Ben Boutefeu, mais il ne fallait surtout pas le lui dire en face, à moins de vouloir risquer sa vie. Comme ce surnom l'indiquait, il cherchait toujours la bagarre et n'abandonnait jamais, même quand il avait tort.

Le troisième demi-finaliste était une nouvelle connaissance plutôt intéressante, Markus des Trains de l'Enfer. Je ne l'avais pas vu en action, et j'ignorais donc tout de ses stratégies. On le distinguait de loin grâce à son T-shirt violet. Contrairement aux Pärnänen, qui faisaient beaucoup de bruit, mais peu de mal, les Trains de l'Enfer étaient très rusés et très dangereux, même s'ils donnaient l'impression d'être inoffensifs. Markus était un jeune homme mystérieux. Pendant les pauses, il cherchait toujours un endroit calme pour téléphoner. L'air détendu, il semblait maîtriser parfaitement son langage corporel, et son regard était franc et ouvert. Je l'avais vu jouer aux fléchettes quand nous étions en train d'attendre le début de l'épreuve. Ses lancers étaient aussi impressionnants que ceux de Helen.

Ma quatrième adversaire était Paula Barbula des Buteurs de Savonie. C'était la femme du chef, Olof l'Œil Noir, et il était évident qu'elle avait l'habitude de donner des ordres. Pendant les annonces, son regard balayait l'audience tel un projecteur de prison. Sa coupe au carré, légèrement grisonnante, oscillait d'un côté du visage à l'autre. Elle me faisait penser à un vautour posé sur un cadavre. L'idée de me mesurer à elle ne m'enchantait pas vraiment.

Quant à ma cinquième adversaire, je l'avais déjà croisée, alors qu'elle se faisait passer pour sa sœur. C'était l'une des jumelles venimeuses, Martta Hurmala, que j'ai reconnue grâce aux conseils de Helen. En m'apercevant, Martta a fait une grimace ; elle a fait le geste de se trancher la gorge puis elle m'a pointée du doigt. De toute évidence, l'idée de devoir m'affronter ne lui plaisait pas. Pour la première fois, je me suis demandé ce qui se passerait si je remportais l'épreuve. Est-ce que cela me mettrait en danger ?

J'ai senti les regards malveillants se poser sur moi. Les rumeurs courent vite : les bandits savaient que les Filouttinen ne seraient pas là pour me protéger comme à l'accoutumée. Entre les Pärnänen aux propos mesquins, les Hurmala aux regards haineux et les Buteurs de Savonie aux visages tannés, les Filouttinen me manquaient cruellement, et Helen en particulier. Helen, qui prenait les embûches comme des défis stimulants ! Quand quelqu'un la toisait, elle soutenait son regard jusqu'à ce qu'il capitule et baisse les yeux.

Force est de l'avouer : je me suis carrément fait huer par mes adversaires et leurs familles.

Chapitre 28

Où l'on se mesure à une demi-finaliste redoutable

Parmi tous les demi-finalistes, trois seraient qualifiés pour la finale. Chacun d'eux devait donc remporter deux duels. Je savais que les autres se connaissaient. Seuls Markus et moi étions des nouveaux, ce qui pouvait être considéré comme un avantage. Personne n'étant au courant de nos tics, nos gestes étaient indéchiffrables. Mais en même temps, nous n'en savions pas plus sur ceux de nos adversaires. Je priais en mon for intérieur que l'entraînement express que j'avais reçu soit suffisant.

Le tirage au sort a désigné Paula Barbula comme ma première adversaire. À part son regard d'aigle, je ne savais rien d'elle. J'ai pris quelques minutes pour trouver mes trois phrases, puis je suis allée les soumettre au jury. Nous avons joué à pile ou face pour savoir qui allait être IN en premier. Paula Barbula a gagné. Sa gestuelle révélait qu'elle ne me prenait pas au sérieux : elle ne cessait de ricaner et de siffloter. Quand nos regards se sont croisés, elle a plissé les yeux, comme si elle n'avait pas envie de me voir. L'idée m'est venue presque malgré moi : *ah, que j'aimerais avoir l'occasion de la chatouiller en finale !*

Voilà quelles étaient les trois phrases de Paula Barbula :

1• Les Buteurs de Savonie sont prospères. Ils ont récemment étendu leur territoire de 100 km, le long de la nationale 27.

2• Le programme de la fête de cette année n'est pas conforme au règlement.

3• Ma fille est diplômée d'une école réputée.

Elle a affiché un air satisfait. Et un sourire. Ses phrases étaient parfaitement conformes au règlement : elles avaient un lien avec la vie des bandits, elles étaient aisément vérifiables et audacieuses. Je me demandais même si elles n'étaient pas un brin trop dangereuses : les deux premières avaient provoqué un brouhaha dans la foule. C'était tabou de faire des commentaires sur la fête tant qu'elle n'était pas terminée. On aurait tout le loisir de rouspéter sur le chemin du retour, une fois les épreuves remportées ou perdues. Tant qu'on était ensemble, on prenait sur soi et on faisait bonne figure.

La phrase numéro 1 était encore plus dangereuse. Helen m'avait appris que les bandits avaient tous leurs territoires de braquage attitrés. Maintenant que le Grand Pärnänen était décédé et que son titre était à prendre – ou à dérober – il ne me semblait pas judicieux d'évoquer des sujets aussi explosifs !

Helen m'avait expliqué que nous étions autorisés à réfléchir à haute voix sur les phrases de nos adversaires. Cela nous permettait d'observer leurs réactions. Paula Barbula arborait un air dédaigneux qui ne laissait transparaître aucun indice. Passant la main dans ses cheveux coupés au carré, elle ressemblait plus à une ministre qu'à la matrone d'une bande surnommée « les planqués du buisson de Savonie ». J'ai quitté ma chaise pour marcher un peu. Le mépris qu'elle me témoignait n'était pas dû à notre différence d'âge (ce qui aurait pu être le cas. Après tout, je n'étais qu'une enfant !). Non, c'était surtout qu'à ses yeux, je n'étais rien de plus qu'une Brave Citoyenne. Une mascotte porte-bonheur que les Filouttinen trimballaient dans leurs bagages. Et elle prenait soin de montrer qu'elle avait honte de se frotter à moi. Mais en me sous-estimant, elle se rendait vulnérable.

– La première phrase, ai-je commencé, pourrait être vraie... ou pas. À cet endroit de Finlande, on se dispute effectivement des territoires de braquage...

Paula Barbula me fixait de ses yeux écarquillés. À l'évidence, elle m'avait prise pour une véritable poupée Barbie qui ignorait ce que signifiait un territoire de braquage. Or, l'été dernier, pendant nos longs trajets, j'avais passé mon temps à étudier ces territoires sur la carte routière des Filouttinen. Bien qu'un peu vexée, je me suis efforcée de garder mon sang-froid et j'ai poursuivi :

– ... et peu de bandes se contentent de leur territoire d'origine. Les Diables des Montagnes ont ainsi étendu leur territoire vers le sud, au-delà de la nationale 27, jusqu'à la nationale 77. Du coup, ils se trouvent actuellement à la fois sur les anciens territoires des Poignards Volants et sur les nouveaux territoires des Trains de l'Enfer de l'archipel qui, eux, ont étendu leur territoire vers le nord. À qui appartient donc le territoire proche de la nationale 27 ? Existe-t-il à ce sujet une convention écrite, ou seulement un accord tacite ? « Pour se divertir, les bandits peuvent effectuer des braquages sur les territoires des autres, à condition que la majorité des actions se déroulent sur leur propre territoire », ai-je récité, sans pouvoir m'empêcher de rajouter : d'ailleurs, quelle façon élégante d'annoncer la conquête de nouveaux territoires ! En pleine épreuve ! Tu espères peut-être pouvoir t'en sortir sans te battre !

Quand je me suis tue, toute la salle était silencieuse. J'ai jeté un coup d'œil à Marko-les-Crocs qui rongeait son poing sans même s'en rendre compte. Les deux autres duels qui se déroulaient en parallèle s'étaient arrêtés : Ben Pärnänen et la vieille Riitta s'étaient levés de leurs chaises pour m'écouter. Markus des Trains de l'Enfer et Martta Hurmala avaient essayé de poursuivre leur duel, mais leur curiosité avait fini par l'emporter. À présent, ils me dévisageaient. Martta semblait hors d'elle. Elle avait l'air de m'en vouloir d'interrompre ainsi son duel...

Derrière moi, quelqu'un s'est mis à taper des pieds. Et un autre, à huer. Qu'avais-je dit de mal ? Je pressentais que tout ça n'avait plus rien d'un jeu... Le Bluff était une épreuve dangereuse, qui nous poussait à révéler des informations compromettantes ! Finalement, Paula Barbula a éclaté d'un rire joyeux, franc et authentique, qui adoucissait ses traits.

– Pas mal du tout ! a-t-elle dit. Tu as réussi à semer la zizanie dans tous les camps. Avec un peu de chance, cela t'aidera pour les autres manches. Vas-y, continue.

Sa bonne humeur s'est rapidement estompée, son visage s'est fermé comme un poing. Je me suis aperçue que la plupart des spectateurs s'étaient approchés de nous. Ceux qui étaient au premier rang défendaient leurs places égoïstement, ce qui n'a pas manqué de provoquer quelques petites bagarres. Les organisateurs ont ordonné aux autres concurrents de reprendre.

– Ensuite, la phrase numéro 3...

J'avais décidé d'aborder en dernier la phrase numéro 2, de peur de provoquer une véritable émeute. Je forçais mon cerveau à résoudre l'énigme de la phrase numéro 3. De quel diplôme s'agissait-il ? Y avait-il quelque part en Finlande une académie de bandits qui proposait des cours d'abordage, de lancer de couteau, de vol à la tire ? Peu probable, ai-je raisonné. La police l'aurait trouvée depuis belle lurette. Et surtout : le banditisme était plus proche de l'artisanat, et ses secrets se transmettaient de mère en fils, de père en fille, en toute confidentialité.

– Le diplôme de ta fille, ai-je poursuivi, à tâtons.

Les yeux de Paula Barbula ont lancé des éclairs. C'est le seul signe de faiblesse que j'ai pu détecter à travers sa carapace, mais il m'a suffi. J'ai associé deux bribes d'information, et j'ai dit avec courage :

– La phrase numéro 3 est la vérité, il s'agit de ta fille aînée. C'est quoi déjà, son prénom ? Piritta ? Pilvi ?

– Piia, a répondu Paula Barbula à mi-voix.

Elle n'était pas obligée de m'aider, mais pour une raison que je m'expliquais pas, elle l'a fait.

– Seulement, son diplôme n'a rien à voir avec le banditisme, ai-je poursuivi, d'un ton triomphant. C'est un diplôme dans un tout autre domaine. *Fruits et Tartes – Barbula*, c'est ça, non ? ai-je dit en me rappelant le texte sur la fourgonnette.

Le public sifflait et criait. Paula Barbula est restée figée, interdite. Elle ne se doutait pas que je prenais note de tout ce que j'observais.

– Par contre, j'ignore de quel diplôme il s'agit. Un diplôme en cuisson de crêpes ? ai-je avancé. Une licence en cueillette de petites fraises succulentes de fin d'été ? Un certificat européen de reconnaissance à l'aveuglette de différentes variétés ? Il faut bien qu'elle sache distinguer les gariguettes des ciflorettes !

À présent, les bandits hurlaient de rire ! Soudain, j'ai compris que ce n'était pas moi qui avais été visée par les précédentes invectives, mais Paula Barbula, qui avait jugé bon d'intégrer dans l'épreuve les exploits de sa Brave Citoyenne de fille. La lèvre supérieure de Paula Barbula tremblotait, et elle se tordait les doigts. Elle était vexée et en colère. Je découvrais à mes dépens que le Bluff était un moyen extra pour se faire des ennemis pour la vie !

– La phrase numéro 2, maintenant. Concourons-nous dans le respect des règles ? ai-je continué sans marquer de pause.

Au regard de Paula Barbula, j'ai compris qu'elle était sûre de me piéger avec cette phrase.

– D'abord, il faut définir de quelles règles on parle, ai-je dit. Si on parle de celles du Grand Pärnänen, le principe « paix et respect » a été transgressé au moins deux fois depuis le début de la fête. Mais il existe aussi d'autres règles, réunies dans un ouvrage de référence sur le banditisme finlandais.

Paula Barbula a blêmi. Son regard insolent se transformait peu à peu.

– Cette phrase est un mensonge, ai-je dit à mi-voix, espérant que notre public bruyant n'entendrait pas ce que je disais. C'est un mensonge, car nous suivons des règles bien plus anciennes, celles de Helmeri Kvist.

Il n'y avait plus un bruit sous le chapiteau. Les bandits étaient interloqués.

– Il s'agit de celles qui se trouvent dans le *Guide élémentaire du banditisme* datant de 1884, ai-je précisé en élevant la voix. La phrase numéro 2 est donc un bluff, un gros bluff !

– La concurrente propose la phrase numéro 2, a fini par dire le représentant du jury. C'est correct ! 1-0 en faveur de Liisa Vainisto !

Au lieu d'applaudir, certains bandits enflammés se sont mis à tambouriner avec leurs pieds, ce qui semblait être leur façon d'exprimer leur enthousiasme. D'autres, tout aussi nombreux, se sont remis à crier.

Après ce début si intense, ma partie IN me donnait l'impression d'être une récréation. Paula Barbula avait du mal à se concentrer, son regard était fuyant, et j'ai vite vu qu'elle ne parvenait pas à distinguer la vérité du mensonge.

1• Les Filouttinen et les Buteurs ont d'ores et déjà élaboré un plan de succession.

2• J'assure en lancer de couteau.

3• Il y a eu au moins un sabotage pendant la fête de cette année.

Telles étaient mes phrases. Le mensonge était la phrase numéro 1. J'avais décidé de commencer par la plus dure pour m'en débarrasser d'emblée. Il y avait aussi un autre avantage avec cet ordre des phrases : mon langage corporel ne me trahirait pas, car Paula Barbula ne pourrait pas le comparer à celui des phrases précédentes.

– La phrase numéro 1 est la vérité, a dit Paula. La jeune fille essaie de mettre en avant sa bande à nos dépens. Pauli est un excellent sous-chef. D'ailleurs, je te remercie de la confiance que tu nous témoignes, a-t-elle poursuivi d'un ton glacial.

Elle a repoussé ses cheveux derrière les oreilles, geste qui indiquait qu'elle était nerveuse, et que je n'avais pas identifié jusqu'alors. À l'exception de quelques vieilles barbes qui suivaient encore les autres duels, tous les bandits se bousculaient autour de nos deux chaises.

– Quant au lancer de couteau… a dit Paula Barbula en se tortillant dans tous les sens. Comment je peux savoir dans quel sport tu excelles ? Qu'est-ce que cette phrase a à voir avec le banditisme ? Jury ! a-t-elle crié, tout à coup ravigotée. Je proteste !

– D'après le règlement, les participants n'ont pas le droit de protester, c'est à ta bande de le faire à ta place, a répondu un membre du jury. Tu le sais bien, Paula. Sinon, les participants protesteraient pour tout et n'importe quoi !

Le public hurlait de rire.

– Je proteste ! a crié un homme moustachu, plein de fougue, qui s'était occupé de Päivikki Barbula après les premières manches de la TaLu. La phrase numéro 2 n'a rien à voir avec le banditisme. On s'en fiche, de savoir si cette jeune fille assure en lancer de couteau ou pas !

Les tambourinements et hurlements avaient repris de plus belle.

– Et pour le diplôme de ta fille, quel était le rapport avec le banditisme ? me suis-je écriée.

– Aucun, en effet, a répondu le représentant du jury. Protestation rejetée ! Et maintenant, je ne veux plus d'interruption, sinon je mets fin à cette manche, et retiens 0-1 comme score final.

Paula Barbula s'est ressaisie.

– Bien, stupide gamine. Tu essaies sans doute d'attirer l'attention en te vantant. Il est possible que tu lances bien, comparée à ces bandits minables que tu fréquentes. Kaarlo-le-Rude aurait du mal à atteindre ne fût-ce que son propre nombril...

Des rires.

– Le mensonge est donc la phrase numéro 3, a dit Paula. Si tu imagines qu'à la fête, les bandits peuvent faire ce que bon leur semble, c'est que tu n'as pas été mise au parfum. Ou que tu es bête. C'est donc un bluff, un gros bluff !

– La concurrente propose la phrase numéro 3, a dit le représentant du jury. C'est faux, le mensonge est la 1. La bluffeuse a droit à un commentaire.

Les bandits se sont encore rapprochés de nous. Serré dans la foule, le visage de Marko-les-Crocs est devenu rouge écarlate.

– La 3 dit la vérité, ai-je dit d'un ton grave. Pendant la TaLu, quelqu'un a tenté d'empoisonner les gourdes de Helen Filouttinen et de Seita, des Diables des Montagnes. Au moment où nous avons quitté les lieux de l'épreuve, une enquête venait d'être lancée.

Aslak, des Diables des Montagnes, et quelques-uns de ses camarades qui l'avaient soutenu lors des éliminatoires, affichaient un air inquiet. Ils sont partis rejoindre Seita en courant.

Au cas où une bagarre collective éclaterait, elle aurait besoin de renforts.

– Le mensonge est bien la phrase numéro 1, ai-je dit. Décider de la succession n'est jamais facile, et encore moins maintenant que le titre de Maître Bandit est remis en jeu. Les jeunes se demandent en particulier si le nouveau Maître Bandit va régner pendant trente ans comme son prédécesseur. L'avenir du banditisme dépend de la capacité de la communauté à soutenir la nouvelle génération, et à lui libérer de la place ! Les Filouttinen y réfléchissent beaucoup, alors que les Buteurs de Savonie prétendent que le sujet n'a même pas été évoqué chez eux.

– Ah bon, tu crois ça ! a lancé Paula Barbula, qui aurait bien continué si le jury ne lui avait pas fait signe de se taire.

Mais à présent, c'était à mon tour de parler.

– Le passage du pouvoir vous attend vous aussi dans les prochaines années. Olof l'Œil Noir serait ravi de s'affranchir de ses responsabilités. Le problème, c'est que personne n'est intéressé. Ta fille aînée a…

J'ai réfléchi avant de poursuivre. Les Buteurs qui nous entouraient risquaient de me massacrer littéralement si j'utilisais les termes « Brave Citoyenne » à propos de Piia Barbula.

– … a choisi un autre chemin, ai-je fini par dire, non sans peine.

Mais les spectateurs avaient très bien compris ce que j'insinuais. Le brouhaha est reparti de plus belle.

– Il reste donc Päivikki et Pauli. Mais la première est trop molle, trop gentille. Pour être à la tête d'une grande bande, il faut avoir un caractère bien trempé. Et le second ne semble pas intéressé. Enfin, il ne veut pas être chef, je le sais. D'après ses propres mots, « c'est un boulot de chien ».

Paula Barbula s'est levée. Elle tremblait de rage, ses cheveux au carré, trempés de sueur, étaient collés sur ses tempes. Si le jury ne lui avait pas fait signe de se calmer, elle se serait jetée sur moi.

– Assez parlé ! a grogné l'un des Buteurs venu soutenir Paula. Vous avez l'intention de la laisser raconter n'importe quoi pendant combien de temps ? Vous ne comprenez pas que c'est dangereux ? On parle ici de choses classées top secret, et pour cause ! Est-ce que tu comprends, gamine, qu'en parlant de nous comme tu viens de le faire, tu risques de nous mettre tout le monde à dos ?

– Eh bien, vous ne seriez pas les seuls, me suis-je défendue. Le modèle réduit de Marko-les-Crocs lui a été volé alors que nous étions en route pour la fête. Ce modèle réduit a remporté l'épreuve, et les points sont revenus aux Hurmala !

– Ce sont des choses qui arrivent, a dit un homme de petite taille, venu soutenir Martta Hurmala et que j'avais aperçu pendant le braquage de notre camionnette. Notamment à ceux qui roulent en chantonnant, sans regarder plus loin que le bout de leur nez.

– On nous a aussi menti sur la date du début de la fête, ai-je continué. Sans parler du fait qu'on applique de nouvelles règles qui changent complètement l'esprit de ce rassemblement. Et vous prétendrez sans doute que tout ça est le fruit du plus grand des hasards ?

– La concurrente a terminé ? m'a coupée le président du jury, qui craignait une nouvelle querelle.

– Oui, ai-je soupiré. La phrase 1 est un gros mensonge. Un bluff des plus grossiers, puant et abominable !

Le visage de Marko-les-Crocs s'est fendu d'un large sourire qui dévoilait ses dents en or. Ça m'a rassurée.

– Liisa Vainisto a remporté ce duel 2-0, a tranché le président du jury.

J'étais vraiment contente que Marko-les-Crocs soit resté à mes côtés. La foule bouillonnait autour de moi. Certains me tiraient par les manches, avec leurs grosses mains, pour me prendre entre quatre yeux.

– Tu as mis la main sur le guide de Helmeri Kvist ? C'est quoi, cette histoire, hein ?

– Tu ferais mieux de dire à Kaarlo que s'il ne met pas ce guide à disposition de tout le monde, des têtes vont tomber !

– Pour ta propre sécurité, gamine, ne dors plus sous la tente ! La Savonie risque de venir te rendre visite !

– C'est une épreuve horrible, ai-je chuchoté à Marko-les-Crocs, qui essayait de tenir les bandits à l'écart. Vraiment affreuse !

La température sous le chapiteau n'était pas près de retomber.

Chapitre 29

Où l'on raconte des bobards
à un charmant adversaire

Ben Pärnänen et Martta Hurmala avaient également gagné leurs duels. Afin d'être qualifiés pour la finale, il suffisait de remporter un duel de plus.

Cette fois-ci, la chance m'a souri : j'ai eu comme adversaire Markus des Trains de l'Enfer de l'archipel, exactement comme je l'avais espéré. En me mesurant à lui, je ne risquais pas de mettre ma vie en péril. Ben serait opposé à Paula Barbula, encore blême et plus vraiment dans son assiette, et Martta, qui avait remporté haut la main la première manche, affronterait la vieille Riitta des Poignards Volants, aigrie par sa défaite contre Ben Pärnänen.

J'ai gagné au tirage au sort, mais j'ai choisi de laisser Markus bluffer en premier. Je pensais que cela me permettrait de me familiariser avec son langage corporel. L'approche de Markus était totalement opposée à celle de Paula Barbula. Misant tout sur la décontraction, il me regardait avec bienveillance et prononçait ses phrases tout naturellement, sans paraître particulièrement sur ses gardes. Cela faisait de lui un adversaire redoutable !

Conscients de la difficulté d'obtenir les deux points de la victoire, nous étions tous les deux très prudents, évitant tout faux pas.

Alors que Markus posait ses phrases, je cherchais à interpréter ses gestes. Ce mouvement de doigt était-il le signe qu'il mentait ? Ce changement de position indiquait-il que la chaise n'était pas confortable, ou qu'il était en train de raconter un bobard ? Je commençais à perdre mon sang-froid. J'étais même tentée de choisir une phrase au hasard, sans réfléchir. Après tout, j'avais bien une chance sur trois de tomber sur la bonne ! Mais je me suis forcée à me recentrer. En conformité avec le règlement, j'ai demandé à Markus de répéter ses phrases. Elles concernaient une bande dont je ne savais pas grand-chose, et étaient donc particulièrement difficiles.

1• L'activité des Trains de l'Enfer de l'archipel est fondée à la fois sur l'égalité et sur un mensonge perpétuel.

2• Le taux d'échec des opérations effectuées par les Trains de l'Enfer de l'archipel est inférieur à cinq pour cent.

3• Les Trains de l'Enfer de l'archipel ne sont pas une famille, mais des amis adeptes du même mode de vie. Néanmoins, j'ai un frère parmi eux.

Markus me regardait d'un air chaleureux et un brin espiègle. De toute évidence, ça l'amusait de me voir me tortiller sur ma chaise. Peu préparées, ses phrases étaient presque trop révélatrices. Markus ne semblait pas mesurer les dangers qu'il encourait. Pourvu que j'arrive à bien placer mes mots pour ne pas mettre sa bande dans le pétrin ! J'ai rassemblé dans ma tête les bribes d'information que Helen m'avait données sur A.-K. Mikkonen, qui faisait partie de cette bande. Il allait me falloir justifier ma réponse, en espérant que la carapace de Markus se craquèle.

– La phrase numéro 1.

J'avais l'impression d'affronter une montagne...

– Vous fonctionnez sans doute comme une coopérative, sans chef attitré. Voilà ce que je dirais.

Le regard de Markus est devenu plus aiguisé. J'avais réussi à briser sa défense !

– Cette phrase pourrait donc être vraie, au moins dans sa première partie. Mais pourquoi est-ce que vous mentiriez ? Enfin, ta phrase ne prétend pas que vous vous mentiez les uns aux autres... Peut-être que vous ne mentez qu'au monde extérieur. Et ça, c'est le propre de tous les bandits !

J'ai entendu la vieille Riitta remporter 2-0 son duel contre Martta. Les Poignards Volants l'ont projetée en l'air, pour ensuite la poser très doucement par terre. Elle venait d'offrir à sa bande une nouvelle chance d'accéder à la finale ! Martta grognait de rage. Riitta a vite mis de côté sa joie, et Martta sa déception : elles devaient se préparer pour leur duel de repêchage qui se tiendrait sitôt le nôtre terminé. Les Poignards Volants sont sortis pour s'entretenir sur la stratégie à adopter pour la suite, et le chapiteau s'est vidé.

– La phrase numéro 2. Il semble être à la mode ici de vanter les exploits de sa bande. Un taux pareil, tu aurais pu le tirer du chapeau, rien que pour nous impressionner ! Il est certain que vous vous faites confiance, et que vous assurez à fond... mais je ne pense pas que cela suffise à justifier un taux d'échec aussi bas. À t'écouter, vous n'avez pas peur de vous faire arrêter, ai-je dit, songeuse.

Markus a levé le menton de trois millimètres. Je devais être sur la bonne voie !

– En fait, vous êtes sûrs de ne pas vous faire arrêter, à condition de ne pas commettre une très grosse gaffe. Vous avez sûrement un informateur qui vous contacte quand vous avez la police à vos trousses.

L'un des organisateurs, membre des Trains de l'Enfer de l'archipel, s'était approché. Il faisait mine de noter les résultats des duels déjà terminés sur un tableau, mais j'ai vu qu'il nous écoutait avec intérêt.

– La phrase numéro 3. De la même famille, ou non ? ai-je dit, pensive.

Si les Trains de l'Enfer de l'archipel n'étaient pas de la même famille, pourquoi avaient-ils tous, à l'exception d'A.-K. Mikkonen, des prénoms tirés de la Bible ? À la TaLu, nous avions croisé Luukas et Johannes, qui faisaient partie des organisateurs, et un homme prénommé Matteus avait participé à l'ExCo. Leur père était sûrement un bandit croyant, qui prônait le partage à parts égales des richesses. Sinon, comment expliquer ces prénoms ?

Soudain, j'ai compris : il ne s'agissait pas de leurs vrais prénoms ! Markus, Matteus, Luukas et Johannes étaient en fait des pseudonymes, ce qui expliquait le « mensonge perpétuel » évoqué dans la phrase numéro 1 ! Cela voulait dire que les bandits des Trains de l'Enfer de l'archipel ne l'étaient qu'à temps partiel. La plupart d'entre eux, si ce n'était pas tous, menaient en parallèle une autre vie, une vie de Brave Citoyen. Les incessants coups de fil que Markus passait en cachette prenaient tout leur sens ! Il était à la fois à l'intérieur et à l'extérieur du monde des bandits. Tout comme moi !

– Il vous reste une minute, m'a dit le président du jury alors que j'étais plongée dans mes réflexions.

Si je ne trouvais pas le mensonge dans la minute, Markus serait déclaré gagnant. Je me demandais comment dire à haute voix ce que je venais de comprendre. Je n'avais qu'une envie : arrêter de jouer, protéger Markus et le secret des Trains de l'Enfer. Bien qu'il n'y ait qu'une poignée de bandits autour de nos deux chaises, chaque paire d'oreilles était de trop. Si le secret de Markus était révélé, il courrait un grand danger.

– La phrase numéro 3 est un mensonge, ai-je dit avec prudence. Le début tient la route ; par contre, tu n'as pas de frère. Si tu en avais un, il serait venu ici pour te soutenir. En revanche, Luukas et Johannes sont peut-être des frères.

– Comment ça ? a insisté Markus.

– Ils ont les mêmes oreilles, un peu décollées, ai-je répondu. En fait non, c'est plutôt qu'ils sont tout le temps ensemble. Dans les situations difficiles, je resterais moi aussi avec mon petit frère, si j'en avais un.

– La défenseuse propose la 3, a dit le président du jury. Un point à Liisa Vainisto. Le bluffeur a droit à un commentaire.

– Pas de commentaire, a dit Markus en me fixant étrangement, le sourire aux lèvres.

J'ai demandé au jury la feuille sur laquelle j'avais écrit mes trois phrases. Je les ai rayées pour les remplacer par d'autres. Le seul moyen de piéger Markus était de poursuivre dans la voie qu'il avait lui-même tracée.

1• L'ingrédient secret d'A.-K. Mikkonen à la TaLu était la levure de boulanger.

2• A.-K. Mikkonen réfléchit à des activités visant à renouveler le banditisme pendant ces prochaines années.

3• A.-K. Mikkonen est une briseuse de cœurs. Le membre des Filouttinen qui m'accompagne ici a accepté de venir uniquement parce que j'ai promis de transmettre sa lettre d'amour à l'intéressée, sitôt la TaLu terminée.

– Waouh, a fait Markus. Bravo !

Marko-les-Crocs a eu un instant l'air interdit, mais il a vite compris qu'il n'avait d'autre choix que de jouer le jeu. Dissimulant son étonnement, il a fait un pas en avant, le pouce levé. C'était très convaincant !

Markus n'a pas réfléchi longtemps.

– La phrase numéro 2 est un mensonge, a-t-il dit.

En même temps, il me scrutait de la tête aux pieds, comme on scrute une personne qu'on croit connaître et qui se révèle posséder des qualités insoupçonnées. Sa réponse précipitée m'a fait de la peine.

– Tu peux me demander de les répéter, ai-je conseillé. Ne réponds pas trop vite.

Cela m'a valu mon deuxième avertissement. Je n'avais pas le droit d'intervenir, et encore moins de conseiller mon adversaire. Un avertissement de plus, et je serais exclue de l'épreuve !

– Pas besoin de répéter. C'est la phrase numéro 2, a-t-il dit.

– Le concurrent propose la 2, a dit le président du jury. La vraie réponse est la phrase numéro 3. La bluffeuse a droit à un commentaire.

– Pas de commentaire, ai-je dit en m'adressant au public.

Je sentais que Markus et moi ne tarderions pas à avoir une conversation à l'abri des oreilles indiscrètes.

– Liisa Vainisto remporte cette manche 2-0, et elle peut partir se reposer, a annoncé le président du jury. Dans quelques instants commenceront les duels de repêchage, et le combat pour la dernière place en finale !

Je me suis levée de ma chaise, complètement moite.

Alors que je me dirigeais vers la sortie du chapiteau, Markus m'a adressé un salut militaire.

Chapitre 30

Où l'on se trouve un allié

Marko-les-Crocs m'a éloignée de l'entrée du chapiteau. Une fois les finalistes annoncés, une foule de bandits se précipiterait dehors, et il voulait nous éviter de nous faire piétiner. L'air frais me faisait du bien. J'aurais aimé assister aux duels de repêchage, mais il valait mieux que je me repose.

– Un cœur brisé ? m'a dit Marko-les-Crocs en me donnant un coup de coude alors que nous étions assis sous un arbre avec notre glacière. Elle est sympa, au moins, cette A.-K., même si elle m'a brisé le cœur ?

Il arborait une expression enjouée.

– A.-K. est tout à fait O.K., ai-je répondu. Et de toute façon, cette histoire était inventée de toutes pièces, hein ?

À mon tour de lui donner un petit coup complice.

Notre conversation a été interrompue par une annonce :

– Les finalistes du Bluff de cette année sont enfin connus... Ben Pärnänen, avec deux victoires successives, Martta Hurmala, à la suite d'un repêchage très serré, et enfin, Liisa Fi... Vainisto, de l'équipe des Filouttinen.

Marko-les-Crocs a ouvert la glacière pour me tendre une bouteille embuée.

– Le moment est venu de goûter la « Spécialité Filouttinen », une sorte de boisson énergisante, mais chut ! c'est une recette secrète. On peut me torturer, je ne la révélerai pas !

J'ai ouvert la bouteille, pour sentir l'odeur.

– C'est pas mauvais, il y a un peu de miel dedans, m'a rassurée Marko-les-Crocs.

Les bandits quittaient le chapiteau, les joues écarlates. Une fois dehors, ils se hâtaient de déboutonner leurs chemises, ouvrir leurs gilets en cuir, dénouer leurs foulards aux couleurs de l'équipe. Certains seniors râlaient à l'encontre de quelques jeunes qui profitaient de la pause pour faire des bêtises. Je me suis dit qu'il y avait vraiment une grande différence entre ma vie normale et ma vie estivale. En été, je plongeais la tête la première dans tout ce qui m'était interdit pendant l'hiver : tout ce dont mes parents essayaient de me protéger.

– M'est avis que je devrais aller voir comment ça se passe pour Erik à l'ExCo, a dit Marko-les-Crocs, l'air désolé. Si y'a du grabuge, Kaarlo-le-Rude n'aimerait pas que son fiston se retrouve seul. J' vais pas traîner, je pense. Je serai sûrement revenu avant que vous en ayez fini ici.

– Vas-y, il n'y a pas de problème, je me débrouillerai, ai-je menti.

Mais c'était un bien mauvais bluff…

Adossée à l'arbre, j'essayais de me concentrer sur ma boisson spéciale finale. C'était un sirop plutôt fade avec un petit arrière-goût amer.

– Un dernier petit truc, a ajouté Marko-les-Crocs. Tu as regardé ce qu'il y a dans le carton ?

Il a sorti de son sac le carton grisâtre contenant son modèle réduit, qu'il caressait du bout des doigts.

– Non, ai-je répondu.

J'étais plutôt fière d'avoir résisté à la tentation d'y jeter un œil alors que j'en avais eu l'occasion. Il a ouvert le carton avec précaution, en retenant sa respiration. Il attendait ma réaction.

C'était le modèle réduit du Parlement finlandais, avec ses piliers et ses longues marches. Le travail avait été exécuté à la perfection. Les minuscules réverbères de la rue d'en face s'allumaient, projetant de magnifiques ombres sur l'escalier.

– Tu vois, il y a même un député bien occupé, a dit Marko-les-Crocs avec tendresse, caressant la portière d'un taxi garé dans la rue. Il a roupillé trop longtemps, et il a dû prendre un taxi.

Pas étonnant que ce modèle ait remporté l'épreuve ! Je savais pourquoi Marko tenait tant à me montrer son trésor. C'était sa façon de m'encourager à faire de mon mieux, à tout donner pour gagner. La compétition s'annonçait serrée, et nous aurions besoin de chaque point. Quand il est enfin parti, j'ai agité la main jusqu'à ce qu'il soit bien trop loin pour me voir.

J'étais exténuée par la chaleur. La sueur me sortait par tous les pores. En plus, un orage s'annonçait. L'air était humide et des nuages violacés se rassemblaient dans le ciel. Je participerais à la finale du Bluff sans soutien, seule au milieu de bandits malveillants, et qui plus est sous l'orage. Que pouvais-je espérer de mieux ?

En longeant l'arrière du chapiteau, j'ai surpris Markus des Trains de l'Enfer en plein appel professionnel.

– Oui, vends-le, surtout s'ils baissent encore d'un point. Oui, celui-là aussi, avant que Tokyo n'ouvre...

Dès qu'il m'a vue, il a raccroché sans même terminer sa phrase.

– Comment va, la petite crevette ? a-t-il dit, les yeux brillants. Cette histoire d'A.-K. m'a complètement embrouillé. Bien joué !

En bon perdant, il m'a tendu la main.

– Dommage que tu ne sois pas en finale, ai-je dit.

– Tout ça est nouveau pour moi, a-t-il avoué. Je n'avais aucune chance de décrocher une place en finale.

– J'aurais bien aimé me mesurer à toi encore une fois, ai-je murmuré.

Heureusement, Markus n'a rien dit. Il s'est contenté d'opiner de la tête.

– Je viendrai y assister, a-t-il dit. Si j'ai bien vu, le type qui a un faible pour A.-K. est parti suivre l'ExCo. Il faut bien que quelqu'un veille sur toi.

À mon tour de répondre par un hochement de tête.

Nous contemplions le terrain de gravier et la pelouse piétinée à la lisière de la forêt. Je planais de bonheur.

– À ton avis, est-ce qu'on va avoir un orage ? ai-je demandé alors que nous pénétrions sous le chapiteau.

– À toi d'en provoquer un, a-t-il dit en me donnant un coup de pied aux fesses pour m'encourager.

Chapitre 31

Où l'on découvre
si Liisa est capable de raconter
un gros bluff
et de remporter l'épreuve

Le chapiteau était plein à craquer. Au milieu, on avait installé une espèce de tapis qui représentait l'aire de compétition : il ne fallait pas mettre les pieds en dehors de la zone délimitée, au risque de perdre des points. Martta Hurmala et Ben Pärnänen étaient déjà sur place. Ben avait changé de vêtements. Malgré la chaleur, il portait une combinaison de couleur sombre qui couvrait ses bras et ses jambes jusqu'aux chevilles. Une vraie tenue de protection.

J'avais complètement oublié la partie de chatouilles. Au secours ! Concentrée à me frayer un chemin jusqu'à la finale, je ne m'étais pas demandé ce qui se passerait si j'atteignais cet objectif pour de vrai. C'est dire combien j'y croyais ! Même Martta Hurmala avait couvert ses bras. Je ne sortirais jamais vivante des cinq minutes de chatouilles ! Je portais un simple T-shirt !

Pendant que l'animateur rappelait le déroulement de l'épreuve, mon cuir chevelu s'est mis à me gratter. Et j'étais couverte de sueur, si bien que mon T-shirt me collait à la peau.

Peut-être que je pourrais m'échapper de cette épreuve si je me liquéfiais totalement ?

Soudain, son ton a changé :

– Cette année, le jury a décidé d'appliquer des règles exceptionnelles, dénommées les règles « j'en-ai-trop-dit ». La proposition a été acceptée à l'unanimité avant le début de la compétition, en conformité avec le règlement. Pour information : les règles « j'en-ai-trop-dit » s'inspirent des méthodes de capture et d'interrogation des prisonniers de guerre particulièrement dangereux, et elles ont été consignées par Helmeri Kvist.

– « J'en-ai-trop-dit » ? a répété Markus qui se tenait derrière moi. Je trouve que les règles « quelle horreur » ou « OMG » ou « je-ne-pige-plus-rien » seraient plus à propos. Comment peut-on concourir si les règles changent sans arrêt ?

– Helmeri Kvist, ai-je murmuré. Maudits soient-ils, lui et son satané guide !

À l'évidence, ce Kvist avait été un sacré chenapan. Des règles exceptionnelles, et puis quoi encore ! Je ne savais absolument pas à quoi m'attendre. J'avais à nouveau un mauvais pressentiment. Comme si nous jouions à un jeu périlleux, seuls contre tous les autres bandits. Heureusement, Markus semblait être aussi perdu que moi devant ces changements de règles de dernière minute. Paradoxalement, ça me rassurait un peu.

– Selon les règles « j'en-ai-trop-dit », les finalistes ne choisiront pas eux-mêmes les mensonges à défendre : ceux-ci seront sélectionnés puis attribués à chaque concurrent par le jury, qui s'inspirera des phrases dites pendant les précédentes manches du Bluff. À l'époque de Helmeri Kvist, les règles « j'en-ai-trop-dit » étaient appliquées si un des participants avait laissé échapper des secrets, et que la communauté avait envie d'en savoir plus – quitte à le chatouiller. Nous attendons donc un combat féroce, avec des révélations dignes de Kvist ! Nous sommes tous intéressés par ces vérités cachées. Ah oui ! Un dernier point : les participants n'ont pas le droit de contester le choix du jury.

– Bien, bien, il n'y a plus qu'à ! a dit Ben Pärnänen, comme s'il s'était agi d'un match de boxe, tout en se grattant le gros orteil.

Il s'est relevé pour écouter les mensonges attribués par le jury.

– *Et voici les mensonges que les participants devront défendre,* a continué l'animateur, ouvrant l'enveloppe déposée par un membre du jury. *Le mensonge pour Martta Hurmala : « Je ne suis pour rien dans l'empoisonnement du Grand Pärnänen. » Le mensonge pour Ben Pärnänen : « Je ne projette pas de renverser le pouvoir dans le camp des Pärnänen. »*

Le public criait, hurlait, huait. Le vacarme était épouvantable.

– Traître ! a crié un homme portant un gilet « P » à l'adresse de Ben Pärnänen. Longue vie à Tim Pärnänen ! Longue vie à Tête d'Œuf !

– Si ça se trouve, Ben a prévu de lui faire exploser sa coquille, a fait un Buteur de Savonie.

Tout le chapiteau s'est mis à ricaner. Sur les nerfs, la bande des gilets « P » tripotaient leurs couteaux. Les organisateurs se tenaient prêts à intervenir au cas où une bagarre éclaterait. Mais le public s'est calmé pour écouter le dernier mensonge.

– *Le mensonge à défendre pour Liisa Vainisto : « Je n'ai aucune information concernant le lieu où se trouve le guide de Helmeri Kvist. »*

Mon estomac s'est noué de peur, et j'ai failli faire un arrêt cardiaque ! Le chahut a repris de plus belle.

– Les filous de Filouttinen ! a crié un bandit au fond du chapiteau.

– Ils ne pensent qu'à leurs poches ! a vociféré un autre.

Les bandits ne se contrôlaient plus.

– Ce sont de vrais vautours !

– C'est trop risqué pour les Filouttinen, je parie qu'ils vont liquider cette gamine avant même que la finale commence !

Quelqu'un a balancé une chaise dans l'aire de compétition. Heureusement, Markus a réussi à l'attraper avant qu'elle ne me heurte. Il était désormais évident que j'avais besoin d'un garde du corps !

Une fois mon souffle retrouvé, j'ai essayé de gesticuler pour attirer l'attention de l'animateur et du jury.

– Je proteste ! ai-je crié. C'est la vérité ! J'ignore où se trouve ce livre ! Je ne peux pas défendre cette phrase.

Un membre du jury a pris le micro des mains de l'animateur, tout en me regardant droit dans les yeux.

– Selon les règles, un finaliste n'a pas de droit de refuser. Par contre, les autres membres de la bande peuvent protester à sa place.

Ah que c'est pratique, ai-je grimacé. Aucun Filouttinen n'étant présent, je me retrouvais coincée.

– C'est injuste, ai-je poursuivi, consciente du risque que je prenais.

J'avais déjà reçu deux avertissements, il suffisait d'un troisième pour que je sois exclue pour de bon.

– Ces phrases étaient censées avoir un rapport avec celles que nous avions prononcées lors des précédentes manches. Or je n'ai pas mentionné Helmeri Kvist dans ma partie IN, c'est Paula Barbula qui y a fait allusion ! Alors pourquoi devrais-je défendre cette phrase ?

– Vous ne pouvez pas contester le choix du jury, a répété le membre du jury, avant de rendre le micro à l'animateur.

L'ordre a été tiré au sort. Ben Pärnänen défendrait son mensonge en premier, ensuite ce serait le tour de Martta Hurmala, et enfin, le mien.

La finale a commencé et je ne me sentais pas prête du tout.

– Je ne projette pas de renverser le pouvoir dans le camp des Pärnänen, a dit Ben Pärnänen sur un ton solennel, en se jetant par terre, sur le dos, les bras écartés.

L'horloge de la compétition était programmée pour sonner au bout de cinq minutes. Martta Hurmala et moi avons crié en chœur :

– Un bluff, un gros bluff !

Et Martta s'est précipitée pour le chatouiller.

La combinaison de Ben semblait plutôt efficace. Elle couvrait le ventre et les aisselles, c'est-à-dire les parties du corps les plus sensibles. Il était étonnant que le port d'une tenue de protection n'ait pas été interdit. Ce n'était sans doute pas venu à l'idée de Helmeri Kvist en 1884. Je laissais mes pensées s'envoler, car il m'était insupportable de regarder les griffes de Martta s'enfoncer dans le ventre de Ben. Je refusais de penser que j'aurais à supporter ces mêmes chatouilles à mon tour.

– Avoue, a sifflé Martta. Avoue ! Tu veux prendre le pouvoir ! Mais par quel moyen ? As-tu des alliés ?

– Aucun plan, a dit Ben, hors d'haleine.

Pour résister aux chatouilles, Ben se servait d'une technique de respiration spéciale, qui consistait à prendre de petites inspirations, puis à expirer par des bouffées courtes et rapides, comme des sifflements. Il risquait de tomber dans les pommes avant le terme des cinq minutes.

– Tim est plutôt faiblard comme chef, non ? a poursuivi Martta, agrippant le lobe de son oreille.

Elle a alors enfoncé son doigt dans l'oreille de Ben, qui a réagi comme s'il avait été branché sur une prise électrique : à l'évidence, Martta avait trouvé son point faible ! *Tout le monde a une zone chatouilleuse.* La voix de Helen résonnait dans ma tête.

– Hein ? Réponds ! a exigé Martta, la tête de Ben bloquée entre ses cuisses.

Ben a essayé de l'écarter d'un geste de la main, ce qui a fait gagner à Martta trente secondes de temps supplémentaire, accordé par le jury. Mieux valait éviter de se défendre…

– Oui, c'est vrai ! c'est vrai ! a-t-il avoué, les dents serrées.

– C'est bien, a dit Martta sur un ton mauvais, passant en vitesse à l'autre oreille pour profiter de l'effet surprise.

Ben a émis une espèce de gloussement, comme un gémissement.

– C'est terminé, a coupé le président du jury.

C'était à mon tour de chatouiller Ben. Je savais que je devais trouver autre chose que les oreilles. À force d'être chatouillées, les zones sensibles devenaient vite douloureuses. Je me suis approchée de lui. Juste avant la finale, il avait lâché un « il n'y a plus qu'à ». Dans l'image qui me revenait, il se penchait en même temps pour se gratter le gros orteil. Comme ça, distraitement, sans s'en rendre compte.

Je me suis assise à califourchon sur ses jambes, prenant l'un de ses pieds entre mes mains.

– C'est quoi, cette technique ? a crié quelqu'un, mais les autres l'ont vite fait taire. Il était primordial d'entendre chaque mot prononcé par Ben.

Je me suis aperçue que le simple fait de prendre son pied dans les mains l'avait fait réagir. J'ai agrippé son gros orteil, et j'ai tourné. Ben a éclaté de rire.

– Revenons à ce plan, ai-je dit en tournant encore et encore, comme si j'essayais de démarrer une voiture.

– Je n'ai aucun plan… D'accord, d'accord, j'ai un plan ! a-t-il glapi, les larmes aux yeux. Un pl-plan… oui, j'en ai un ! D'accord !

J'ai levé le regard, me demandant comment lui tirer les vers du nez.

– Fais une devinette ! a crié Markus, les mains autour de la bouche comme un porte-voix.

– Ici, pendant la fête ? Avant le karaoké ? l'ai-je interrogé tout en tournant son orteil.

Je relâchais l'orteil, puis l'agrippais à nouveau. Ben hurlait de rire.

– Oui, oui, d'accord, d'accord, pendant la fête…

– As-tu l'intention de faire du chantage à Tim ? ai-je demandé, jouant avec ses deux gros orteils en même temps.

En jetant un œil sur l'horloge, j'ai vu qu'il me restait moins d'une minute.

– Oui, ouiii, a gémi Ben en versant de grosses larmes.

– Un chantage sur quoi ? Sur sa femme, la miss Pärnänen ? ai-je poursuivi, pinçant ses orteils encore un peu plus fort.

– Non, non, a-t-il ricané. D'accord, d'accord... sur le chi... chi...

Il riait tellement que j'ai dû lâcher prise pour le laisser respirer. L'étouffer ne me servirait à rien : il était censé parler. L'horloge indiquait qu'il me restait vingt secondes.

– Sur le chien, ai-je dit, pinçant ses orteils entre mes doigts.

– Oui, c'est ça, a-t-il gloussé en essayant de prendre de l'air. Chien, wouf, enlev...

– Tu enlèves le chien, et tu menaces de le tuer si Tim ne te cède pas sa place de chef, ai-je dit.

– Oui, a dit Ben dans un hoquet.

– C'est un aveu ? ai-je insisté.

– Oui, non, a ri Ben. Oui, oui, c'est un aveu.

La fin de la partie a sonné. Je me suis relevée alors que Ben est resté à terre, hors d'haleine. Le jury délibérait, nous tournant le dos.

– La gagnante de cette première manche est Liisa Vainisto, qui remporte cinq points, a annoncé l'animateur, relançant de plus belle le vacarme dans le chapiteau.

Martta Hurmala ne céderait pas sous les chatouilles, je m'en suis vite rendu compte. Tout comme sa sœur jumelle, Martta était une femme maigrichonne, avec une peau fine et sèche. En la chatouillant, j'avais l'impression de frotter du papier et de lui faire plus mal qu'autre chose. Rien d'étonnant à cela, en fin de compte : elle avait passé toute son enfance avec une sœur aussi méchante et mal intentionnée qu'elle. Elle devait être devenue insensible aux chatouilles.

Quand le signal des deux minutes a retenti, j'étais aussi soulagée que Martta Hurmala, voire plus. Pendant la dernière minute, j'avais eu l'impression qu'elle me glissait littéralement des mains. J'étais complètement en nage : à cause de la chaleur, de l'angoisse et des chatouilles.

Ben Pärnänen a grogné avant de se jeter sur elle. Assis au premier rang, les gilets « P » l'encourageaient bruyamment – jusqu'à ce que le jury les fasse taire. La phrase de Martta suggérait qu'elle savait quelque chose sur la mort du Grand Pärnänen. D'après ce que m'avait dit Helen, le vieillard avait passé les dernières années de sa vie dans le service de gériatrie d'un hôpital. Et si, au lieu de souffrir d'une maladie chronique, le Maître Bandit avait été empoisonné ? Un simple soupçon pouvait jeter une ombre sur la fête. Les Pärnänen et les Hurmala étaient en bons termes ; ils s'étaient peut-être même alliés pour combattre les Filouttinen. S'il s'avérait que le Grand Pärnänen avait effectivement été assassiné et que les Hurmala étaient impliqués, les liens entre ces alliés se rompraient sur-le-champ ! Ils seraient désormais des ennemis !

– C'est pas possible ! a fulminé Ben.

Martta n'avait pas pipé mot, alors qu'il l'avait chatouillée sur les côtes, les talons, les oreilles, et même sous le menton ! Aucun résultat ! Elle était plus insensible qu'une momie, avec un sourire triomphant collé au visage. Le comble : après une esquisse de sourire, elle s'est mise à bâiller !

Pendant notre minute commune, nous n'avons rien tiré d'elle non plus. « Tout le monde a une zone chatouilleuse », avait dit Helen. Tout le monde sauf Martta Hurmala ! C'était comme si elle était dépourvue du sens du toucher. L'horloge a sonné pour marquer notre défaite.

– On n'en restera pas là, a fulminé Ben. Si cette histoire est vraie, vous allez payer ! Ça va barder du côté des Pärnänen !

Les gilets « P » ont tenté de renchérir, mais l'animateur les a interrompus :

– La gagnante de la deuxième manche est la défenseuse Martta Hurmala, qui remporte cinq points !

Au début de la troisième manche, où je devais défendre mon mensonge, Martta et moi étions donc à égalité. Ce qui était plutôt décourageant, surtout que je n'avais strictement aucune stratégie ! Martta Hurmala souriait, sûre d'elle, tout en tordant ses doigts qui ressemblaient aux griffes d'un rapace. Je transpirais d'angoisse, une flaque se formait sous mes fesses ! Mon T-shirt pesait une tonne tellement je suais, il aurait pu être essoré ! Le signal de l'horloge a retenti.

– Je n'ai aucune idée de l'endroit où se trouve le guide de Helmeri Kvist, ai-je dit, conformément au règlement.

J'essayais de signifier par le ton méprisant de ma voix que je protestais contre la phrase qu'on m'avait imposée : elle n'était pas réglementaire. Pendant toute l'épreuve, j'avais pris soin de ne rien montrer du peu que je savais sur Helmeri Kvist. Ça faisait à peine deux semaines que j'avais entendu parler de lui pour la première fois ! Il me semblait avoir concouru dans le respect des règles et j'avais le sentiment de subir une injustice.

Je me suis jetée sur le tapis, étonnamment dur. Cinq minutes. Trois cents secondes. N'importe qui pourrait tenir le coup pendant trois cents secondes, non ?

En premier, ce fut le tour de Ben Pärnänen de me chatouiller. Il semblait vouloir prendre sa revanche. Au signal, il a commencé par tripoter mon ventre, mes aisselles, mes plantes de pied à la recherche d'un endroit chatouilleux. Au contact de mon T-shirt trempé, il a fait une grimace.

– Si c'est affreux à ce point, tu devrais laisser tomber ! Tu vas rendre l'âme à force de transpirer comme ça ! a-t-il dit, plein d'espoir. Tu capitules ?

J'ai secoué la tête, les yeux fermés. Je ne voulais pas voir ses yeux, brûlants de détermination. Je lisais dans ses pensées : ce n'est qu'une gamine, c'est gagné d'avance ! J'ai imaginé que la personne en face de moi était Julia, avec sa queue de cheval frisée, sa laque à paillettes et ses autocollants pour ongles. Et ça m'a aidée ! Au lieu d'avoir peur, j'étais en colère ! Ça faisait tant d'années que je supportais ses coups de coude, ses chatouilles et ses pincements. À présent, je ne me laisserais plus faire !

– Maintenant, tu vas raconter au gentil monsieur Ben où vous avez caché ce guide, m'a-t-il dit en essayant de me chatouiller les aisselles. Vous l'avez, c'est évident. Vous avez toujours du bol. Il suffit que Kaarlo-le-Rude pose son derrière généreux sur un tas de foin pour qu'en dessous il y ait un kilo d'or !

À peine avait-il commencé à chatouiller mes plantes de pied qu'il s'est ravisé.

– Ça glisse ! s'est-il écrié. Cette gamine est couverte de sueur, impossible de la chatouiller correctement !

Au bout de quelques tentatives infructueuses, il a hurlé :

– Nom d'un chien, fillette, arrête de transpirer !

Le signal a retenti. Les chances de Ben Pärnänen de décrocher la médaille d'or s'envolaient.

Martta Hurmala s'est placée au-dessus de moi. Elle ressemblait à un poteau doté de cheveux bouclés et d'yeux méchants. Elle a croisé les doigts, les paumes vers l'extérieur, et elle a fait craquer ses articulations – sans doute pour me signifier qu'elle s'apprêtait à passer à l'action ! J'ai fermé les yeux pour avoir un peu moins peur. Julia Vainisto, me répétais-je. Ce n'est que Julia !

Elle a tenté de me chatouiller les oreilles, la même technique que Ben Pärnänen. Mais mes oreilles ne sont pas chatouilleuses !

– C'est chouette que tu les nettoies, ai-je dit avec douceur. Faut dire que cet été, je ne me suis pas beaucoup servie des cotons-tiges. Mes oreilles doivent être remplies de cire pourrie.

– Beurk, a hurlé Martta Hurmala, essuyant ses doigts, l'air dégoûtée. Tu es un monstre ! Un petit monstre de cire !

– Ça me convient, ai-je dit, satisfaite.

En fait, tout me convenait à partir du moment où ça faisait passer le temps.

Martta a attrapé ma cheville, la tordant un peu trop fort. Et le jury lui a collé un avertissement. Puis elle a essayé de me chatouiller la plante des pieds. Elle soufflait et ahanait alors que je sentais mes pieds lui glisser des mains.

– Ça suffit ! C'est pas possible de transpirer autant ! C'est parce que t'es en pleine adolescence, ou quoi ? a-t-elle crié. Allez, dis-moi tout de suite où se trouve ce livre !

Ensuite, elle a complètement perdu son sang-froid. Elle m'a donné un coup de pied ! C'était mal visé et sans énergie, et son pied a glissé sur mon corps trempé, atterrissant dans la flaque de sueur qui s'était formée en dessous de moi. Martta a perdu l'équilibre pour de bon et s'est retrouvée les quatre fers en l'air ! Badaboum !

– Ça, tu vas me le payer cher ! a-t-elle crié en se relevant sur ses jambes maigrichonnes.

– Un deuxième avertissement pour usage de la force. L'attaquante a commis une infraction qui vaut une sanction : trente secondes au profit de son adversaire, a annoncé le président du jury.

Et comme il ne nous restait plus que trente-et-une secondes, les chances de Martta Hurmala de remporter le score maximal de cinq points s'évaporaient.

Il me fallait encore subir la dernière minute. Ben s'est placé à ma gauche, Martta Hurmala à ma droite. Un membre du jury s'est approché pour avoir Martta à l'œil. Elle savait bien elle-même qu'il suffirait d'un avertissement pour qu'elle soit éliminée pour de bon. Du coup, ses gestes étaient plus prudents. Elle savait pertinemment que Hektor Hurmala ne serait pas content du tout si elle se faisait éliminer pour une faute, alors qu'elle était à deux doigts d'une deuxième place assurée. Les crises de nerfs étaient à éviter !

J'avais l'impression d'être une pâte à brioche que des mains glissantes essayaient d'agripper. Mais alors qu'il ne restait plus que vingt secondes, j'ai éclaté d'un rire nerveux : impossible de me retenir ! Cela a donné un coup de fouet à mes deux adversaires.

– Ce n'est pas la peine, ça ne marchera pas, ai-je dit en riant. Vous êtes vraiment archi-nuls !

À force de rire, j'ai attrapé le hoquet. Je hoquetais encore quand le signal de fin a retenti et que le jury m'a attribué cinq points, me déclarant gagnante de la finale avec un total de dix points.

– Le bluff, le gros bluff, c'est Liisa Vainisto qui le remporte cette année ! a déclaré le jury à l'unisson, et mon bras a été levé en signe de victoire.

Les bandits tambourinaient par terre avec leurs pieds. Plus personne ne voulait, ou n'osait, huer.

Puis ils m'ont tendu la coupe, une espèce de bol en métal sur un pied en bois. Je n'avais jamais vu une coupe aussi moche !

Chapitre 32

Où l'on se cache en charmante compagnie

Après la remise des coupes du Bluff, Markus m'a tirée par la manche.

– On y va, a-t-il dit en m'entraînant hors du chapiteau. Vite !

Je protestais, ne comprenant pas ce qu'il voulait. Mais à cause de mon hoquet, je n'ai pas pu résister longtemps.

– Nous n'avons que quelques minutes pour nous mettre à l'abri ! m'a-t-il annoncé. Aie confiance en ton garde du corps ! Dépêche-toi ! On risque d'y laisser des plumes tous les deux !

Nous avons couru sur les derniers mètres qui nous séparaient encore du petit bois où je m'étais reposée avant le début de la finale. Markus m'a poussée à l'abri, derrière un grand genévrier.

À ce moment précis, j'ai vu une foule de Pärnänen et de Hurmala sortir en courant du chapiteau.

– Elle est où, la gamine ? On veut le livre ! a hurlé Martta Hurmala qui ne se contrôlait plus. N'imagine pas que tu vas t'en sortir comme ça !

– Quoi, elle est déjà partie ? a fulminé Ben Pärnänen. Je vais lui écraser le pif ! Ou à toi, pourquoi pas, a-t-il dit en se tournant vers Martta. C'est quoi, cette histoire d'empoisonnement du Grand Pärnänen ?

– Martta, ne dis rien ! a ordonné Artsi l'Arthrite.

– Je croyais que nous avions conclu un accord, a renchéri Ben. Si Tim apprend ça, il y a de grandes chances qu'il change d'avis ! Il ne sera plus question de faire équipe avec vous, espèce de bande de fous furieux !

– C'est comme ça que tu comptes racheter les faveurs de Tim ? a glapi Martta.

– Ça va barder ! a crié Ben Pärnänen.

Sur ce, toute l'armée des Pärnänen est repartie à grands pas vers leur campement.

Depuis ma cachette, vingt mètres plus loin, je serrais la coupe contre ma poitrine tout en essayant de calmer mon hoquet, qui devenait de plus en plus bruyant. Je me demandais ce qui me serait arrivé si j'étais restée sur les lieux à attendre Marko-les-Crocs comme prévu. Je serais sans doute tombée entre leurs griffes. Tout ça n'avait rien d'un jeu ! C'étaient de vrais bandits, dangereux.

– Ils s'imaginent toujours que vous détenez le guide, a susurré Markus. Même si tu ne leur as rien dit.

À ce moment-là, je me suis rendu compte que nous nous trouvions côte à côte.

– C'est vrai, que vous l'avez ? a-t-il demandé, feignant l'innocence.

– Tu ne vas pas t'y mettre toi aussi ! ai-je dit en riant.

Ma phrase avait été entrecoupée par le hoquet, qui ne passait toujours pas.

– J'ai entendu parler de ce monsieur pour la première fois il y a deux semaines ! C'est promis juré ! ai-je poursuivi.

– Comme les projets d'A.-K., j'imagine ! m'a-t-il taquinée.

J'ignorais s'il était au courant de l'amitié entre Helen et A.-K., et je me demandais comment me justifier.

– Je ne vais pas t'embêter avec ça aujourd'hui, a dit Markus. Je pense que tu en as eu assez pour la journée. On en reparlera plus tard.

Son sourire s'élargissait de plus en plus.

J'avais la tête qui tournait. J'essayais de faire passer le hoquet en retenant ma respiration et en déglutissant. Peine perdue.

– Ça va ? Tu vas bien ? a-t-il demandé, l'air tout à coup inquiet. Cette satanée Martta n'a vraiment pas été sympa avec toi.

– Oui, ça va, ai-je répondu, hoquetant bruyamment.

– Est-ce que quelqu'un doit venir te chercher ? a-t-il demandé.

J'ai hoché la tête. Je n'osais plus ouvrir la bouche. J'avais peur qu'on nous retrouve à cause de mon hoquet.

– Dans ce cas, on n'a qu'à attendre, a dit Markus en se relevant légèrement pour jeter un œil en direction du chapiteau.

Perché sur un arbre au-dessus de nos têtes, un petit écureuil sautait de branche en branche. Pour cet écureuil, c'était une soirée d'été tout à fait ordinaire. Alors que pour moi, c'était, et de loin, la soirée la plus palpitante de ma vie !

Chapitre 33

Où l'on entend la trompette du Jugement dernier

Au bout de quelque temps, j'ai vu Marko-les-Crocs et Erik courir vers le chapiteau. En le voyant presque vide, Marko a affiché un air inquiet. Je me suis levée pour lui faire un geste de la main. Erik a d'abord semblé interdit, puis il a éclaté de rire. D'où est-ce que je sortais, comme ça ?

Quand ils ont vu la coupe, ils se sont mis à exécuter des pas de danse. Je me suis dirigée vers eux. À mi-chemin, j'ai compris que Markus ne me suivait pas. Je me suis demandé si je devais l'appeler pour le leur présenter. Puis je me suis dit qu'il avait sans doute une bonne raison pour vouloir se cacher. C'était un Train de l'Enfer, après tout. Il ne voulait peut-être pas s'afficher comme ami des Filouttinen.

– Tu m'as fait une de ces frayeurs ! a caqueté Marko-les-Crocs comme une mère poule, après m'avoir d'abord prise dans ses bras, et m'avoir fait tourner en l'air (j'en ai eu le mal de mer !). J'étais sûr que tu t'étais fait enlever par les Pärnänen. On les a croisés, en troupeau, et ils affichaient un sourire mauvais. Ils mijotent quelque chose, c'est certain !

– Ça a été un peu chaud, ai-je dit en laissant échapper un gros hoquet.

Erik a commencé à rire. Marko-les-Crocs lui a lancé un regard réprobateur tout en me tendant une nouvelle bouteille en plastique, remplie d'un liquide grisâtre.

– Bois ça, ça va te faire passer ce hoquet. Et surtout, ça va stopper net ta transpiration.

– Qu'est-ce que c'est ? ai-je réussi à demander entre deux hoquets.

J'ai bu à grandes gorgées sans attendre la réponse. Le hoquet me faisait mal aux côtes, qui étaient déjà sensibles à force d'avoir été chatouillées.

– C'est de la bonne vieille soude, a répondu Marko-les-Crocs. L'antidote pour l'extrait de scarabée que je t'avais donné à boire avant la finale. C'est la meilleure astuce pour cette épreuve-là. T'as vu un peu comme leurs mains n'arrêtaient pas de glisser sur toi ?

J'ai hoché la tête.

– Comme au bon vieux temps, a répondu Marko-les-Crocs.

Il m'a débarrassée de la bouteille. Le hoquet s'atténuait déjà.

– C'était digne des plus grands, ai-je dit, en lui faisant signe que je garderais son secret.

Nous nous sommes lentement dirigés vers notre campement. J'ai vu qu'on démontait le chapiteau de l'ExCo.

– Au fait, comment ça s'est passé pour toi ? ai-je demandé soudain à Erik, honteuse de l'avoir oublié.

– J'ai tout raté, a-t-il répondu, la tête basse. Vous n'auriez pas dû me laisser concourir.

– Ne dis pas ça, t'es arrivé troisième, l'a consolé Marko.

L'épreuve avait été remportée par Matteus des Trains de l'Enfer. D'après Erik, c'était un adversaire honnête, qui ne contestait pas les décisions du jury. En fait, c'était surtout la perte de la deuxième place qui l'embêtait : elle avait été remportée par Jake Hurmala avec seulement deux points d'avance. Jake s'était révélé être un redoutable adversaire à l'ExCo, ce que ses gaffes précédentes ne laissaient pas présager… Après un rapide calcul, j'ai conclu que les Hurmala étaient pour l'instant en tête, avec leurs vingt points. Mais je n'ai rien dit. Erik se sentait déjà assez mal comme ça.

Partout, l'ambiance était festive. Les drapeaux flottaient au vent. Tous les bandits se pavanaient, affichant fièrement les couleurs de leur bande. Erik se remontait le moral en me racontant le déroulement de la TaLu.

– Écoute ça, ça va te plaire, a ricané Erik. En demi-finale, on a assisté à l'opération « Trompettes du Jugement dernier » !

La levure, le bicarbonate de sodium et les haricots incorporés dans les tartes de Helen et d'A.-K. s'étaient avérés fatals pour leurs adversaires. Helen et A.-K. s'étaient chacune protégées à l'avance en prenant des anti-acides gastriques. Seita s'était fait battre avec élégance, mais l'adversaire de Helen, Bertta, avait lâché des pets monstrueux à chaque prise. Le public n'avait pas cessé de railler, et s'était amusé à les comparer pompeusement aux « trompettes du Jugement dernier » ! Et la pauvre Bertta s'était fait rebaptiser « Bertta prout prout ».

– Et ça, c'était avant que tu ne battes l'autre jumelle au Bluff, a dit Erik. La prochaine fois qu'on croisera les Hurmala, ils ne vont pas nous sauter au cou, c'est certain !

Nous avons retrouvé Kaarlo-le-Rude en train de faire des allées et venues devant l'auvent, comme un garde militaire.

– Liisa a remporté le Bluff ! a annoncé Marko-les-Crocs. Elle n'a laissé aucune chance aux autres ! C'est une vraie championne que Helen a entraînée !

Kaarlo-le-Rude a improvisé une fanfare.

– Il va falloir que je la remercie, ai-je dit en faisant un pas en direction de l'auvent.

– Ce n'est pas le moment, ma petite chérie, m'a dit Kaarlo avec tendresse. Helen se prépare. Et il ne faut pas prendre à la légère cette phase de concentration. L'envie de gagner, il faut aller la chercher !

– On devait se... ai-je baragouiné.

– Stop ! m'a-t-il coupée. Il faut qu'on prenne notre temps... Chaque chose en son temps... On ne panique pas...

Il s'adressait plus à lui-même qu'à moi, et faisait les cent pas, ce qui le faisait transpirer abondamment. Il ne cessait de répéter, comme un mantra rafraîchissant : « Je suis un glaçon. Un ours polaire couvert de givre... Je suis un glaçon... » Dès qu'il a tourné le dos pour commencer un nouveau tour, je me suis faufilée à l'intérieur. À ma grande surprise, Helen était avec A.-K. Mikkonen, qui portait sa tenue de lutte.

– Comment je peux être sûre que je peux te faire confiance ? a crié Helen.

À l'évidence, elles se disputaient déjà depuis un petit moment.

– Je veux dire, tu respectes ce qu'on a dit, ou pas ? Si ça se trouve, tu es peut-être déjà au courant de certains trucs ? Des trucs que tu me raconteras dans six mois, quand il sera trop tard ! Pourquoi tu ne m'as pas dit tout de suite que la fête avait été avancée ? On a tchatté tous les jours !

– Il était nécessaire de faire croire à tout le monde qu'on faisait aussi partie du complot. Si ça n'avait pas réussi, on vous aurait fait courir un danger bien plus important, s'est justifiée

A.-K. Ah, si tu savais à quel point c'était affreux ! Et sache qu'on n'en tire aucun profit !

À ce moment précis, elles se sont aperçues que j'étais entrée. Elles se sont figées sur place.

– Attends une seconde, m'a dit Helen. Une seconde. J'ai besoin de savoir si c'est une amie contre qui je vais me mesurer à la lutte tout à l'heure. Ou une ennemie. Sinon, je ne vais pas y arriver.

Je ne pouvais pas voir l'expression d'A.-K. Mikkonen dans la pénombre de l'auvent, mais son silence en disait long.

J'ai vu que le zip d'une fenêtre latérale était ouvert. Elle avait dû entrer par là.

Kaarlo-le-Rude a semblé un peu étonné en me voyant sortir, mais il a continué à faire les cent pas tout en rabâchant son mantra censé le rafraîchir.

Soudain, on a entendu une nouvelle annonce :

– Les organisateurs ont du nouveau sur la tentative d'empoisonnement survenue lors de la Tarte & Lutte. La coupable est passée aux aveux. Son identité ne sera pas révélée, mais c'est un membre de la bande des Pärnänen.

Ça a déclenché un véritable brouhaha. Les Diables des Montagnes toisaient les gilets « P », qui formaient un cercle étroit autour de Tim, Tiina et Ben.

Les Hurmala avaient l'air interdits, ne sachant comment réagir. Il était évident qu'ils étaient aussi dans le coup, mais les Pärnänen ne semblaient pas vouloir partager la responsabilité de ce méfait... Quel était leur intérêt ?

– Voici la décision prise à la suite de cette révélation. Les plaintes déposées par les Diables des Montagnes et les Filouttinen seront acceptées. Les Pärnänen perdront cinq points pour comportement anti-sportif et mise en danger de la vie d'autrui. Les deux concurrentes visées, Helen Filouttinen et Seita Anteroinen, remportent chacune leur demi-finale, l'empoisonnement étant resté au stade de tentative. Enfin, il a été décidé

d'adopter la pratique selon laquelle seule la qualification pour la finale rapporte des points à l'équipe. Cette décision est irrévocable.

Les Hurmala râlaient. Ils avaient espéré récolter des points grâce à la qualification de Bertta en demi-finale. Les Diables des Montagnes affichaient aussi un air déçu. L'un d'eux a alors sorti une blague, et ils ont tous éclaté de rire. Ils en étaient à se taper les cuisses. Le couple de chefs Pärnänen, venu écouter le verdict, a disparu dans la nuit sitôt l'annonce terminée.

En avouant leur culpabilité, les Pärnänen perdaient cinq points – et leurs chances de se qualifier pour la grande finale. Pourquoi cette bande qui se considérait comme la famille royale de la communauté renonçait-elle à concourir, sans même tenter de se battre ? Surtout que leurs nouveaux ennemis, les Hurmala, avaient de grandes chances de se retrouver en finale. Est-ce que tout ça avait un rapport avec la vengeance promise par Ben Pärnänen ? Je pressentais qu'il allait se passer quelque chose de terrible pendant le karaoké. J'étais envahie par un sentiment de tristesse inexplicable…

J'ai été interrompue dans mes réflexions :

– *Cher public, dans un instant, la finale de la Tarte & Lutte !*

J'ai entendu un petit sifflement derrière moi. Vêtue de sa tenue de lutte, Helen se tenait à la porte de l'auvent. Elle m'a fait signe d'entrer. Elle était seule à présent, A.-K. était repartie pendant le tapage provoqué par les annonces.

– J'ai un service à te demander, a dit Helen à mi-voix. Ne viens pas assister à la finale. C'est un spectacle, c'est vrai, mais tout le monde est sur les nerfs, et il y a des chances que ça ne se passe pas comme prévu. Si ça devait arriver, je ne veux pas que tu y assistes.

Je me sentais à la fois touchée et déçue. Pensait-elle que j'étais trop sensible pour assister à un match de lutte qui tourne à la bagarre ? Après tout ce qu'on avait vécu ensemble, me voyait-elle toujours comme une Brave Citoyenne, fragile comme une fleur de mimosa, qu'elle devait protéger contre le mal de ce monde ?

Elle m'a chuchoté à l'oreille le secret qu'A.-K. venait de lui apprendre.

– Ça alors ! ai-je dit.

La nouvelle m'a fait l'effet d'une bombe. Il était clair que je n'avais nul besoin d'aller voir le match.

– Personne ne doit savoir que tout ça est prémédité, a souligné Helen.

Chapitre 34

Où l'on se lance
dans un combat à quatre
et où l'on voit du mauve

Pas facile de trouver de quoi m'occuper en attendant. J'avais le trac pour Helen, et chaque fois que le public poussait des cris, mon estomac se nouait d'angoisse. J'ai pris mon carnet et je me suis forcée à écrire une liste, histoire de penser à autre chose.

PROMESSES

Notées par Liisa

1• Après avoir lu la lettre d'Elina, je me suis juré de m'occuper le mieux possible de la famille Filouttinen. Arrivés deuxièmes au classement général, les Filouttinen sont qualifiés pour la finale. Est-ce que ça veut dire que je me suis bien occupée d'eux, ou au contraire que je les ai exposés davantage au danger ?

2• J'ai promis à Erik de trouver comment il pourrait présenter sa famille à sa classe sans révéler le métier de ses parents. Si Kaarlo-le-Rude devient le nouveau Maître Bandit, pourrai-je tenir ma promesse ?

3• J'ai promis à Helen que je ne dévoilerais à personne l'alliance secrète entre les Trains de l'Enfer et les Filouttinen. Et A.-K. Mikkonen et Markus nous ont donné un coup de main. Je dois peut-être un service à Markus pour m'avoir protégée ?

4• J'ai promis aux Filouttinen de les aider à remporter la victoire. Mais étant donné que Kaarlo-le-Rude chante comme une casserole, il faudrait un sacré coup de pouce pour qu'il gagne le Karaoké des Canailles !

Conclusion : il nous faudra au moins un miracle pour nous sortir de ce pétrin !

J'ai alors entendu des bandits crier victoire, et j'en ai conclu que le match devait être terminé. En sortant de l'auvent, j'ai vu l'arbitre lever le bras de Helen.

– Tu as loupé une super mise à terre, m'a dit Erik alors que je rejoignais le petit groupe de supporters de Helen. C'était vraiment extra ! Toute prise semblait impossible, et puis tout à coup, hop, j'ai vu A.-K. Mikkonen projetée en l'air !

– C'est une belle fille, a soupiré Marko-les-Crocs. Même projetée en l'air !

– Quelle victoire, waouh ! a crié Kaarlo-le-Rude. Ma fille a hérité du titre de sa mère, alors que personne n'y croyait ! Regardez-la bien, voilà à quoi ressemble l'avenir ! Je vous présente Helen « la Tornade » Filouttinen !

– Tu es incroyable ! a grogné Hilda. Laisse à ta fille une chance de recueillir sa coupe sans rougir !

– Helen « l'Ouragan » Filouttinen ! a poursuivi Kaarlo-le-Rude.

Markus m'a donné un coup de pied fraternel sur les fesses pour me signifier qu'il était à côté de moi.

– Ouragan. Pas mal, a-t-il dit.

– N'est-ce pas ? a dit Kaarlo-le-Rude. La championne de la TaLu a bien mérité un petit sobriquet !

Luukas des Trains de l'Enfer a pris le micro pour lancer une annonce :

– L'épreuve de Tarte & Lutte a été remportée par Helen « Ouragan » Filouttinen, qui totalise dix points. A.-K. Mikkonen des Trains de l'Enfer de l'archipel est arrivée en deuxième position, et récolte cinq points. Maintenant, je vous propose une petite pause, pendant laquelle les organisateurs comptabiliseront les scores de chaque équipe. L'annonce des résultats sera suivie de la grande finale : le Karaoké des Canailles.

L'annonce terminée, alors que les bandits se dirigeaient déjà vers leurs campements, le calme a été rompu par le cri strident de Martta Hurmala :

– Quel culot, les Filouttinen ! Concourir pour le titre de Maître Bandit alors que Hilda est enceinte jusqu'aux dents ! Vous autres, comment est-ce possible que vous n'ayez pas compris ce qu'elle cache en dessous de sa blouse ? Vous voterez pour Kaarlo-le-Rude, et vous aurez un Maître qui préférera changer des couches plutôt que de s'occuper des problèmes des bandits !

C'en était trop pour Helen, que la lutte avait déjà bien échauffée. Elle a sauté droit devant Martta pour exécuter devant elle un ACAR d'une souplesse féline ! Vu comme ça, en vrai, l'« appel au combat à l'adresse d'un adversaire redoutable » n'avait rien de ridicule, malgré les « cocorico ». Bien au contraire, il était terrifiant ! Malgré tout, j'étais morte d'inquiétude pour elle.

– Tu assumes ce que tu viens de dire ?

– Et comment ! a répondu Martta Hurmala, aussi sournoise qu'une vipère.

Elle a répondu à l'appel de Helen, puis, subitement, elle s'est retournée pour me défier moi aussi.

– On va voir si la petite est capable d'autre chose que de mentir !

La foule a reculé pour former un cercle autour de nous. L'autre jumelle, Bertta Hurmala, s'en est détachée pour se placer en face de Helen. Il était évident que cet « incident » avait été planifié à l'avance.

Sans réfléchir, j'ai bondi à côté de Helen pour dévisager ensemble nos ennemies. J'étais sur le point de me lancer dans mon tout premier combat à quatre !

– On y va, ai-je dit à Helen en exécutant un ACAR à l'adresse de Martta Hurmala.

Il me semblait naturel de me battre contre elle, plutôt que contre sa sœur Bertta, bien meilleure lutteuse. Je laissais à Helen le soin de s'occuper d'elle. Je pensais que les bandits poufferaient de rire en me voyant remuer les index et chanter comme un coq, mais il n'en fut rien. Le public répondait par un silence respectueux.

– Père, regarde, elle maîtrise l'ACAR ! Je t'avais dit qu'on aurait dû l'enlever lors de ce braquage, a dit Jake Hurmala. Quel imbécile ! s'est-il exclamé ensuite en se tapant le front.

Il s'était rendu compte de sa maladresse.

– Bon, si ça se trouve, ils n'ont rien entendu !

Jason Hurmala semblait vouloir disparaître sous terre, tellement il avait honte de son frère qui révélait leurs manigances. Hektor Hurmala, le vieux chef grincheux, s'était extirpé de sa caravane et de son sommeil pour venir suivre le combat et n'avait pas l'air complètement réveillé : un filet de bave coulait au coin de ses lèvres.

– Quand est-ce qu'elle s'est entraînée ? Quelqu'un m'a dit qu'elle allait à l'école pendant l'hiver ! a grogné Jason Hurmala.

Martta Hurmala a exécuté devant moi un RRAC, « réponse respectueuse à l'appel au combat ». Ses battements d'ailes me faisaient penser à un grand rapace. Le « cocorico » de Helen continuait à me glacer le sang. Heureusement que nous avions quotidiennement répété ces mouvements en guise de gym matinale !

– Ils ont de la chance d'avoir Helen Filouttinen, a dit Artsi l'Arthrite en crachant par terre. Avec elle, même un merle apprendrait à braquer des kiosques en une journée !

Je me sentais sereine et légère, alors que je me positionnais pour me lancer dans une « pirouette regard assassin » qui me conduirait derrière ma vieille ennemie Martta. J'espérais pouvoir la surprendre.

À ce moment-là, quelqu'un a crié le nom de mon père : « Jan Vainisto ! »

J'ai jeté un regard dans le public en cherchant mon père, sans doute accompagné de policiers. Helen s'est aussi tournée vers la foule, la scrutant à la recherche d'éventuels poursuivants et d'une issue pour s'échapper. Mais il n'y avait aucun policier. Personne ne courait vers moi. Quelqu'un nous avait joué un tour ! Certains bandits ont pris notre défense : c'était lâche ! Une tromperie ! Jason Hurmala, lui, arborait un air triomphant.

Martta et Bertta nous ont alors attaquées d'un mouvement de combat impressionnant : un saut de panthère visant à agripper l'adversaire par la nuque, pour ensuite plaquer sa tête contre le sol. Helen et moi l'avons esquivé en exécutant quelques « pirouettes regard assassin » que Kaarlo-le-Rude nous avait apprises.

– Un faux CRSP ! m'a chuchoté Helen.

À ce moment précis, nous avons été frappées par une foudre mauve. Elina venait d'apparaître à côté de nous, une ombrelle à la main. Elle la tenait levée en l'air, comme un club de golf.

– Alors ? a-t-elle dit à l'adresse des jumelles. Je commence par qui ? Je reviens d'un endroit où je jouais au golf tous les jours. J'adore ça ! Et j'ai un sacré swing pour une débutante ! Je vous aurai prévenues : pour quelqu'un de passionné comme moi, vos têtes de vauriennes sont comme des balles de golf, bien grosses et laides, qui n'attendent qu'à être frappées !

Habillée d'un tailleur Chanel blanc et arborant des lunettes de soleil de star, Elina a provoqué une vive impression sur les bandits, malgré ses bottes couvertes de poussière.

Martta Hurmala a soupiré, et j'ai compris que le combat s'arrêterait là.

– C'est bon, rentrez chez vous, a grogné Elina Filouttinen en secouant son ombrelle. C'est le conseil qu'on donne aux mauvais perdants, pas vrai ?

Les jumelles venimeuses se sont retirées, suivies des autres Hurmala. J'ai sauté dans les bras d'Elina. À ce moment-là, Kaarlo-le-Rude s'est enfin réveillé. Il a scruté sa sœur, sa touffe mauve bouclée et ses lunettes de soleil.

– Elina ? Qu'est-ce que tu fais là ? Tu as mis les doigts dans une prise électrique, ou quoi ?

Chapitre 35

Où l'on découvre les finalistes du Karaoké des Canailles et leur récompense

– Ça a été un peu sportif, c'est ça ?

Elina Filouttinen avait passé son bras autour de mes épaules, et nous attendions le bilan des scores finaux comme deux copines !

– Eh bien, je t'avoue que ça a été sportif pour moi aussi. Figure-toi que j'ai failli ne pas arriver à temps. J'ai dû prendre un avion, puis un taxi qui m'a déposée devant une laiterie. Le chauffeur n'a pas osé me conduire jusqu'ici ! D'après lui, un club de motards pour le moins suspect rôdait dans le coin. Il a dû croire que j'en faisais partie. Imagine-moi un peu sur une Harley ! a-t-elle ricané. Les talons aiguilles en avant, les cheveux en arrière, flottant au vent !

J'avais du mal à la quitter des yeux. Elle s'était dégoté une sacrée coiffure aux États-Unis. De grosses boucles aérées, toutes teintées de… oui, de mauve.

– Le mauve est très à la mode, là-bas, m'a-t-elle expliqué, les yeux pétillants. C'est bien ça que tu es en train de scruter ?

Mon style « yankee » ? Sur les photos, ça en jette, mais en vrai… ça peut être plutôt troublant, j'en conviens !

J'ai ri aux éclats. Enfin, j'ai réussi à dire :

– C'est chouette que tu sois venue.

J'étais heureuse, soulagée, ravie qu'elle soit là avec nous. Avec elle comme renfort, nous nous en sortirions, quoi qu'il arrive. C'était certain ! Et voilà tout ce que j'ai réussi à baragouiner : « C'est chouette. » Bon, c'était mieux que rien.

Elle m'a décoché un sourire. Un sourire de piranha aux cheveux mauves.

– Je ne pouvais pas faire autrement que de venir. C'est ma première apparition à ce festival, je n'aurais loupé ce rendez-vous pour rien au monde !

Nous avons été interrompues par Luukas, qui a repris le micro :

– *Le moment tant attendu est enfin arrivé. Après avoir pris en compte la sanction infligée aux Pärnänen, nous allons pouvoir annoncer les scores finaux.*

Les bandits s'étaient tous tus.

– *Je donne la parole à Tiina Pärnänen, secrétaire du conseil des bandits.*

Tiina examinait son papier en prenant tout son temps. Avant de se lancer, elle a jeté un œil à son équipe, comme si elle avait voulu leur envoyer un signe.

– *Trois équipes se distinguent clairement par leurs scores : les Filouttinen, avec 23 points, les Hurmala, avec 20 points, et les Trains de l'Enfer de l'archipel, avec 15 points.*

– Lis tous les scores, a suggéré Luukas.

– *Les autres équipes sont presque à égalité. Les Pärnänen, 3 points, les Buteurs de Savonie, 3 points, les Diables des Montagnes, les Levander et les Poignards Volants, avec zéro point chacune. Les quatre meilleures équipes formeront le conseil des bandits de l'année prochaine. Comme les Pärnänen et les Buteurs de Savonie sont à égalité, la quatrième place sera tirée à la courte paille. J'invite les chefs de ces deux équipes à me rejoindre.*

Un instant plus tard, Tim Pärnänen, dit « Tête d'Œuf », et Olof l'Œil Noir des Buteurs de Savonie tendaient leur main pour choisir un brin de paille. La femme de l'Œil Noir, Paula Barbula, s'était aussi incrustée sur le podium. Elle tripotait ses cheveux d'un air nerveux.

La foule attendait en silence.

– Faites que ça soit les Buteurs... Les Buteurs, *please* ! murmurait Erik.

Après m'être confrontée à Paula Barbula, je n'étais pas si sûre que les Buteurs soient des collaborateurs de rêve, eux non plus. Mes pensées revenaient sans cesse aux Pärnänen. Pourquoi avaient-ils avoué leur forfait ? S'ils s'étaient tus, la quatrième place au conseil leur serait revenue automatiquement. Que manigançaient-ils ?

Olof l'Œil Noir a poussé un cri de joie en montrant son long brin de paille à tout le monde.

– *Vous l'aurez compris,* a annoncé Luukas. *Les Buteurs de Savonie viennent de remporter la dernière place au conseil des bandits !*

La défaite avait affecté Tiina Pärnänen. Elle se raclait la gorge et essayait de se ressaisir pour être en mesure d'annoncer la suite. Pour l'encourager, Ben Pärnänen a lâché le petit chien mascotte de la famille sur le podium. Elle l'a aussitôt pris dans ses bras et a poursuivi, ragaillardie :

– *La finale, c'est-à-dire le duel du Karaoké des Canailles, va donc se jouer entre les Hurmala et les Filouttinen.*

Seules Helen et moi savions que cette place en finale nous avait été offerte sur un plateau par les Trains de l'Enfer de l'archipel. Quand A.-K. était venue rendre visite à Helen, ce n'était pas seulement pour expliquer pourquoi elle ne lui avait pas communiqué plus tôt les changements concernant la fête. C'était aussi pour lui dire que les Trains de l'Enfer n'étaient pas intéressés par le titre de Maître Bandit. Elles s'étaient donc mises d'accord pour que Helen remporte le match de lutte. Elles avaient offert au public un duel magnifique, mais si la mise à terre finale avait été aussi impressionnante, c'était autant grâce à A.-K. qu'à Helen.

– *Les chefs et les sous-chefs de ces deux équipes gagnantes disposent maintenant d'une heure pour se préparer pour le Karaoké. Je pense que cette petite pause fera du bien à tout le monde ! Mais avant, j'ai le plaisir de vous annoncer la surprise de l'année*, a dit Tiina Pärnänen, un sourire narquois aux lèvres. *Comme vous le savez peut-être, la famille Pärnänen est propriétaire de la société Orkola, qui possède notamment l'Avenir de la Campagne, le journal qui se charge des annonces de notre fête annuelle depuis de nombreuses années. C'est d'ailleurs sûrement la seule raison pour laquelle vous en avez entendu parler*, a-t-elle ajouté en riant.

Mais dès qu'elle a compris qu'elle était la seule à rire, elle s'est tue. Les bandits la fixaient, attentifs.

– *Notre famille possède également une usine bien plus connue, celles des friandises d'Orkola*, a-t-elle alors poursuivi.

– La réglisse salée d'Orkola ! s'est exclamé Marko-les-Crocs, enchanté. Si ça s' trouve, ils vont offrir au gagnant de la réglisse pour une année entière ! Ce serait une idée extra ! a-t-il ajouté à l'adresse de Kaarlo-le-Rude.

– *Exactement, la réglisse salée d'Orkola*, a répété Tiina Pärnänen avec un grand sourire. *C'est bien ça dont il s'agit.*

La réaction de Marko lui avait fait plaisir.

– *La friandise la plus connue d'Orkola, la « pièce du pirate », une pastille à la réglisse en forme de pièce de monnaie, fête son cinquantième anniversaire en octobre de cette année. Pour marquer cet événement, l'usine d'Orkola a décidé d'offrir une récompense spéciale au Maître Bandit : son visage sera inscrit sur les pastilles à la réglisse ! À l'origine, d'après la légende, la « pièce du pirate » représentait l'aïeul Orkola !*

Voilà qui a réveillé la foule de bandits. Avoir son visage inscrit sur un bonbon, ce n'était pas rien ! Martta et Bertta Hurmala ont jeté un coup d'œil discret en direction de Hektor Hurmala : un nez crochu, les cheveux en bataille, une expression d'étonnement collée au visage, une bouche qui jacasse toute seule... Avec un tel visage, la pièce du pirate risquerait de ruiner l'usine d'Orkola !

– C'est une sacrée récompense, a dit Elina.

– Pourquoi est-ce qu'ils ne l'ont pas dit plus tôt ? s'est demandé Hilda. Ça n'a aucun sens de ne l'annoncer que maintenant. Les bandits se seraient surpassés aux épreuves s'ils l'avaient su à temps !

– Il y a quelque chose qui cloche, a dit Helen.

Alors que les femmes émettaient des réserves, les hommes de la famille ne voyaient que le bon côté des choses.

– Son propre visage sur la meilleure pastille à la réglisse au monde... a murmuré Kaarlo-le-Rude, rêveur.

J'étais saisie d'une angoisse qui ne me lâchait plus. Pourquoi les Pärnänen, qui n'avaient décroché de place ni en finale, ni au conseil des bandits, affichaient-ils de larges sourires en nous dévoilant cette récompense spéciale ? Tout ça était quand même pour le moins étrange.

Chapitre 36

Où l'on perd son oreille musicale

– Ça y est, cette fois on y est, a lâché Helen alors que nous étions tous de retour sous l'auvent. C'est la fin du monde !

Elle avait à la main la liste des chansons pour le Karaoké, et l'air de celle qui vient d'être condamnée à mort. J'aurais voulu l'encourager, mais je n'ai rien trouvé à dire. Helen Filouttinen n'était pas de ces personnes qu'on peut réconforter facilement !

– Je n'ai peur de rien, et je ne refuse jamais un défi. Je peux plonger dans une mer grouillante de requins, je peux sauter du haut d'un gratte-ciel avec un parachute – même avec une simple nappe en tissu s'il le faut ! – je peux même ramper pour traverser la moitié du pays, mais chanter, ça, non ! Jamais de la vie !

– Et qu'en est-il de ton fameux secret : « Refuser d'admettre qu'il puisse y avoir des choses que tu ne saches pas faire » ?

– Ça ne marche pas avec le chant, a dit Helen en fermant les yeux pour mieux se concentrer.

Il me fallait m'y résoudre : je ne pouvais pas la réconforter.

Notre autre finaliste ne valait pas mieux.

– J'abandonne, j'abandonne tout ! Parfois, j'oublie que je ne suis plus un jeune homme, soupirait Kaarlo-le-Rude en s'agrippant à Hilda. Je crois que je peux encore tout faire... Bon, en fait, c'est vrai : je suis encore pas mal débrouillard, hein, Hilda ?

– Mais oui, tu es le meilleur, le chef le plus performant que je connaisse ! a répondu Hilda avec douceur, tout en lui tendant un grand verre de citronnade, qu'il a vidé d'un trait.

– J'abandoooonnne, a repris Kaarlo-le-Rude de plus belle. Moi, sautiller sur scène comme une rock star ? Faire tournoyer le micro autour du fil, et inviter le public à reprendre en chœur le refrain ? Faire du cheval avec le pied du micro, et me jeter dans le public ? À mon âge, avec toute ma prestance de chef respectable, de redoutable magouilleur... Non, je ne peux pas, c'est au-dessus de mes forces !

– Donne-lui un coup de pouce, m'a suppliée Marko-les-Crocs, qui, ne supportant plus toute cette pression, est sorti de l'auvent.

Son meilleur ami était dans un sacré pétrin, et il comptait sur moi pour trouver une solution miracle. J'étais touchée de la confiance qu'il me témoignait.

– Essaie de nous chanter un petit morceau, ai-je dit à Kaarlo pour le stimuler. C'est pas sorcier, il suffit d'ouvrir la bouche. En fait, c'est même plutôt facile.

– D'accord, a dit Kaarlo-le-Rude sans me quitter des yeux.

Il s'est mis à battre la mesure avec ses mains.

– Allez, tu peux le faire, Kaarlo ! Montre-leur de quel bois tu te chauffes ! s'encourageait-il à mi-voix.

– *Buvons un coup, ma serviette est perdue, mais le manche est revenu*... a-t-il chanté. Serviette, ou serpette ? Je ne sais plus ! Je dois avoir un esprit trop créatif, je trouve sans cesse de nouvelles paroles ! Le karaoké, c'est pas pour les vrais artistes ! s'est-il plaint en se tapant la tête contre la table de camping.

– Bon, tu veux qu'on essaie autre chose ? ai-je demandé. Un chef doit savoir faire preuve de ruse dans les situations compliquées, pas vrai ?

– Qu'est-ce que tu as en tête ? a-t-il reniflé, relevant son visage. Qu'est-ce que notre super bandit a mijoté dans son coin ?

Il s'est levé pour venir jouer avec mes couettes comme si c'étaient des plumeaux.

– Je le savais ! On ne reste jamais longtemps dans la mouise avec une telle équipe ! Je le savais ! s'est-il écrié, me soulevant en l'air.

Les bras tendus, la tête penchée légèrement sur le côté, il me fixait d'un drôle d'air.

– Cette jeune fille est vraiment futée ! C'est incroyable ! Quelle intelligence ! Quelle limpidité ! Quelle clarté d'esprit !

– Bon, ben, si tu me reposais par terre, maintenant ? ai-je dit, embarrassée. Il nous faut des paroles. On pourrait les écrire nous-mêmes ?

– Des paroles, oui, bien sûr, a-t-il dit en me reposant par terre avec une prudence exagérée. On n'a qu'à essayer ça !

Pendant que Kaarlo-le-Rude et Erik réfléchissaient, Elina, Hilda et moi nous sommes faufilées à l'extérieur pour une réunion d'urgence. Nous nous efforcions de chuchoter.

– Je m'occupe des paroles, c'est mon domaine, ça ne me fait pas peur, a dit Elina. Ensuite, Hilda se chargera de le faire répéter. Mais il y a un second tour, il ne faut pas l'oublier. Qu'est-ce qu'on va bien pouvoir concocter ?

– Il faudrait quelque chose de sensationnel, ai-je pensé tout haut. Pour leur offrir un véritable bouquet final !

– Et si l'on composait notre propre chant, un chant que tous les bandits auraient envie d'entendre ?

– Il y a juste un hic, a dit Elina. Kaarlito n'a aucun sens du rythme, et je ne parle pas de son oreille musicale… inexistante !

Nous avons toutes les trois pouffé en sourdine. Hilda se tenait le ventre et ses yeux dégoulinaient. Quelle crise de rire !

Une fois calmée, je leur ai promis que je trouverais aussi une solution à ce problème.

– Tu penses avoir assez de temps ? a susurré Hilda. Il nous reste environ trois quarts d'heure avant le début du premier tour.

– Elle va y arriver, a dit Elina. Vous verrez, c'est quand ça semble impossible que ça fait les plus belles histoires !

– Pour ce qui concerne les intrigues, c'est ton rayon, je préfère ne pas me prononcer... ai-je dit en riant.

Son assurance me redonnait confiance.

– Oh, c'est surtout dans les cordes d'Eva Säde, qui vient de signer un contrat pour l'adaptation au cinéma du *Voyageur* avec, en prime, une option pour le tome suivant, a ajouté Elina en me faisant un clin d'œil.

Sur ces belles paroles, elle a remis ses lunettes de star hollywoodienne.

Chapitre 37

Où l'on découvre un bandit millionnaire

Prenant mon courage à deux mains, je suis allée demander de l'aide au seul allié que j'avais. Sous le chapiteau des organisateurs, les Trains de l'Enfer étaient occupés à tester l'équipement hi-fi du podium. Luukas et Johannes installaient deux gros projecteurs, pendant que Markus faisait la balance du son. Avec son T-shirt vert fluo, on le repérait de loin.

Markus a pris le temps de m'écouter, sans se moquer ni manifester son impatience.

– Ouaip, a-t-il fini par dire. Je pense pouvoir t'aider. Mais d'abord, allons dans ma voiture. Elle est garée dehors, prête à partir si jamais on avait besoin de quelque chose en ville.

C'était une voiture de sport ultra-rapide, de couleur jaune citron. Je me suis installée côté passager.

– Tu veux du normal ou de l'accéléré ? m'a-t-il demandé, en parcourant sa collection de CD.

Il a introduit dans le lecteur un disque de rock qui aurait réveillé un mort. Un riff de guitare assez sympa se répétait et, en fond, on entendait une batterie du tonnerre.

– J'ai un logiciel de traitement de musique, m'a-t-il expliqué. Je peux baisser le tempo si on trouve un morceau qui te plaît. Mais on peut aussi changer d'ambiance, si tu préfères. Un bon coup de synthé, ça pourrait être sympa, a-t-il ajouté en changeant de disque.

Brusquement, la voiture s'est mise à siffler, à carillonner, à tonner. Ça vrombissait tellement que j'ai failli faire un bond ! Il devait y avoir une enceinte sous mon siège, ce n'était pas possible autrement.

Pendant que Markus me présentait les différents arrangements possibles, je regardais autour de moi. On se serait crus dans une cabine spatiale : sa voiture était recouverte de toutes sortes de boutons et de mini-écrans plasma encastrés dans le tableau de bord. Sur un écran, les cours de la Bourse s'affichaient en temps réel.

– Tu veux lire tes mails pendant que je fais des réglages ? m'a-t-il demandé. Je te passe le clavier. Je n'en ai pas besoin, pour ce logiciel de traitement audio je peux utiliser l'écran tactile.

Je l'ai regardé, perplexe.

– Qu'est-ce que tu veux, j'adore ce genre de gadgets, a-t-il dit en éclatant de rire devant ma mine incrédule. Ne crois pas que c'est la voiture de James Bond, non plus !

Markus pianotait sur le grand écran plasma. Pendant qu'il faisait ses réglages, les cours de la Bourse continuaient à défiler en bas de l'image. De temps en temps, il cliquait sur un chiffre, et une nouvelle fenêtre s'ouvrait avec des courbes et des statistiques. Nasdaq, Euribor 3 mois, CAC 40, ai-je pu lire sur l'écran. Markus murmurait des décimales.

– Ça y est, c'est prêt ! a-t-il dit, satisfait. La durée de la bande-son est de quatre minutes exactement. Je vais te l'enregistrer sur un disque. Vous allez en avoir besoin pour répéter. Si vous n'avez pas de lecteur de CD, je peux vous en prêter un.

J'ai acquiescé d'un hochement de tête.

– Je peux te poser encore une question ? ai-je baragouiné. C'est personnel.

– Vas-y, a-t-il dit.

Il avait l'air de s'y être préparé.

– Eh bien… tu ne serais pas riche, par hasard ?

– Tu veux que je te réponde par un bluff ou par la stricte vérité ? a-t-il demandé, me tendant le disque et le lecteur de CD, muni d'écouteurs, aussi mince qu'une crêpe.

– La stricte vérité, ai-je dit. J'ai eu ma dose de bluffs pour la journée, je crois.

– Dans ce cas, a-t-il dit en ouvrant la portière, sache que je suis millionnaire.

Chapitre 38

Où l'on chante le quotidien des bandits... avec justesse

Quand j'ai ouvert la portière, le CD à la main, j'ai entendu quelqu'un brailler un morceau qui ressemblait vaguement à l'air d'*Il était un petit navire*. À l'évidence, Kaarlo-le-Rude n'était pas le seul à chanter comme une casserole.

– Ils ont déjà commencé ! a dit Markus, en grimaçant. C'est affreux, ce bruit !

J'ai ri.

– Les réglages sont catastrophiques, a-t-il remarqué, contrarié. Je suis désolé. Matteus est nul en mixage.

– Nous venons d'entendre Hektor Hurmala, le chef de la bande Hurmala. Merci, Hektor, pour cette interprétation très... originale, a dit la voix d'A.-K. au micro. *Ça va, cher public bandit ? Vous allez bien ? Et maintenant, j'invite sur scène Helen Filouttinen !*

Markus et moi avons traversé en courant la mer de bandits qui se trémoussaient devant l'estrade. Nous sommes arrivés juste au moment où A.-K. donnait ce qui ressemblait à une tape amicale dans le dos de Helen. En réalité, elle essayait de la pousser sur le devant de la scène. Puis elle a fait signe à Matteus de lancer la bande-son. Il ne fallait pas traîner, Helen était à deux doigts de prendre ses jambes à son cou ! Une étrange musique a soudain envahi la nuit d'été. C'était quoi, ce morceau qu'elle avait choisi ?

À l'assaut nous nous lançons,
laissant gronder notre colère,
sans pitié, sans patrie…

Elle chantait faux, et sa voix était aiguë comme une crécelle. Mais aussi étonnant que cela puisse paraître, c'était beau ! Envoûtant !

– Voici le message des Filouttinen au peuple bandit : le métier de bandit est un métier solitaire ! a-t-elle crié, par-dessus la bande-son. Sans pitié, sans patrie… a-t-elle soupiré.

Elle a ensuite fermé les yeux et a gardé le silence jusqu'à la fin du morceau.

Ça faisait un moment que je n'avais rien vu d'aussi émouvant. Personne ne huait, ni ne tambourinait le sol avec ses pieds. Il n'y avait pas un bruit. Nous écoutions tous la musique, plongés dans nos réflexions sur la solitude.

L'ambiance est redevenue joyeuse quand le sous-chef des Hurmala, Jason, est monté sur scène. Après une pose prétentieuse à la Elvis Presley, il s'est mis à chanter quelque chose sur Gengis Khan, le chef suprême des Mongols. Les paroles avaient beau être saisissantes, son choix de chanson était quand même un peu embarrassant. J'ai pensé à Helmeri Kvist. *Chapeau, monsieur*, j'avais envie de lui dire. Pas facile d'ensorceler son adversaire par le chant, c'est tout un art ! Il faut avoir un sacré charisme ! Jusqu'à présent, la prestation de Helen était de loin la meilleure, même si elle n'avait chanté que la première strophe.

Dernier à passer, Kaarlo-le-Rude faisait des vocalises un peu plus loin, ce qui avait fait fuir toute une volée de petits oiseaux ! Une fois annoncé, il est monté sur scène en se frottant les mains. Après un silence d'une grande intensité dramatique, il s'est lancé :

Passe-moi ton sachet de bonbons,
Si tu veux que je te raconte
Une histoire sans foin-foin :
C'est l'histoire d'un bandit de grand chemin,
Prénommé Kaarlo
Qui braquait des voitures, des kiosques
Tout ce qui lui tombait dessus...

Il m'a semblé qu'Elina avait dû travailler sur le texte jusqu'au dernier moment... À deux ou trois reprises, Kaarlo a eu un trou, mais il a tout de suite improvisé, et ça ne s'est pas vu. Les bandits écoutaient dans un silence religieux. Les Buteurs de Savonie avaient interrompu leur jeu de cartes. Alors que jusqu'à présent, la miss Pärnänen ne faisait pas preuve de grands signes d'intérêt, je la voyais, bouche bée. Julia des Poignards Volants avait quant à elle relevé ses lunettes de soleil miroir pour ne rien louper de ce qui se passait sur scène. Et si les Hurmala, tous affublés de leurs plumes rouges, affichaient une expression maussade, au moins ils ne jouaient pas les trublions. Saperlipopette ! C'est qu'il allait peut-être y arriver, finalement !

– *Nous avons maintenant entendu tous les finalistes*, a annoncé Luukas au micro.

A.-K. et lui prenaient la parole à tour de rôle comme des animateurs du concours de l'Eurovision.

– *Nous allons faire une petite pause qui va vous permettre de prendre l'air, de vous restaurer, et surtout, de voter. Chacun d'entre vous dispose de deux votes. Au premier tour, vous utiliserez le bulletin avec une couronne noire, au second, celui avec une couronne jaune. Vous trouverez deux tonneaux de chaque côté de la scène, l'un pour les Filouttinen, l'autre pour les Hurmala. Je me permets de préciser que les tonneaux sont verrouillés, toute tentative de tricherie est inutile.*

Il y eut quelques rires contenus.

– *Seuls les chefs participeront au second tour*, a poursuivi A.-K. *Les points des deux tours seront additionnés. Au cas où les deux équipes totaliseraient le même score, la gagnante sera celle qui a récolté le plus de points au second tour. En raison de la complexité du comptage des votes, le résultat final du Karaoké des Canailles ne sera pas révélé avant demain midi. Profitons-en pour nous reposer et pour partager des moments conviviaux avec d'autres bandits. Mais dans l'immédiat, c'est la pause. N'oubliez pas de voter !*

– Une pause, c'est parfait ! a dit Elina en m'attrapant la main. Au boulot ! Il nous faut terminer notre chanson pour la finale ! Appelle nos muses et dis-leur de nous rejoindre au plus vite, on n'a pas de temps à perdre !

Chapitre 39

Où l'on mise tout

La pause a duré une demi-heure. Il était presque minuit, mais l'auvent des Filouttinen grouillait de vie. Elina cherchait des rimes, avalant café sur café. Dix minutes avant le début de la finale, Kaarlo-le-Rude répétait encore sous son œil sans pitié, pendant que Hilda faisait les cent pas en bâillant. Elle luttait contre le sommeil, probablement fatiguée à cause du bébé.

Quant à moi, je réfléchissais. Qu'est-ce qui se passerait si les Filouttinen perdaient la finale ? Avec Hektor Hurmala comme nouveau Maître Bandit, les Filouttinen ne seraient pas en sécurité. Le papy Hurmala avait beau être sénile, ses deux fils, Jason et Jake, restaient des ennemis redoutables. C'étaient eux, les responsables de tous les coups bas commis par les Hurmala. Sans compter que les jumelles venimeuses, Bertta et Martta, chercheraient elles aussi à se venger. Tout ça était plutôt effrayant ! Les Filouttinen auraient un bébé d'ici la fin de l'automne. Il était primordial qu'ils puissent mener une vie paisible pendant au moins une année ou deux. Je ne les voyais pas fuir les Hurmala avec un nourrisson sur les bras ! Comment empêcher ça ? Mon estomac se nouait quand je pensais à tout ce qui était en jeu avec cette finale !

Le second tour du karaoké a enfin débuté. Et c'est le chef Hurmala qui a ouvert le bal. Après un long silence, il a commencé à chanter, d'une voix rauque et tremblotante :

Petit papa Noël, quand tu descendras du ciel…

Les organisateurs arboraient des sourires encourageants, alors que les Hurmala, désespérés, se cachaient le visage. C'était fini pour eux, la dernière lueur d'espoir venait de s'éteindre ! Avec une telle chanson, le message était clair : si vous votez pour les Hurmala, le désordre qui règne dans la communauté des bandits depuis la disparition du Grand Pärnänen ne va pas aller en s'arrangeant.

J'ai vu Hilda et Elina écouter la chanson, les bras croisés et secouant la tête. Pourquoi les Hurmala avaient-ils laissé le papy monter sur scène, alors que le titre de Maître Bandit était en jeu ? Il aurait dû prendre sa retraite depuis belle lurette ! Pourquoi aucun des deux fils n'avait officiellement repris ses fonctions ? Un vieil homme qui a perdu la boussole en train de chanter *Petit papa Noël…* C'était suicidaire !

– Je proteste ! a claironné Martta Hurmala avant même que la chanson ne soit terminée.

Les jumelles venimeuses se sont frayé un chemin jusqu'au bord de la scène, et Bertta a fait la courte échelle à Martta. Une fois sur scène, Martta a arraché le micro de la main de Hektor et elle a hurlé :

– On proteste ! Les Hurmala protestent !

Le micro est passé de main en main, provoquant un son strident épouvantable. Tout le monde se bouchait les oreilles. Désemparé, les bras ballants, le chef Hurmala était toujours sur scène.

– Vous protestez contre quoi ? a crié A.-K. Mikkonen.

Mais personne ne l'entendait.

– Papy Hurmala n'a rien à faire ici ! a hurlé Martta Hurmala dans le micro. Il devrait être à la retraite. C'est notre vrai chef, Jason Hurmala, qui devrait se trouver sur scène !

Les Hurmala lançaient des hourras, tambourinant de leurs pieds. Artsi l'Arthrite tapait Jason dans le dos. Seul le petit frère un peu simplet, Jake, affichait une mine contrariée en se curant les ongles. La place du chef lui aurait aussi bien plu.

Martta a tendu le micro à Bertta, qui a complété :

– Dans le cas où ce changement de pouvoir interne ne serait pas approuvé par la communauté, les Hurmala refuseraient de reconnaître le nouveau Maître Bandit, ainsi que le pouvoir décisionnel du conseil des bandits.

La menace était grave : si la communauté n'acceptait pas la succession, elle entrerait en conflit interne, ce qui la mènerait à coup sûr à un chaos irrémédiable. La fête de cette année n'était qu'un petit avant-goût de ce que cela pourrait signifier.

Un temps de réflexion s'imposait. L'épreuve a donc été interrompue. On a aidé le papy Hurmala à descendre, et le nouveau conseil des bandits est monté sur scène pour s'entretenir à voix basse avec le jury. Pouvait-on laisser les Hurmala tenter leur chance une deuxième fois pour cette finale ? Qu'est-ce qui était le plus injuste ? Leur redonner une chance, ou la leur refuser ? Une fois de plus, les Hurmala avaient réussi leur coup : à la toute dernière minute et à force de chantage, ils étaient parvenus à imposer leurs propres règles !

Luukas des Trains de l'Enfer a récupéré le micro. L'air grave, il a marqué un silence avant d'annoncer :

– Le nouveau conseil a entendu la requête de Martta Hurmala... et a décidé de l'approuver.

Sa voix a été couverte par les cris de joie et les bruits de pieds.

Les Hurmala triomphaient.

– Le nouveau représentant de l'équipe au second tour du Karaoké sera Jason Hurmala !

Entouré des jumelles venimeuses, Jason Hurmala a commencé à parcourir la liste des chansons. Martta était penchée par-dessus son épaule gauche, et Bertta par-dessus son épaule droite. C'était comme s'il avait eu trois têtes. Après une longue réflexion, Jason a enfin annoncé son choix.

– Je choisis la D36. Allez, en piste ! a-t-il dit en balançant la liste à Luukas comme si c'était un pauvre larbin, et non pas un membre d'une bande qui venait d'être élu au conseil des bandits.

Jason avait choisi le morceau *You really got me*, mais il l'a chantée avec les paroles en finnois. *Méchant, voilà ce que je suis*, répétait-il en nous lançant des regards malveillants sous ses sourcils. Fallait avouer que c'était plutôt convaincant. C'était exactement ce qui nous attendait si nous votions pour les Hurmala : des caprices, des coups bas et des complots ! J'étais effarée. Il ne fallait surtout pas qu'ils gagnent !

– Ce gars est carrément impressionnant, a dit Elina en relevant ses lunettes de soleil. Je suis désolée de l'admettre, mais il a un sacré charisme !

– J'espère que Kaarlo n'a pas trop le trac, s'est inquiétée Hilda en bâillant. Ce n'est pas exactement une bête de scène.

– Imbécile ! a dit Helen, si fort que des bandits se sont retournés.

En vérité, elle ne parlait pas de son père, mais de la prestation de Jason, qu'elle trouvait trop mielleuse.

– Ce n'est qu'un imbécile narcissique super méga dégoûtant ! Beurk ! a-t-elle asséné.

Comme s'il l'avait entendue, Jason s'est tourné vers nous et semblait adresser ses paroles à Helen. Dans un gros soupir, Helen a commencé à se frayer un chemin à travers la foule, pour s'éloigner et ne plus être dans le champ de vision de Jason.

Le public a applaudi par politesse. J'ai slalomé dans la foule en essayant de m'approcher de la scène. Déchaînés comme ils l'étaient, les bandits me faisaient un peu peur. Les Hurmala se considéraient déjà comme les vainqueurs. Si jamais les résultats des votes n'étaient pas en leur faveur, il risquait d'y avoir une belle bagarre !

Les marches menant à la scène étaient complètement bouchées. Johannes des Trains de l'Enfer a dû pousser Artsi l'Arthrite et deux autres Hurmala pour que je puisse me glisser dessus. Markus avait remplacé Matteus derrière la table de mixage. Je lui ai tendu le CD, et il m'a lancé un sourire d'encouragement. À ce moment-là, Kaarlo a été appelé sur scène. Le public s'est tu.

Kaarlo-le-Rude m'a fait signe de commencer. J'ai pris mon violon et j'ai joué les premières notes d'un chant traditionnel avant que la bande-son ne démarre. Kaarlo-le-Rude s'est mis à chanter, avec moins de fausses notes qu'à l'habitude.

Ma patrie est la Finlande...

Les Hurmala ont laissé échapper quelques éclats de rire. Il fallait être fou à lier pour choisir un chant traditionnel aussi désuet pour la finale du Karaoké ! Mais Kaarlo-le-Rude a continué comme s'il n'avait rien entendu :

... les merisiers aux cimes blanches
y bordent les prés.

À ce moment précis, Kaarlo-le-Rude a fait signe à Markus, qui a déclenché la bande-son que nous avions élaborée dans la voiture un peu plus tôt. Plus rythmée, elle était parfaite pour un rap !

– On y va ! a ordonné Kaarlo-le-Rude.

Il a alors enchaîné sur un rap diablement rythmé, dont les paroles avaient été écrites par Elina ! Grosso modo, ça racontait le bonheur de la vie de bandit, avec la liberté et l'aventure que ça signifiait au quotidien... C'était une véritable ode au métier de bandit de grand chemin !

Il a terminé par un long glapissement, avant de saluer le public, ses tresses en l'air.

Les bandits n'ont rien dit pendant un long moment. J'ai eu le temps de ranger mon violon dans son étui et de fermer les deux verrous avant que le sol ne se mette littéralement à trembler. Les bandits criaient, hurlaient. Kaarlo-le-Rude souriait, faisant signe à sa famille de le rejoindre sur scène. C'était la grande différence entre les deux candidats : Jason Hurmala préférait rester tout seul sous les feux de la rampe, tandis que Kaarlo-le-Rude voulait partager les applaudissements avec sa famille. Ou avec sa bande, plus exactement. Car Elina m'y a entraînée moi aussi.

Les bandits avançaient doucement vers les urnes.

– La vie d'un bandit de grand chemin, tralala ! fredonnait Lenni des Buteurs de Savonie en rentrant dans son campement.

J'avais aussi entendu Markus, et même Paula Barbula, entonner le morceau. Décidément, les paroles n'étaient vraiment pas mal. C'était tout un art de trouver des rimes en un éclair, et ce succès était une preuve de plus de l'immense talent d'Elina Filouttinen.

Nous avions peut-être encore une chance, finalement.

Chapitre 40

Où trois rencontres ont lieu
pendant la nuit

Le comptage des votes était en cours. Quand la nuit est enfin tombée, les bandits ont rejoint leurs campements respectifs. C'était une sage idée de ne révéler les résultats que le lendemain. Exténués par une longue journée d'épreuves, les bandits auraient pu s'emporter facilement, tandis que le matin, le ventre rempli d'un bon petit déjeuner, ils accueilleraient l'annonce du nouveau Maître Bandit plus sereinement.

– Tu penses qu'on va gagner ? m'a demandé Erik alors que nous marchions vers notre tente.

Je me figurais les Trains de l'Enfer en train de compter les votes du premier tour. Bulletin après bulletin. La nuit s'annonçait longue pour eux. Et au matin, avant de révéler les résultats, ils devraient encore tout revérifier.

– Je ne sais pas, ai-je dit. Mais moi, en tout cas, j'aurais voté pour Helen au premier tour. Je pense que vous avez une chance.

J'avais eu envie de dire « nous avons », mais je me suis ressaisie. Là, il s'agissait des Filouttinen, de leur avenir.

Que Kaarlo-le-Rude soit ou non élu Maître Bandit, cela n'aurait aucune répercussion sur ma vie. Par contre, celles de Hilda, Helen, Erik, Elina et Marko-les-Crocs seraient complètement chamboulées.

Erik m'a prise en aparté, tout en laissant les autres Filouttinen nous doubler.

– J'ai un problème, a-t-il dit en vérifiant que plus personne ne pouvait nous entendre. Je n'arrive pas à me réjouir. Je n'ai aucune envie que papa gagne !

Il était pâle et terrifié. Il a ramassé quelques cailloux qu'il a commencé à faire sauter dans le creux de sa main.

– Si papa gagne, voilà ce que sera désormais notre vie. Une bagarre par-ci, un règlement de compte par-là. Et un coup bas de temps en temps ! Il va falloir sans arrêt marcher sur la pointe des pieds, et avoir peur...

Marko-les-Crocs a pointé son nez hors de l'auvent.

– Il y a un problème ? a-t-il demandé. Qui marche sur la pointe des pieds ? Quelqu'un nous espionne ?

Nous avons tous les deux secoué la tête, essayant d'afficher un air joyeux et optimiste.

– Dommage. Je pensais que Jason et sa petite troupe seraient venus pour une fiesta de dernière minute.

Marko-les-Crocs a disparu sous l'auvent, l'air sincèrement déçu. Un instant plus tard, on l'a entendu raconter des blagues, et Kaarlo-le-Rude rire aux éclats. Les deux copains profitaient pleinement des derniers instants de la fête.

– Je sais déjà où ça va nous mener, a dit Erik, tout triste. Si papa gagne, je ne pourrai plus aller à l'école. Tu peux dire ce que tu veux, je sais très bien que c'est ça qui va se passer ! Et de toute façon, avec l'événement prévu pour l'automne, je ne m'en sortirai pas. C'est sans issue !

– Je t'ai promis de t'aider, ai-je murmuré, même si, au fond, je ne voyais vraiment pas comment nous en sortir.

– Jusqu'à présent, on était une famille de bandits comme une autre, a-t-il dit. Personne n'était vraiment intéressé par ce qu'on fabriquait, qu'on reste sur notre territoire ou pas, qu'on fasse n'importe quoi ou pas. On était les « rigolos », les « bizarres », a-t-il baragouiné. Ceux qui braquent des voitures et qui s'efforcent de mener en même temps une vie de famille normale. Tout ça va devoir s'arrêter. N'importe qui pourrait m'enlever dans la cour de l'école, tu comprends ? Et faire chanter papa. Ou enlever le bébé ! Papa ne peut pas assumer les responsabilités de Maître Bandit !

– Tu ne serais pas en train de noircir le tableau ? ai-je dit.

Mais il n'exagérait peut-être pas tant que ça... La sordide image de Jason Hurmala en train de lire la liste des chansons, les jumelles venimeuses penchées par-dessus ses épaules, m'est revenue à l'esprit.

– Alors, explique-moi ton plan. Comment je peux continuer à aller à l'école avec un père Maître Bandit ? m'a dit Erik, levant la tête vers moi.

Ses joues ruisselaient de larmes.

– Je vais t'aider, et Elina aussi, ai-je dit. Tu peux vivre avec elle ? Et si ça ne fonctionne pas... tu n'as qu'à... tu n'as qu'à emménager chez moi ! Tu viendras habiter dans le Sud. On sera dans la même classe.

– Tu me le promets ? a demandé Erik. Tu me promets de m'aider quoi qu'il arrive ?

– Oui, je te le promets, ai-je dit. C'est une promesse. Une vraie.

– L'école, c'est ce que j'aime le plus, a-t-il soufflé. Je donnerais n'importe quoi pour pouvoir continuer à y aller !

Erik est parti se coucher, et je suis restée un peu dehors. À ma grande surprise, j'ai vu Hilda et Elina rentrer d'une promenade nocturne. Hilda n'avait pas arrêté de bâiller de toute la soirée : je la croyais au lit depuis longtemps ! Je me suis cachée derrière la camionnette. Leur conversation ne semblait pas beaucoup plus joyeuse que celle que je venais d'avoir avec Erik.

– Tout va s'arranger, a dit Elina. Kaarlito va bien finir par se raisonner tôt ou tard. Il va réaliser qu'il doit changer son train de vie, maintenant qu'il redevient papa. Il a déjà été dans cette situation, ne l'oublie pas !

– J'aurais dû le prévenir plus tôt, a dit Hilda, en reniflant. Son élection va mettre notre vie sens dessus dessous. Toute la famille souhaite qu'il devienne Maître Bandit. Mais moi, je ne veux pas élever cet enfant toute seule !

– Tu n'es pas seule, a dit Elina avec beaucoup de douceur.

– Tu gardes tout ça pour toi, hein ? Tu sais, je ne suis pas sûre de vouloir que ce bébé naisse dans une famille de bandits. Et encore moins dans la famille d'un satané Maître Bandit ! C'est tellement injuste... Les bébés sont si petits... J'en viens presque à espérer que Kaarlo ne gagne pas !

Elles sont restées encore un moment devant l'auvent, attendant que Hilda se ressaisisse, puis elles ont fini par rentrer.

– Tu espionnes les tiens, maintenant, prisonnière ! a dit une voix derrière moi.

L'espace d'un instant, je me suis revue l'été précédent, lors de la première nuit passée dans le campement des Filouttinen, cette nuit pendant laquelle j'avais fait une tentative de fugue. Helen m'avait attrapée, exactement comme elle venait de le faire. Aussi surprenant que cela puisse paraître, notre amitié était née cette nuit-là.

– Tu as entendu, toi aussi ? ai-je demandé, mal à l'aise.

Je me demandais comment elle prendrait le fait que sa mère soit aussi désespérée.

– Elle a raison, a-t-elle dit à mi-voix. Il faut être idiot pour convoiter ce titre. Ça ne va rien apporter de bon. Pour personne. Si le chef devient Maître Bandit, il le restera à jamais. Enfin, au moins pendant les dix années à venir. Et moi, je ne serai jamais la chef bandit la plus jeune de Finlande. Quand bien même je serais la meilleure !

J'ai hoché la tête, silencieuse. Je comprenais parfaitement ce qu'elle voulait dire. En même temps, j'étais stupéfaite. Je passais mon temps à me plaindre qu'à la maison, on ne parlait jamais. Papa et maman ne nous demandaient même pas comment on allait, à ma sœur et à moi. Force était de constater que mes chers Filouttinen tant admirés ne s'en sortaient pas beaucoup mieux. Comment se faisait-il que même les bandits n'osaient pas exprimer leurs rêves et leurs craintes ?

Le vent nous a fait parvenir une odeur de fumée. Pas très forte, mais distincte. Helen a reniflé, détectant un danger.

– Il y a un problème quelque part ! Et un gros !

Nous sommes parties à grandes enjambées en direction de l'odeur, pour constater que le chapiteau des organisateurs était en flammes. Deux silhouettes habillées de noir se sont mises à courir sitôt qu'elles nous ont aperçues. Normalement, il ne devait y avoir personne à cette heure-ci. Le comptage des votes était terminé depuis un moment. Les deux silhouettes ont disparu derrière les chapiteaux des épreuves. J'étais sûre d'avoir vu l'une d'elles boiter. Ce ne pouvait être qu'Artsi l'Arthrite et Jake Hurmala !

– Au feu ! avons-nous crié en chœur. Un incendie !

En moins d'une seconde, des bandits en pyjama ont déboulé sur la place.

– Va chercher Marko-les-Crocs et Kaarlo-le-Rude, m'a ordonné Helen. Il faut réveiller tout le monde !

Je suis tombée sur eux alors qu'ils accouraient également vers l'incendie. Kaarlo avait encore une tartine entamée à la main.

– Attrape ! m'a dit Markus quand nous sommes arrivés à proximité du chapiteau en flammes, me lançant un tas de vieux plaids militaires. Les flammes ne sont pas encore très hautes, on peut essayer de les étouffer !

Markus et moi travaillions côte à côte. Helen et Marko-les-Crocs lançaient du sable, alors que Kaarlo-le-Rude sautait sur les plaids tout en rugissant de rage pour étouffer jusqu'à la dernière flamme. Tous les bandits n'étaient pas aussi entreprenants. Une partie d'entre eux ne faisait que regarder. Quelqu'un s'apprêtait même à en profiter pour faire griller des saucisses, piquées sur un bâton !

– Est-ce que tout le monde va bien ? a demandé Luukas, qui arrivait sur place, hors d'haleine.

Il était accompagné de quelques organisateurs, tous des Poignards Volants. Ils portaient des seaux qu'ils étaient allés remplir à la plage.

– J'ai une information importante ! a crié Luukas. Les résultats des votes se trouvent en sécurité dans un endroit secret, sous la surveillance d'A.-K. Mikkonen et de ses assistants. S'il s'agissait d'un sabotage, il a échoué !

Nous avons réussi à étouffer l'incendie. Le chapiteau des organisateurs s'était à moitié effondré. Les bandits se regardaient, déboussolés. Personne ne semblait savoir quoi faire.

– Celui qui a allumé l'incendie n'est qu'un imbécile ! a soudain crié Markus, très en colère. Il a mis en danger tout le monde ! Et tout ça pour une élection ! Personne ne devrait approuver cet acte. Réfléchissez un peu ! Si les pompiers s'étaient pointés, on aurait tous été arrêtés sur-le-champ !

Il rugissait si fort que tout le monde l'entendait, pas besoin de micro. Hormis quelques murmures de protestation, les bandits l'écoutaient tous, l'air graves.

– Il est clair que cet incendie met un terme aux accords du passé, est intervenu Luukas. Il est grand temps que quelqu'un défende les droits de tous les bandits de grand chemin. Il nous faut un Maître Bandit ! Nous ne voulons pas de guerre civile. Nous ne voulons pas combattre nos frères. Il est de notre devoir de protéger ce mode de vie qui nous est cher !

J'ai jeté un regard circulaire sur les bandits : je ne voyais que des visages songeurs, tristes, fermés.

– Maintenant, tout le monde au lit ! a ordonné Luukas. Le conseil des bandits se réunira demain pour décider des conséquences potentielles de cet incendie. Un membre des Trains de l'Enfer restera à côté du chapiteau pour le surveiller, au cas où les flammes repartiraient.

Il n'y avait pas qu'au chapiteau que le feu couvait. Le nouveau Maître Bandit allait avoir du pain sur la planche pour rétablir la paix.

Chapitre 41

Où ont lieu des retrouvailles désagréables

Tous les bandits ont fait la grasse matinée. À midi, les frayeurs de la nuit semblaient oubliées : nous étions tous réunis devant le podium pour les résultats.

– *Les votes des deux tours de la finale ont été comptabilisés*, a annoncé Luukas. *Les deux candidats sont presque à égalité, néanmoins l'écart est suffisant pour que l'on puisse trancher.*

Le son d'une sirène de police nous est parvenu. Tout le monde s'est tu, l'oreille tendue, comme un troupeau de lapins. Le bruit s'est atténué, finissant par s'estomper complètement. Des plaisanteries ont fusé.

– C'est sûrement un collègue en pleine action pas loin d'ici, a dit un Buteur de Savonie.

Ça faisait du bien de rire tous ensemble, après les horribles événements de la nuit. Cela dit, je ne pouvais pas m'empêcher de rester à l'affût et de surveiller la route.

J'ai alors aperçu deux adolescentes, habillées tout en noir, qui semblaient chercher leur chemin. L'une d'elles avait une coiffure à la Cléopâtre, rose et noire, qui luisait au soleil. Elles étaient suivies par d'autres jeunes filles aux tenues singulières : la première était habillée d'une jupe en tulle et d'une guêpière cloutée. Que pouvaient bien faire ces jeunes filles dans un coin aussi perdu ?

– J'ai un petit truc à te demander, ai-je chuchoté, en tirant Elina par la manche. Comment nous as-tu retrouvés ?

– Helen m'a envoyé un plan et les horaires de la fête. Aussitôt, je t'ai laissé un message sur le forum pour t'annoncer mon arrivée : « Je prends le premier vol de demain matin. Rendez-vous à midi à Härmälän kylä », mais je n'ai pas eu de réponse.

– Mais il ne faut pas utiliser le forum pour communiquer entre nous ! est intervenue Helen, horrifiée. Tous ceux qui ont acheté une Barbie via le site peuvent voir le message !

Nous avons alors entendu la voix de Luukas, qui annonçait solennellement :

– *Le candidat qui a obtenu le plus de votes au Karaoké des Canailles, et qui se verra donc décerner le titre de Maître Bandit pour les dix années à venir, est... Kaarlo-le-Rude de la famille Filouttinen ! On vous attend sur le podium ! Le chef seul ou toute la famille !* a-t-il ajouté en nous faisant signe de venir.

– Jan Vainisto ! a soudain crié Jason Hurmala. Avec plein de policiers !

– C'est pas la peine, ça ne marchera pas une seconde fois ! a crié Helen, qui était déjà en train de monter sur le podium. Laisse Liisa tranquille, Jason ! T'es vraiment un mauvais perdant !

À ce moment-là, Markus a sifflé pour attirer mon attention. Il pointait du doigt une file de voitures qui approchait à toute vitesse (le lieu du rassemblement avait été choisi avec intelligence : on pouvait distinguer de loin tous les arrivants).

J'ai reconnu la personne qui se penchait par la vitre de la première voiture. C'était effectivement mon père, vert de rage.

Nous avons immédiatement fait demi-tour, afin de quitter le podium en courant.

– *Attention, s'il vous plaît ! Gardez votre calme et empruntez les chemins de sortie indiqués sur le plan*, a dit Luukas. *Vous disposez d'à peu près deux minutes pour vous enfuir. Ceux qui pensent avoir été filmés par des caméras de surveillance ont la priorité.*

– Moi ! a dit Jason Hurmala en courant vers sa voiture.

– Et moi ! a dit la vieille Riitta en se dirigeant à toute vitesse vers le petit bois.

Mon père a baissé la vitre encore un peu plus, pour crier dans un mégaphone :

– À l'attention des bandits kidnappeurs sans morale : vous allez être encerclés ! Lâchez vos armes et libérez les enfants que vous avez enlevés !

La panique s'est répandue comme une poudre parmi les bandits. Seuls les Trains de l'Enfer sont restés sur le podium. Ils semblaient presque attendre les policiers.

– Ça alors, a dit Elina Filouttinen en retirant ses chaussures à talons tandis que nous courions vers la camionnette. Où est-ce qu'on va bien pouvoir aller ?

– On laisse tomber l'auvent, a dit Hilda, qui avait beaucoup de mal à tenir le rythme.

– La famille de l'empereur a-t-elle besoin d'aide ? a demandé Markus en nous emboîtant le pas. Mon petit joujou atteint les 200 kilomètres à l'heure en un clin d'œil !

– Impossible de fuir en voiture, toutes les sorties sont bouchées, a dit Helen, qui ne semblait pas plus surprise que ça par l'offre de Markus. Six bandes de bandits essaient de quitter les lieux en même temps !

– Et si on ne fuyait pas ? a dit Hilda qui s'efforçait d'accélérer à grand-peine.

– Il est hors de question de capituler ! a rétorqué Kaarlo-le-Rude. Surtout maintenant que je suis Maître Bandit !

– Mais on pourrait essayer de se cacher ? a-t-elle proposé, à bout de souffle.

– Liisa, a dit Helen. Il nous reste combien d'autocollants dans le carton pour camoufler la camionnette ?

*

À l'inverse de tous les autres bandits, nous avons couru en direction des policiers, essayant d'attirer au maximum leur attention. Marko-les-Crocs faisait semblant de me menacer d'une arme, comme si j'étais une otage.

– Au secours ! criais-je en pleurnichant. Ah, ces grands méchants bandits ! Oh là là ! Maman, à l'aide !

Elina Filouttinen et Markus étaient restés dans le campement pour le camouflage de la camionnette.

Nous avons traversé un champ de blé en dévalant un petit sentier qui menait à la plage.

Mon père a fini par m'apercevoir, et il s'est mis à gesticuler dans ma direction. La voiture de police a accéléré. Heureusement, le blé était haut et empêchait la voiture de rouler dans le champ.

– Dispersons-nous ! a crié Helen en courant à reculons : elle n'était même pas essoufflée, et n'avait aucun mal à garder l'équilibre sur le chemin de gravier. Mêlez-vous aux baigneurs, et tous ceux qui le peuvent, sautez dans l'eau ! Si vous vous faites prendre, que personne ne parle. Rendez-vous au kiosque de la plage dans trois heures !

Quand les policiers et Jan Vainisto sont arrivés sur la plage, il n'y avait rien d'anormal. Des garçons qui sautaient du ponton, des enfants qui construisaient des châteaux de sable. Les mamans enceintes surveillaient les plus jeunes qui apprenaient à nager dans l'eau peu profonde. Les papas lisaient des journaux ou alors gonflaient des jouets de plage de taille XXL. Après avoir rapidement évalué la situation, les policiers ont traversé la plage.

J'étais dans l'eau, tout habillée. J'avais couru sur le ponton et je m'étais jetée dans le lac. Kaarlo-le-Rude, lui, faisait la queue devant le kiosque à glaces, les lunettes miroir de Hilda vissées sur le nez, son caleçon en guise de maillot de bain. Erik s'était lancé dans un concours de plongeons avec les garçons du coin, et Marko-les-Crocs faisait du crawl un peu plus loin, près des barques. Helen, quant à elle, avait disparu sans laisser de traces, comme engloutie par la terre, ou par l'eau.

– Je parie qu'ils se sont précipités dans l'eau ! a dit Jan Vainisto à voix haute. Il faut les chercher dans le lac !

Les policiers ont déboutonné leurs vestes. Sous leurs uniformes, ils portaient des maillots de bain moulants, ornés sous le nombril du logo de la police.

– Auriez-vous vu des personnes arriver il y a peu ? demandaient-ils aux jeunes mamans qui se tenaient debout dans l'eau peu profonde. Un groupe qui se serait jeté à l'eau ?

– Tout le monde se jette à l'eau à la plage, a répondu une maman coiffée de nattes. Attention, Lili ! arrête d'éclabousser ! Leo va avoir de l'eau dans les yeux !

Les policiers ont continué à marcher dans l'eau.

– Ils sont quand même culottés ! a dit la maman à sa voisine, qui se penchait pour aider un enfant à monter sur son crocodile gonflable. Encore un peu et il va nous falloir un permis pour aller nous baigner !

Elle a éclaté de rire, de même que sa voisine, qui n'était autre que Hilda Filouttinen. J'ai continué à nager.

– Il paraît qu'ils recherchent un fugitif, a dit une dame d'un certain âge coiffée d'un bonnet de bain à l'adresse de son amie.

– Sans doute un prisonnier qui a pris la fuite. La canicule a dû ramollir les gardiens !

Elles ont ri, tout en continuant leur brasse lente autour d'une balise.

Comment les policiers nous avaient-ils trouvés ? Et comment se faisait-il que mon père était au courant lui aussi ?

– Papa, a alors claironné une voix familière. Il y a plein de filles inscrites sur le site *Robber-H* ! Je les ai reconnues ! Je t'avais bien dit qu'elles avaient un meeting ici !

Julia ! « Comment tu peux avoir une véritable Barbie *Robber-H*, toi qui es complètement OUT ? » avait crié Julia. Était-elle assez futée pour avoir remarqué et noté le nom d'utilisateur du site et le code d'accès, inscrits sur le mollet de la Barbie ? Peut-être l'avait-elle fait avant même de venir m'interroger ? Helen avait bien insisté pour que je change de nom d'utilisateur, mais je ne l'avais pas fait. Tout simplement parce que j'aimais bien le nom qu'elle m'avait donné, qui me rappelait l'été précédent. Quelle idiote j'étais ! Tout était entièrement de ma faute ! Et si Julia avait réussi à accéder au site *Robber-H* avec mon nom d'utilisateur, elle avait aussi pu lire tous mes messages. J'y parlais ouvertement de la vie à la maison, sans épargner Julia. Si c'était le cas, elle ne m'adresserait plus jamais la parole !

Julia s'est assise sur le sable. Elle a enlevé son T-shirt pour l'enrouler autour de sa tête comme un turban. Puis elle a commencé à dessiner sur le sable de grands cercles tout en observant les baigneurs. Elle n'était pas près de repartir !

J'ai été frappée par une triste évidence : je n'avais aucune chance de me faufiler devant Julia et papa sans qu'ils me reconnaissent. Par contre, si je me laissais prendre, les Filouttinen pourraient encore s'en sortir. C'était aussi simple que ça. Et voilà comment mon aventure estivale allait se terminer : comme ça, sans prévenir ! Je savais que si Helen ou Elina avaient été à ma place, c'est ce qu'elles auraient fait. Elles auraient fait n'importe quoi pour sauver leur bande.

J'ai commencé à me rapprocher de la plage, tout en espérant qu'un Filouttinen me voie et m'arrête. Il n'en fut rien. L'expression de Julia a changé dès qu'elle m'a vue. Elle s'est mise à gesticuler et à crier comme une dingue. Je l'ai rejointe. Jan Vainisto est arrivé avec les policiers.

– Liisa Vainisto, onze ans, c'est bien elle ? a demandé l'un d'eux à papa.

Ça m'a énervée qu'il le demande à lui et pas à moi, comme si j'étais une peluche muette.

– Elle-même, ai-je répondu.

Papa et les policiers m'ont scrutée de la tête aux pieds.

– Elle semble intacte.

Julia m'a agrippée pour m'interroger :

– Et maintenant, tu vas nous dire où se cachent tes copains bandits !

Papa a essayé de m'aider :

– Ils ne seraient pas quelque part parmi ces poupées Barbie gothiques ?

Julia m'a secouée :

– Tu vas parler, t'entends !

L'un des policiers qui m'avait inspectée est intervenu, d'une voix douce :

– Calme-toi, et laisse ta petite sœur tranquille ! Tu as sûrement été très inquiète, je comprends tout à fait, mais l'essentiel, c'est qu'on ait pu retrouver Liisa saine et sauve. Et vous, monsieur, je vous conseillerais de prendre mieux soin de votre fille. Ne laissez pas sa sœur la contrarier. Ça nous évitera de nous retrouver à nouveau dans cette situation.

Papa m'a tendu un T-shirt à manches longues, et je me suis séchée tant bien que mal.

– C'était la dernière fois, a-t-il dit à mi-voix. Tu ne fugueras plus.

Julia a eu un sourire triomphant.

– Et toi, tu arrêtes d'embêter ta sœur, a-t-il poursuivi à l'adresse de Julia. N'imagine pas que je sois sourd, ou aveugle. Je me suis souvent fâché bêtement, sans chercher à comprendre, mais ça va changer. Maintenant, on monte dans la voiture et on rentre à la maison. Et je vous garantis que, désormais, le calme va régner.

C'était fini. Je me suis baissée pour m'enlever le sable d'entre les orteils. Brusquement, j'ai senti la présence de Helen. En tournant la tête discrètement, je l'ai vue, à un mètre de moi, fouinant dans le sac à provisions de quelqu'un, comme si de rien n'était. Son regard a croisé le mien, et elle a fait un petit hochement de tête, à peine perceptible. Comme un adieu.

PARTIE III : Le retour du Maître Bandit

« On n'est pas comme les autres, nous.
Les braquages, les émeutes, les prises de bec…
Tout ça, ça coule dans nos veines. »

Marko-les-Crocs

Chapitre 42

Où Liisa désamorce un code

– Ton nouveau violon ! s'est écriée maman. Et l'archet, que j'avais commandé tout spécialement ! Et le support pour l'épaule ! Disparus ! Vendus à un antiquaire, si ça se trouve !

Nous venions tout juste de rentrer. Il me semblait que l'appartement avait rétréci. Ou alors c'était moi qui avais grandi. Pendant ces deux dernières semaines, j'étais devenue une vraie Filouttinen, et une vraie bluffeuse. Il faisait très chaud. *Bien sûr, c'est le mois de juillet*, ai-je pensé avec nostalgie. L'année dernière, à cette même époque, j'étais encore sur les routes avec les Filouttinen. Cette année, mon aventure avait été comme tronquée.

– Ça ne me dérange pas d'arrêter le violon, ai-je murmuré. Comme je ne suis pas capable de m'occuper de mes affaires, il vaut mieux tout laisser tomber.

J'étais exténuée. J'avais dormi tout le trajet du retour. Quand Julia et papa étaient partis manger un steak-frites à la station-service, j'étais restée dormir dans la voiture. Papa avait verrouillé les portières, comme si j'étais un objet de valeur.

– Liisa a été enlevée, a dit Julia tout en s'étirant. Elle a réussi à s'échapper, mais ses affaires sont restées dans la camionnette des bandits. Point barre. Franchement, tu pourrais la laisser tranquille.

J'ai regardé Julia bouche bée. C'était quoi, cette histoire ? Julia en train de jouer à l'Ange de la Paix ! Je me demandais ce que mon père avait bien pu lui dire pendant que je dormais.

– Oh ! ma chérie ! a dit maman en me prenant dans ses bras. Julia a raison, excuse-moi. Je ne pense qu'au violon, au lieu de te dire à quel point je suis contente que tu sois revenue à la maison ! Ma petite puce !

– Ce que je ne comprends pas, c'est que l'équipe de télé n'ait pas filmé l'assaut des policiers, alors qu'elle se trouvait sur place, a dit papa à l'adresse de maman. Ça aurait permis de sensibiliser d'autres parents aux dangers que représentent les bandits.

– L'équipe de télé était venue pour le meeting des membres de *Robber-H*, je pense. D'ailleurs, vous avez vu leur camionnette ? Elle était super chouette, complètement rose ! a dit Julia, les yeux remplis d'admiration.

Deux jours plus tard, j'ai reçu un avis de passage de la poste. C'était un immense colis, tout recouvert d'autocollants « fragile », et qui contenait mon violon avec son étui, mon sac à dos et une coupe en métal sur un pied en bois. Sans nom ni adresse de l'expéditeur.

– C'est quoi, ça ? a demandé maman en soulevant la coupe, alors que j'ouvrais le colis par terre. C'est un prix ? Tu as gagné un concours ?

– Oui, on peut dire ça, ai-je répondu. Mais ce n'était pas pour mes mérites musicaux.

Une fois dans ma chambre, j'ai fouillé mon sac à dos : mes vêtements, mon portefeuille – dont je me fichais royalement – et, enfin, mon carnet de notes ! J'ai été envahie d'un profond soulagement en le retrouvant. Il y avait un Post-it collé dessus, sur lequel j'ai reconnu l'écriture de Helen : « 3/3 on n'a touché à rien ».

J'étais sur le point de ranger le carnet dans sa cachette, quand cette note a commencé à me turlupiner. Pourquoi Helen voulait-elle me dire qu'ils n'avaient touché à rien ? Elle mettait son nez partout et savait toujours tout sur tout ! Et que voulait dire « 3/3 » ? Une mesure à trois temps ? Puis j'ai laissé échapper un petit rire : « 3/3 » faisait bien sûr référence aux trois phrases du Bluff, dont une était un mensonge. Le Post-it voulait dire que Helen avait glissé un message dans mes notes.

À première vue, le carnet semblait intact. Il contenait mes réflexions sur la vie des bandits et la description détaillée des nouvelles épreuves. Des grilles de scores. Mes notes, peu publiables, sur les autres familles de bandits, ainsi que les secrets que j'avais entendus en cherchant des ingrédients pour la TaLu. Je ne voyais pas ce que Helen avait ajouté. Si le carnet se retrouvait entre les mains de Julia, elle ne détecterait rien de spécial. Le problème, c'était que moi non plus, je n'arrivais pas à décoder son message secret.

*

J'ai retrouvé une vie normale. J'allais à la plage, une plage surveillée, bien sûr, et me baignais dans une eau super tiède. Quand mes camarades me demandaient de mes nouvelles, je leur parlais de ma colo musique, genre catastrophe, où l'on ne mangeait que des carottes. Un jour, je suis allée à la bibliothèque. Je voulais trouver une bonne recette de milk-shake – le Boom du Géant nocturne de Hilda m'avait donné envie de manger de la glace, des tonnes de glace ! En ouvrant un imposant livre de recettes, je suis tombée sur un tableau de conversion des mesures : *90 g de beurre correspond à 1 dl de beurre fondu*... Bingo ! Je venais de comprendre où était caché le message de Helen !

Je me suis servi une limonade avant de me replonger dans mon carnet. Julia était partie à un concert en plein air, personne ne viendrait donc me déranger. J'ai ignoré les textes et me suis concentrée uniquement sur les chiffres. Il m'a fallu un moment avant de comprendre que les scores des équipes avaient été modifiés. J'ai ouvert mon ordinateur portable et j'ai tapé ces nombres dans le champ « mot de passe » du site *Robber-H*. Le système s'est débloqué, et sur l'écran clignotait « vous avez reçu un nouveau message admin ».

Manque de bol, pas vrai ? Au moins, tu as trouvé le code secret. Ici, tout le monde va bien, à part Marko-les-Crocs qui a attrapé un rhume à cause de l'eau froide. On est au chalet d'Elina, notre bonne vieille cachette, où elle peaufine son nouveau roman. De toute façon, il fait trop chaud dans l'appart en ville. On s'ennuie et on fait quelques petits braquages de temps en temps, histoire de se dégourdir un peu. Hilda s'est approprié la véranda et y passe ses journées à grignoter des cornichons. On attend tous tu-sais-bien-quoi.

La semaine prochaine, le chef va avoir sa séance de moulage du visage pour la pastille. Pour la fête en son honneur, il va falloir attendre début octobre. Ce serait chouette si tu pouvais venir ! Sinon, le 1er août, Elina va se rendre dans le Sud pour remettre son manuscrit à son éditeur. Tu la connais, elle est un peu superstitieuse, c'est pour ça qu'elle préfère le remettre en mains propres, sous forme imprimée. Compte tenu des événements récents, c'est effectivement plus prudent ! Le moins qu'on puisse dire, c'est que ses compétences en informatique laissent à désirer ! Son éditeur est super content, parce qu'il s'imagine pouvoir s'entretenir en face-à-face avec la mystérieuse Eva Säde ! En vérité, elle va juste déposer son manuscrit chez le gardien, au rez-de-chaussée, puis s'en aller. C'est devenu comme une tradition. Chaque fois, Eva Säde promet de monter au bureau de l'éditeur, mais elle ne le fait jamais. Il paraît que ça entretient le suspense ! Enfin, ce que je voulais dire c'est qu'elle te donne rendez-vous au café du centre commercial, à côté de chez toi, à 14 h.

Encore un truc : oublie le vieux code, et utilise celui-ci. J'ai modifié le site Robber-H *: il y a maintenant trois niveaux de sécurité. Grâce à ce nouveau système, il n'y aura plus de fuite comme celle provoquée par notre pauvre Elina ! Les seuls à avoir accès au niveau vert, le plus sécurisé, « le cœur du site », sont Erik, Elina et nous deux (vous serez aussi co-modérateurs du site !). Le niveau violet, intermédiaire, est réservé aux propriétaires de Barbie* Robber-H *et à leur forum de discussion, le niveau blanc, public, restant accessible à tous les fans. D'ailleurs, leur nombre risque d'exploser dès le début d'août : à cette date, j'ai l'intention de mettre une série de Barbie de type manga en vente sur Ebay. Certaines poupées porteront des boucles d'oreilles en forme de piment. Il y en a une qui passe ses nuits à bricoler ;).*

Ah oui : pour passer d'un niveau à l'autre, il suffit d'appuyer en même temps sur « Échap + B + H ». Enfin, tant qu'il s'agit de passer à un niveau moins restreint. Dans le cas inverse, le système demande un mot de passe.

– H –

– Ah, tu es sur ce super site !

C'était Julia qui venait de m'interrompre... Comment avait-elle pu arriver sans que je l'entende ? En général, je devinais sa présence dès qu'elle franchissait la porte, à cause de ses talons compensés. En jetant un œil à ses pieds, j'ai vu qu'elle portait des bottes de motard à bouts ouverts. Elle avait ainsi pu marcher à pas feutrés, et provoquer une surprise *à la Helen* !

Heureusement, j'avais pu taper « Échap + B + H » pour faire disparaître le message de Helen, mais le forum de discussion des propriétaires de Barbie *Robber-H* était toujours ouvert...

– Il y a un type sur ce forum qui connaît par cœur les romans d'Eva Säde. Il utilise le pseudo RedHeadRascal, a-t-elle soupiré. On a beaucoup tchatté sur ces choses-là. J'ai enfin trouvé quelqu'un qui pense comme moi ! Il dit que pour lui Oskar von Hiidendorf est comme une personne réelle. Exactement comme moi ! J'ai souvent rêvé de lui.

Figée de terreur, je l'ai laissée parler. De toute façon, ça n'aurait servi à rien d'essayer de quitter le site maintenant. J'attendais son prochain mouvement.

– D'accord, a-t-elle dit en tirant sur son chewing-gum à la cerise. Voilà ce que je sais. Parmi tes soi-disant « ravisseurs » (elle a dessiné avec ses doigts de gros guillemets), il y a quelqu'un qui possède aussi une Barbie. Ce quelqu'un a chipé la sienne, et sans doute aussi la tienne, à une gamine ultra-riche, qui a pu les acheter directement à leur créatrice anglaise, ou aux enchères. Ceci étant, quand je t'ai piqué ton code, je n'ai fait que commettre un vol de plus ! a-t-elle dit, l'air satisfaite. Je n'ai pas besoin d'être désolée, hein ? On est tous des voleurs ! Les véritables Barbie à code sont hors de prix, impossible de s'en offrir, à moins d'être une princesse !

Ses yeux, surlignés de bleu, se sont écarquillés. Elle venait de comprendre quelque chose.

– Mince alors ! s'est-elle exclamée. Vous aviez l'intention de donner l'assaut au meeting ! Il y en avait sûrement plein, des authentiques Barbie *Robber-H* ! Ça aurait été un sacré coup, si vous les aviez toutes prises !

Je hochais la tête en laissant Julia parler.

– Mais voilà qu'une tarée a révélé votre combine, a-t-elle poursuivi tout en soufflant une immense bulle couleur cerise. Elle s'est identifiée sous le nom de *Scribouillards*, commun à tous les membres. Puis elle t'a laissé un message sur le forum, genre : « Salut, Liisa, on se retrouve demain midi au meeting », suivi des coordonnées exactes ! Tu te rends compte ! Elle n'a même pas utilisé ta messagerie ! Quelle imbécile ! Franchement, Liisa, celle-là ne mérite vraiment pas d'avoir les droits d'administrateur du site *Robber-H* !

Je me demandais ce qu'elle dirait si elle apprenait que cette imbécile n'était autre que l'écrivaine Eva Säde, dont elle était fan. Bien sûr, il était hors de question d'y faire allusion, c'était à peine si j'osais ouvrir la bouche. La situation était plus que délicate.

– D'accord, ai-je dit, m'efforçant de rester calme. Et alors ?

– Je me disais que si je ne cafte pas à papa, je veux dire, si je ne lui explique pas comment j'ai eu l'info – parce qu'en fait, j'ai prétendu avoir intercepté un texto...

Elle s'est jetée à mes pieds, me suppliant :

– ... alors est-ce que je pourrais garder ton code d'accès ? C'est la première fois que je croise quelqu'un qui kiffe Eva Säde autant que moi ! S'il te plaît !

– Ça doit être possible, ai-je vite répondu, stupéfaite. Je pense que tu peux garder le code.

Chapitre 43

Où l'on rembourse ses dettes et où l'on prend conscience d'un grand danger

J'ai retrouvé Elina Filouttinen au café du centre commercial, près de chez moi, le 1er août, à deux heures de l'après-midi. Elle m'a serrée fort dans ses bras, avec cette fermeté insoupçonnée dont elle savait faire preuve. Elle portait un nouveau tailleur couleur fuchsia, qui mettait encore plus en valeur la couleur mauve de ses cheveux. J'ai remarqué que certains clients nous jetaient de drôles de regards.

– J'ai dû un peu écourter les derniers chapitres, a-t-elle dit. Au lieu d'une *deadline*, j'avais une *lifeline*. Hilda va avoir son bébé dans un bon mois, et je veux l'aider le plus possible pour son accouchement.

Je la regardais les yeux écarquillés.

– Mais non, ne me regarde pas comme ça, a dit Elina. Hilda Filouttinen, *alias Osmola*, va accoucher à l'hôpital, comme tout le monde. Mais il y a quand même pas mal de choses à faire, avant et après. Elle a besoin d'un chauffeur, et Helen n'est pas souvent disponible avec toutes ses occupations sur Internet. Kaarlo, lui, doit assumer ses responsabilités de grand chef. D'ailleurs, il a eu sa séance de moulage pour la pastille. Et les réunions du conseil des bandits ont débuté il y a quelques jours.

D'une voix basse, à peine audible, elle a ajouté :

– Les Hurmala et les Pärnänen ne s'adressent plus la parole depuis la fête. Le fait que les Pärnänen n'aient pas décroché de place au conseil n'a pas arrangé les choses. Helen a dû se plier en quatre pour réussir à rétablir le calme. Mais elle se débrouille comme un chef. Les autres pensent que Kaarlo est un roi ingénieux, alors que ce pauvre homme ne fait pas grand-chose : il passe son temps assis sur le balcon, une couronne en plastique sur la tête, à rêvasser ! Tu vois de quoi je parle ?

Je m'efforçais d'avoir l'air insouciante, mais mon inquiétude ne lui a pas échappé. Elle m'a commandé une coupe de glace, que j'ai dégustée jusqu'à la dernière bouchée pendant qu'elle me mettait au courant de l'intrigue de son nouveau roman. Il y était question d'un bébé dont on ne connaissait pas les parents. Était-il possible que ce soit le fruit de l'amour entre la méchante femme rousse et Oskar von Hiidendorf, amnésique au moment des faits ? Perdrait-il sa propriété, qu'il venait tout juste de sauver, s'il s'avérait qu'il avait un enfant hors mariage ? Le bébé mettrait-il en danger sa belle vie de vagabond ?

Nous avons recommandé des glaces (pour toutes les deux, cette fois-ci). Je réfléchissais à la façon de formuler ce que j'avais à dire. En même temps, j'avais envie de sourire. Dans ces moments de crise, nous mangions toujours de la glace...

– J'aurais un grand service à te demander, ai-je dit non sans difficulté. Enfin, pas un grand, un immense service ! J'ai un problème auquel je ne trouve pas de solution. Seulement, je ne sais pas ce que tu vas en penser...

Elina m'a soutenue plus que je n'aurais osé l'espérer. Avec son feu vert, il ne me restait plus qu'à mettre mon plan à exécution.

J'ai passé mon coup de fil important après avoir vérifié, à quatre reprises, que Julia n'était pas dans les parages et qu'elle n'avait pas caché quelque part un enregistreur, ni d'autres équipements d'espionnage. Certes, nous étions en bons termes, mais je lui faisais autant confiance qu'à un requin-marteau qui réclamerait une caresse.

– Allô ? a dit Erik, essoufflé, en décrochant le téléphone. Désolé d'avoir mis du temps à répondre. Hilda voulait encore un bocal de cornichons. Elle ressemble à une baleine, et elle a plein d'envies ! On est tous aux petits soins !

– Passons aux faits, ai-je dit de ma voix d'agent secret. Opération « Voici ma famille ».

– Tu as trouvé… ? a dit Erik. Tu veux dire… que je vais pouvoir retourner à l'école ?

– C'est Elina qui va venir avec toi, ai-je dit. C'est elle, « ta famille ». Elle racontera à ta classe tout ce qu'elle peut sur son quotidien d'écrivain.

La rentrée des classes, c'était le lendemain. Je me tournais et me retournais dans mon lit, tourmentée par un cauchemar. Je faisais un braquage en solo, sur les lieux de la TaLu, qui tournait à la catastrophe…

Après avoir forcé deux clôtures antibruit, j'avançais vers les tentes. C'était difficile, mes pieds collaient au sol asphalté. Je cherchais des haricots rouges en tâtant le dessous des tentes. J'aurais donné le monde entier pour des haricots rouges… Ma peur s'accroissait à mesure que mon expédition se prolongeait. Les gardes riaient à haute voix sous leur tente.

– C'est plutôt pas mal, sa bobine inscrite sur la pastille, non ?

– C'est excellent, tu veux dire !

– C'est super bien manigancé de la part du chef, je dois l'avouer. Quoi qu'il fasse, il est dans le pétrin ! Et PAF !

– J'aimerais bien voir sa tête quand il comprendra qu'il a tout perdu !

PAF !

Je me suis réveillée en sursaut, et j'ai fixé le visage souriant de Julia. Elle tenait dans sa main les restes d'un sac en papier qu'elle venait de faire exploser.

– Arrête de t'agiter, et viens prendre ton petit déjeuner !

– Vas-y, j'arrive, ai-je dit. Juste un petit truc à faire...

Je venais de réaliser quelque chose d'important : graver le visage de Kaarlo-le-Rude sur une pastille à la réglisse représentait un grand danger pour lui et sa famille ! J'ai rassemblé tout mon argent. Il me fallait un billet de train. Presque tous les problèmes de ce monde pouvaient être traités soit par téléphone, soit par Internet. Mais pour faire changer d'avis le capitaine Kaarlo-le-Rude, il fallait être présent en chair et en os !

J'ai essayé de rester calme. Julia semblait de très bonne humeur, ce qui était exceptionnel. Elle m'avait même fait griller deux toasts tout à fait consommables. Il fallait juste gratter la partie cramée.

– Ah, vous êtes ici, les filles, bonjour ! a dit maman en se frottant les yeux. Ça y est, la vraie vie reprend !

J'entendais la voix d'Elina me dire : « On se reverra dès les premiers froids ! » Mes deux mondes commençaient à s'entremêler dangereusement. L'année dernière, j'avais passé mon été avec les bandits, et mon hiver à l'école. Maintenant, j'étais sur le point de partir rejoindre les Filouttinen le jour même de la rentrée des classes !

Je m'efforçais de tenir en place. Papa est resté un moment à discuter avec nous à table. Maman nous a distribué des peignes en plastique et des mouchoirs pour les sacs d'école. Pourquoi fallait-il qu'il règne ce matin cette ambiance de paix et d'amour ? Pourvu que Julia ne continue pas à jouer les grandes sœurs attentionnées à l'extérieur de la maison ! Si elle décidait de m'accompagner jusqu'à l'école, cela ficherait tout mon plan en l'air ! J'ai poussé un soupir de soulagement quand son portable s'est mis à sonner et qu'elle a quitté la table en courant. Une nouvelle meilleure amie – quelqu'un de populaire, bien sûr – l'attendait à la porte d'entrée. Je suis rentrée dans ma chambre et j'ai ouvert le site *Robber-H* pour envoyer un message collectif à Erik, Helen et Elina :

Pour info : n'allez pas à l'école, ni nulle part ailleurs. Erik : ça ne concerne que la journée d'aujourd'hui. Je n'irai pas à l'école moi non plus. J'arriverai chez vous un peu avant 13 h.

J'ai quitté le niveau de sécurité vert pour laisser un message à Julia, au niveau intermédiaire :

Julia. Je dois m'occuper d'un truc. Je m'absenterai un soir, deux maximum. Je serai en sécurité chez des amis. Trouve un prétexte pour que papa ne parte pas à ma recherche. En échange, je vais me débrouiller pour te procurer l'autographe d'Eva Säde.

– Chérie, tu ne devrais pas être déjà partie ? m'a demandé maman dans l'embrasure de la porte. Nouvelle année, nouveau départ ! Il vaut mieux ne pas arriver en retard le premier jour !

J'ai tapé « Échap + B + H » aussi vite que j'ai pu, laissant le niveau blanc ouvert. Puis je suis partie chercher un coupe-vent léger.

– Je trouve ça mignon que Julia et toi ayez cette passion commune pour les Barbie ! a dit maman.

Je me suis mordu la lèvre en m'efforçant de ne pas éclater de rire.

Chapitre 44

Où Liisa décrypte
les combines de l'ennemi

À la gare, j'avais préparé un mensonge au cas où on me poserait des questions : j'étais en garde alternée, je devais passer la semaine de la rentrée chez ma mère, mais mon père avait loupé la date. Heureusement, je n'ai pas eu besoin de mes compétences de bluffeuse. Occupé à écouter de la musique, le jeune guichetier m'a vendu mon billet sans poser aucune question ! Je voyais des collégiens descendre avec leurs sacs. C'était comme si je fuyais ma vie réelle. Je me sentais plus vieille que je ne l'étais, seule, et même un peu nostalgique. Il aurait été tellement plus facile d'être sur le chemin de l'école, en toute insouciance. Mais ma vie avait énormément changé depuis que j'avais rencontré les Filouttinen. Et elle ne serait plus jamais comme avant. Une partie de moi resterait à jamais dans le monde des bandits.

Pendant le trajet en train, j'ai pris des notes afin de pouvoir mettre à plat ce que j'avais sur le cœur sans perdre mon sang-froid.

ANALYSE DE LA SITUATION

Notée par Liisa

1• Kaarlo-le-Rude régnera sur la communauté des bandits pendant les dix prochaines années.

2• Il a obtenu son titre de Maître Bandit en concourant dans le respect des règles établies par Helmeri Kvist.

3• D'après ce que Helen a laissé entendre au cours des entraînements du Bluff, elle est au courant de l'endroit où se trouve le guide de Helmeri Kvist. La plupart des familles de bandits semblent le penser aussi. À vérifier auprès de Helen !

4• Les Pärnänen ont offert un prix spécial au Maître Bandit : son portrait serait moulé sur la pastille à la réglisse d'Orkola. Ils l'ont annoncé une fois qu'eux-mêmes n'ont plus eu aucune chance d'être qualifiés pour la finale, échec qu'ils ont eux-mêmes provoqué en avouant le sabotage à la lessive. Il est étrange qu'ils n'aient pas voulu combattre pour une place en finale. Pour quelle raison ?

5• Finalement, ce sont leurs vieux ennemis, les Filouttinen, et leurs nouveaux ennemis, les Hurmala, qui se sont affrontés en finale du Karaoké. *Conclusion : la récompense spéciale est un piège !*

6• PAR AILLEURS : j'ai intercepté des bribes de conversation sur la combine des Pärnänen, qui évoquaient une mystérieuse « pièce » destinée à piéger quelqu'un. La « pièce » se référait-elle à la pastille à la réglisse d'Orkola ? D'après ce plan, la personne visée allait plonger, quoi qu'elle fasse.

7• Les deux interlocuteurs n'arrêtaient pas de parler de « celui » qui allait tomber dans le piège. S'agit-il de Kaarlo-le-Rude ?

8• IMPORTANT : les rapports entre les Pärnänen et les Hurmala ont changé pendant les épreuves. Pendant le Bluff, il a été suggéré que les Hurmala pourraient être impliqués dans le décès du Grand Pärnänen. Les anciens alliés sont devenus des ennemis.
Quand la finale a débuté, les Pärnänen se fichaient de savoir qui tomberait dans le piège. Ils avaient une dent contre les deux bandes !

9• À PROPOS DU PIÈGE : pourquoi est-il dangereux pour Kaarlo-le-Rude d'avoir son visage inscrit sur la pastille à la réglisse ?

10• Pourquoi visent-ils Kaarlo-le-Rude en particulier ?

Éléments de réponse :

a- Le succès des Filouttinen dans les épreuves les a rendus jaloux

b- Les Filouttinen ont provoqué leur colère lors de la fête de l'année dernière :

→ ils n'ont pas voulu partager leur trésor avec les autres bandits

→ avec les pneus crevés, les autres bandes n'ont pas pu s'enfuir devant la police, ce qui a conduit à l'arrestation du petit Hansi, info que Jake Hurmala a laissée échapper pendant le vol du modèle réduit de Marko-les-Crocs.

Le train arrivant à destination, je me suis dépêchée d'ajouter :

c- Et cette année ?

Est-ce que la maladresse d'Elina et l'arrivée des policiers sur les lieux de la fête auraient pu provoquer d'autres arrestations (et de nouveaux ennemis pour les Filouttinen) ?

11• Quelles sont les conséquences de tout ça ?
Les bandits me laisseront-ils encore les côtoyer, alors qu'il semble que j'attire systématiquement la police ?

Probablement non, ai-je soupiré. Si j'étais Maître Bandit, il est certain que j'interdirais toute participation à une jeune fille comme moi. Chaque bandit arrêté était un danger potentiel pour le métier de bandit de grand chemin. Il suffisait d'un bandit bavard et d'un policier motivé pour faire plonger toute la communauté. Kaarlo-le-Rude prendrait-il un jour conscience du risque que je représentais ?

Il était midi passé de quelques minutes quand je suis arrivée à la gare. J'ai commencé à me diriger à pied vers l'appartement des Filouttinen.

Chapitre 45

Où l'on regarde en même temps vers le passé et vers le futur

– Liisa est de retour ! Notre super bluffeuse chérie ! La plus géniale des bandits ! a dit Kaarlo-le-Rude.

Et il m'a serrée dans ses bras d'ours.

– N'oubliez pas les règles, a rappelé Erik d'une voix éteinte. Il ne faut pas parler de banditisme quand on peut être entendu !

– Oups, ça m'a échappé, s'est défendu Kaarlo-le-Rude. Mais tu nous prends au dépourvu, Liisa ! On pensait que tu serais à l'école, bien installée derrière ton pupitre, et non ! Tu es là ! C'est extraordinaire ! Hilda, tu m'entends, Liisa a laissé tomber sa vie de Brave Citoyenne, alors moi, je l'embauche sur-le-champ ! Ça ne pouvait pas mieux tomber ! J'ai des tas de décisions à prendre, et des accords de paix à négocier. Helen va tout t'expliquer.

– Et si on écoutait ce que Liisa a à nous dire, plutôt que de s'imaginer qu'elle a quitté son ancienne vie pour de bon ? Cela dit, tu es la bienvenue, si c'est le cas, a dit Helen.

À ma grande surprise, elle m'a à son tour serrée très fort.

– Mais c'est pas la rentrée des classes, aujourd'hui ? a dit Kaarlo-le-Rude d'un air étonné. Erik avait fabriqué un calendrier de l'Avent pour qu'on ne loupe pas la date !

– Papa ! s'est exclamé Erik, embarrassé par la révélation.

Mais le fait d'avoir laissé échapper un « papa » ne risquait pas d'arranger les choses.

– Peu importe qu'on n'y soit pas aujourd'hui, m'a-t-il soufflé. Tu es la meilleure excuse du monde pour que j'accepte de faire l'école buissonnière !

Hilda est sortie de la grande chambre en enfilant un peignoir qu'elle n'arrivait pas à fermer. Elle venait sûrement de faire une petite sieste. Elle était accompagnée d'Elina, qui me salua joyeusement de la main. La porte d'entrée a alors claqué, et Marko-les-Crocs a surgi, un gros carton dans les bras. Il s'est dirigé vers la cuisine, l'air satisfait.

– De la confiture à l'orange pour notre chère Hilda ! Rien ne vaut une bonne tartine de baguette à la marmelade !

– On a du mal à respecter les règles, a dit Helen, sourire en coin. J'ai fait croire à nos voisins que nous étions une compagnie théâtrale qui fait du « théâtre-réalité expérimental ». Jusqu'à présent, ça a plutôt bien marché. Personne ne nous demande rien, ils ont tous l'air de s'apitoyer sur notre sort.

J'avais vraiment l'impression d'être revenue à la maison. Chez les Vainisto, j'étais comme dans une famille d'accueil. Pourtant, papa avait fait un effort pour desserrer un peu la vis. Il passait son temps à pratiquer la course d'endurance, quand il n'était pas plongé dans ses études généalogiques (que ma fugue avait interrompues !). J'avais trouvé dans la poche de son jogging un bout de papier sur lequel il avait écrit : « Vérifier manoir de Vainisto ». Sur un autre, qui s'était accroché à sa chaussette, il avait griffonné : « Contenu de la malle d'Amérique, le Grand Hemmi, deux branches de famille et la guerre civile. » On aurait dit qu'il dormait avec ses notes. Mais il avait l'air enthousiaste, voire gai. Quant à Julia, elle commandait ses vernis à ongles pailletés sur Internet, prétendant faire des économies pour pouvoir s'offrir une Barbie *Robber-H* manga dès que la série serait mise en vente. *Sur Internet, tout est moins cher*, expliquait-elle. Hormis, bien sûr, ces maudites Barbie *Robber-H*. « Je trouve ça chouette, qu'on mange à nouveau tous ensemble », disait maman. Mais elle ne parlait pas que des repas. Ça faisait longtemps que nous n'avions pas été en aussi bons termes...

Avec les Filouttinen, c'était différent, mais je me sentais tellement bien ! Ils étaient bruyants, grossiers, non conventionnels. Au fond de moi, je n'avais pas du tout envie de gâcher l'ambiance de ces retrouvailles avec mes récentes découvertes... Et pourtant, il fallait bien commencer :

– J'ai quelque chose à vous dire. Pourriez-vous tous vous asseoir ?

Mais Kaarlo m'a interrompue :

– Avant toute chose, je vais te préparer une « fenêtre espagnole ». Dans cette famille, il n'a jamais été question de s'entretenir le ventre vide, et ce n'est pas maintenant que ça va changer !

À mon grand étonnement, le chef s'est emparé d'une poêle sur laquelle il a fait fondre un morceau de beurre gros comme un poing. Puis il a enlevé la mie d'une tranche de pain pour faire griller les bords dans le beurre. Pendant ce temps-là, Elina préparait du café et du sirop.

– Pas mal de choses ont changé chez nous, a-t-elle dit en clignant de l'œil. Le Maître Bandit s'est mis à la popote, par exemple.

– Approche, que le chef te montre un peu ! Ça, c'est le cadre de la fenêtre, a-t-il expliqué, tout fier, en pointant du doigt les bords croustillants. Des œufs brouillés bien épicés vont faire office de rideaux, et pour parfaire le tout, on place dessus deux tranches de pain en guise de volets.

Il a mélangé les œufs brouillés avec une quantité effrayante de piments, de curry et d'ail.

– Il faut que ça t'arrache carrément la langue ! Hilda a besoin de ça pour sa circulation sanguine, a expliqué Marko-les-Crocs, l'eau à la bouche.

– Après, j'aurai des remontées acides, a dit Hilda en riant. Mais je n'ai pas beaucoup d'appétit, et c'est la seule chose qui me fait envie.

Pour pouvoir s'asseoir, Hilda a dû éloigner la chaise loin de la table. Son ventre était vraiment énorme !

– Tu fixes mon bidon ? m'a-t-elle demandé. Eh bien, comme tu peux le constater, on s'est sacrément plantés dans notre « Expertise Coffre » à nous. Notre petite nana va sortir dans quatre semaines ! Depuis que je l'ai entendu de la bouche de mon médecin, mon ventre est devenu un vrai ballon !

– Une nana ? a dit Kaarlo-le-Rude, tout en retournant à la va-vite son croque-omelette. Pourquoi pas plutôt un petit gars ? Un petit bonhomme qui braquera des kiosques à quatre pattes, a-t-il poursuivi en découpant la partie mie en deux, pour faire des rideaux.

– Non, je pense que c'est une fille, a dit Hilda. Une petite fille très en colère, qui plus est.

Elina a demandé à Erik de l'aider à mettre le couvert. J'en ai profité pour entraîner Helen sur le balcon.

– Maintenant, tu vas me dire ce que tu sais sur le guide de Helmeri Kvist, ai-je dit d'une voix grave.

– Ah, tu veux une petite conversation comme ça, a-t-elle dit sur un ton respectueux. Pourquoi ?

Elle a jeté un œil vers le haut, puis vers le bas, pour s'assurer que personne ne pouvait nous entendre.

– J'ai failli me faire battre en finale du Bluff à cause de ce guide, voilà pourquoi je te pose cette question. La plupart des bandits semblent penser qu'il est en votre possession.

– Eh bien, laisse-moi réfléchir... a-t-elle dit en cillant des yeux comme une poupée. Est-ce qu'on l'a ?

– Je parierais que oui, ai-je dit, ignorant sa tentative de diversion (j'avais quand même fait presque quatre heures de train pour avoir des réponses !). Du moins, je suis persuadée que tu sais quelque chose. Sinon, tu n'y aurais pas fait allusion lors des entraînements. Tu ne fais jamais rien « comme ça, par hasard ».

– C'est pas faux, a acquiescé Helen avec un léger sourire.

– Alors, vous l'avez ? ai-je insisté. Ne m'oblige pas à te défier par un ACAR, là, sur votre balcon.

– Non, a dit Helen tout en s'affaissant sur une chaise longue.

Il ne restait plus rien de son humeur gaie. Elle arborait soudain une expression triste et grave.

– Je l'ai loupé de justesse, a-t-elle dit.

Je me suis assise à côté d'elle.

– Mais je sais où il se trouve, a-t-elle dit à mi-voix. Enfin, une partie de ce guide. C'est déjà ça.

– Les filles, venez manger ! a dit Elina sur le seuil de la porte vitrée. Kaarlito va nous faire du boudin si vous laissez refroidir son plat, pour une fois qu'il décide de cuisiner !

Elle a compris à nos mines sérieuses que nous parlions d'un sujet important, et elle a refermé la porte aussitôt. C'étaient des petites choses comme celle-ci qui montraient que les Filouttinen étaient ma vraie famille... Les Vainisto auraient insisté : « Mais on s'était bien dit que... ».

– Je suis tombée dessus sur Internet, quand j'ai mis ma série de Barbie Kabuki aux enchères, a-t-elle dit, l'air contrite.

Je me demandais si les autres Filouttinen étaient au courant de ce qu'elle venait de m'avouer. Je n'aurais pas été surprise que ce ne soit pas le cas. Helen débordait de secrets.

– Le guide faisait partie d'un lot de livres anciens mis en vente par un bouquiniste de l'archipel, qui arrêtait son activité. Dans le lot, il y avait aussi des manuscrits et des journaux d'étudiants qui dataient du début du XXe siècle.

Je me suis approchée encore plus près d'elle. Elle parlait si doucement que je l'entendais à grand-peine.

– À ce moment-là, je n'ai pas bien évalué la situation, a dit Helen en tapant sur la table du balcon avec le poing.

Mon cœur s'est mis à battre la chamade.

– J'ai juste vu qu'il était inscrit : « Une partie du guide de H. Kvist, de la fin du XIXe siècle. » Ça a bien sûr attiré mon attention, mais je me suis dit que je regarderais ça de près un peu plus tard, quand j'en aurais fini avec mes annonces. Mais quand mes Barbie Kabuki ont toutes été vendues, les enchères étaient closes. J'ai quand même pu jeter un œil sur les photos : pour attirer les acheteurs, ils avaient scanné deux pages de chaque livre et de chaque manuscrit rare. En cliquant sur le lien « H. Kvist », j'ai découvert les règles du Bluff et celles du Karaoké des Canailles. Bien sûr, ça ne veut rien dire pour un non-initié, pas plus qu'un texte sur la fabrication des mouches pour la pêche.

– Qui a acheté le lot ? ai-je demandé, mes orteils recroquevillés d'excitation.

– Je ne sais pas, a soupiré Helen, frustrée. L'identité de l'acheteur n'est pas révélée aux utilisateurs du site, seulement au vendeur une fois la transaction accomplie. Je m'en voulais terriblement d'avoir loupé ça. Plus tard, je me suis dit qu'il y avait quand même quelque chose qui clochait. Je suis retournée voir sur le site, et qu'est-ce que je découvre : le vendeur avait clos la vente avant la fin du délai ! L'acquéreur a dû lui proposer une somme si importante que ça ne valait plus le coup de poursuivre. J'espère seulement que l'acquéreur n'a pas acheté le lot pour le guide de Kvist !

– Qu'est-ce qu'on peut faire, maintenant ? ai-je demandé, désespérée.

En l'amenant sur le balcon, j'avais imaginé que Helen sortirait le guide de sa poche. Sincèrement. Ensuite, j'espérais qu'en posant le guide devant les Pärnänen, nous pourrions éviter le piège tendu à Kaarlo-le-Rude, et que tous le reconnaîtraient comme Maître Bandit incontestable.

– Tout ce que j'ai réussi à savoir, c'est que l'acheteur habite à Pietarsaari. A.-K. et moi sommes à sa recherche depuis le printemps, a dit Helen. L'extrait scanné sur Internet a permis à A.-K. de récupérer les règles des deux nouvelles épreuves, et de proposer qu'elles soient intégrées dans le programme de cette année.

Voilà qui expliquait comment ces « nouvelles anciennes » règles étaient subitement réapparues !

– Comme tu le sais, A.-K. n'est pas loin de Pietarsaari, a dit Helen, un peu embarrassée. Elle peut garder un œil sur les bouquinistes du coin pendant que je surveille les enchères sur Internet. J'avais bien besoin de quelqu'un pour me donner un coup de main, s'est-elle justifiée.

J'ai levé le pouce pour montrer que j'approuvais sa décision.

– Et votre dispute de l'autre jour, c'était quoi ? ai-je demandé, prudemment.

– C'était hyper dur, s'est-elle écriée. Pendant toute la fête, je pensais qu'A.-K. m'avait trahie, puisque la fête avait commencé plus tôt que prévu et qu'elle ne nous avait pas prévenus. Je la soupçonnais d'avoir trouvé le guide et de comploter pour que la victoire revienne à sa famille, les Trains de l'Enfer.

Elina a frappé à la porte-fenêtre pour nous prévenir. Nous nous sommes levées pour aller manger avant que Kaarlo-le-Rude ne se mette à bouder pour de vrai.

Toute une montagne de « fenêtres espagnoles » se trouvait au centre de la table – et il y en avait presque autant dans l'assiette de Hilda.

– C’est le bidule dans mon ventre qui mange tout ça. Je ne fais que l’aider, a dit Hilda en croquant tout sourire dans une nouvelle fenêtre espagnole.

Ce repas de Kaarlo est de loin le meilleur déjeuner que j’aie jamais mangé !

*

– Qu’est-ce qu’on sait sur la fabrication des pièces à la réglisse ? ai-je demandé, une fois que notre réunion a enfin pu réellement commencer. Comment est-ce qu’on fait le moule ? Combien de temps ça prend ? Est-ce un procédé exclusivement réservé aux professionnels ? Je ne connais rien à l’industrie du bonbon !

– Un peu, quand même ! Tu aimes ses produits, a murmuré Marko-les-Crocs. Moi, c’que j’peux t’dire, c’est que la réglisse d’Orkola fait du bien, à la langue comme au moral...

Helen a sifflé pour le faire taire. Pendant notre conversation sur le balcon, elle avait compris que ce n’était pas seulement pour admirer le gros ventre de Hilda, ni pour revoir les copains, que j’étais venue.

Je leur ai fait part de la conversation que j’avais interceptée dans le campement des Pärnänen, leur expliquant que je m’en étais souvenue grâce à mon rêve de la nuit dernière.

– Je suis convaincue que les Pärnänen t’ont tendu un piège, ai-je conclu en m’adressant à Kaarlo-le-Rude. Peux-tu me décrire ce qu’il y a exactement sur cette pièce ?

– Le long du bord inférieur de la pièce, il est écrit « Kaarlo-le-Rude, de la famille Filouttinen », a-t-il répondu, tout fier. Et il y a, côté face, ce beau visage, à la fois autoritaire et émouvant.

Il s’est tourné vers moi, tout sourire. On aurait dit le Roi-Soleil avec des tresses.

– On m’a photographié de face et de profil. Puis ils m’ont montré le dessin qui allait servir de base pour le moule.

Parce que le modèle a beau être photogénique, il faut toujours épurer un peu, a-t-il expliqué.

Je réfléchissais.

– À l'usine, ils ont donc des photos de toi, de face et de profil, et ton nom complet. Leur as-tu aussi donné ton adresse ?

– Non, c'est Helen qui m'a dit qu'il était hors de question de laisser mes coordonnées. Même s'ils ont vraiment insisté. Ils disaient que j'aurais sûrement des lettres de fans. Ça m'a contrarié.

– Ah ! je te vois, chef, en premier bandit de tous les temps à avoir son propre fan-club, a dit Marko-les-Crocs, en admiration. Dans ce métier, il y a peu de gens vraiment populaires.

– Sur la pastille, il y aura donc ton visage et ton nom, ai-je dit lentement. Autrement dit, tous les mangeurs de bonbons de ce pays vont te reconnaître dès qu'ils te verront.

Helen a compris où je voulais en venir, et ses yeux se sont écarquillés.

– Rien de moins qu'un avis de recherche national... a-t-elle murmuré.

– Dans chaque magasin de bonbons et dans chaque kiosque ! a renchéri Marko-les-Crocs, tout aussi terrifié.

Kaarlo-le-Rude est resté bouche bée : c'est dire à quel point il était bouleversé. Erik a balancé son calendrier-peigne – édenté – sur la table. Comment diable pourrait-il retourner à l'école ? Son père allait être persécuté, à la fois par des bandes de bandits en colère et par la police...

– Notre vie, a reniflé Hilda. Toute notre vie est fichue en l'air !

Soudain, elle s'est cramponnée à son gros ventre.

– Kaarlo Filouttinen, a-t-elle dit entre ses dents serrées. Écoute-moi bien ! Je crains fort que ta fille ait choisi ce moment peu propice pour venir au monde !

Chapitre 46

Où est lancée l'opération
« Monnaie royale »

Elina a appelé un taxi pour la maternité. Hilda, qui avait un besoin urgent de prendre l'air, est sortie l'attendre dehors, en compagnie de Kaarlo-le-Rude, qui semblait sur le point de tomber dans les pommes. Elina a donné quelques conseils de dernière minute à Marko-les-Crocs, avant de se tourner vers moi :

– Le mieux serait sans doute que vous concoctiez un plan et qu'ensuite, tu rentres immédiatement chez toi. Vu le beau bazar, il ne nous manquerait plus qu'une descente de police, m'a-t-elle chuchoté.

J'étais assise sur le canapé, complètement abasourdie.

– C'est peut-être à cause de moi, ai-je baragouiné. J'aurais pu garder tout ça pour moi...

– Les bébés arrivent quand ils le décident, tu n'y es pour rien, a-t-elle dit avec douceur.

On a entendu un klaxon. Le taxi était arrivé.

– Mais il ne devait venir qu'en septembre, ai-je reniflé.

– Il s'en sortira très bien, ne t'inquiète pas. Il est déjà tout prêt, a dit Elina. En plus, c'est un Filouttinen.

Après m'avoir ébouriffé les cheveux, elle est sortie en courant.

J'étais contente que Helen prenne les commandes après le départ de ses parents. La combine des Pärnänen était diabolique, ça ne faisait aucun doute : à cause de la célébrité de ladite pièce, le chef de l'équipe gagnante, avec toute sa bande, ne pourrait plus travailler, voire se retrouverait très vite en prison. Les Pärnänen n'auraient qu'à attendre sagement que l'une de leurs bandes adverses, les Filouttinen ou les Hurmala, disparaisse pour de bon ! Ils apparaîtraient alors comme des sauveurs en proposant de redevenir la famille royale pour assurer la paix fragile au sein de la communauté des bandits.

La situation était extrêmement délicate. Le mieux que nous pouvions faire était de trouver une contre-offensive imparable. Nous nous y sommes attelés. Tout d'abord, nous avons compté les jours qui nous restaient avant l'inauguration de la pastille. Ensuite, nous avons réfléchi à un plan nous permettant de nous rendre à l'usine de bonbons et d'entrer en contact avec la personne en charge de la fabrication des moules. Il était impératif d'interrompre la production des pièces ornées du visage de Kaarlo-le-Rude, quels qu'en soient les frais ! Nous venions de lancer l'opération « Monnaie royale ».

– On va esquisser les grandes lignes, a dit Marko-les-Crocs. Ensuite, on n'a qu'à faire les choses comme on les sent, au pif : c'est ce qui donne le meilleur résultat !

– Tout ne peut pas être annulé, il leur faut une pastille, a dit Helen.

– C'est vrai, surtout qu'ils ont aussi cet anniversaire, ai-je complété. Et qu'ils ont lancé une campagne publicitaire pour tous les événements qu'ils organisent autour.

– Ce n'est pas moi qui vais pleurer cette fiesta, en tout cas, a dit Helen. Je veux arrêter ces sauvages ! Je ne veux pas rater l'inauguration, rien que pour savoir qui va venir assister à la chute de Kaarlo Filouttinen. Les Pärnänen, oui, mais qui d'autre ? Il faut que je le sache, ce seront tous mes ennemis personnels.

– Attends un peu. On va avoir une petite sœur, a dit Erik pour calmer l'ambiance. Si on s'occupait de ça, pour commencer ? C'est pas la peine de monter tout de suite sur ses grands chevaux.

– C'était pour avoir la paix, justement, qu'on a élu le nouveau Maître Bandit, ai-je dit. Est-ce qu'un jour on va réellement y parvenir ?

– On n'est pas comme les autres, nous, a dit Marko-les-Crocs avec philosophie. Les braquages, les émeutes, les prises de bec... Tout ça, ça coule dans nos veines.

J'ai pris le train de 17 heures, et je suis arrivée à la maison un peu après 21 heures. Pour une raison inexpliquée, papa et maman ne m'ont pas accueillie avec des reproches. Ils étaient assis devant la télévision, tout calmement.

– Vous en avez mis, du temps ! a dit maman. Tu veux une tartine chaude ? Heidi t'a accompagnée ? Tu peux lui en proposer une, aussi.

Saperlipopette ! C'était quoi, ça ? Qu'est-ce qui s'était passé ?

– Désolée, a dit Julia par l'embrasure de la porte de sa chambre. Je ne sais pas bien mentir. Je ne savais pas quoi leur dire pour qu'ils ne posent pas de questions. Du coup, je leur ai dit que tu t'es trouvée une nouvelle meilleure amie. Elle est dans ta classe, elle s'appelle Heidi, et son père est député.

Il m'a fallu une semaine pour faire oublier la petite Heidi à mes parents. À chaque sonnerie de téléphone, maman prenait un air mystérieux : « C'est peut-être pour toi... » Et dire qu'au printemps, on m'avait carrément interdit de décrocher ! Papa s'était mis en tête que je planifiais une nouvelle fugue. Ce en quoi il n'avait pas tort, mais ce n'est pas le propos ici.

Quelques jours après la rentrée, Helen m'a envoyé un message très optimiste via le site *Robber-H*.

La petite Tinka est arrivée. 48 cm, 3 kg 500, et une voix de 90 décibels, au minimum. En pièce jointe, une photo, prise ce matin par Elina.

L'opération « Monnaie royale » va se concrétiser la semaine prochaine. Un immense merci pour toutes les infos que tu as envoyées, elles nous seront bien utiles ! Et ne t'inquiète pas, on va se débrouiller, on a une arme secrète. À très bientôt pour l'inauguration !

–H–

Je me suis sentie complètement exclue. J'avais du mal à accepter que les Filouttinen projettent de s'introduire dans l'usine sans moi. Je me demandais si elle était surveillée, et si ce ne serait pas trop dangereux. Il faudrait peut-être éviter des tirs à balles réelles... Je me doutais bien que je ne serais guère utile pour une opération d'une telle ampleur. Mais je me faisais un sang d'encre !

Chapitre 47

Où l'on découvre l'arme secrète des Filouttinen

J'avais fait la première partie du trajet en train, puis Elina était venue me prendre en voiture de location à la gare la plus proche. Rayonnante, passant sans cesse la main dans ses cheveux, elle m'avait raconté le succès de sa visite à l'école d'Erik. Elle avait parlé aux élèves de son métier d'écrivain et de ses secrets pour entretenir le suspense. Un suspense tel que ses lecteurs en passaient des nuits blanches ! Par contre, elle avait refusé de révéler son pseudonyme. Dérouté par ses révélations sur le suspense, son public l'avait prise pour une auteure de polars.

Nous arrivions au parking de l'usine d'Orkola. Un orchestre jouait dans la cour de l'usine. Un vrai orchestre d'harmonie comme autrefois, avec une grosse caisse et un tuba, et des musiciens en uniforme. Plus exactement, ils portaient tous une écharpe : le temps de ce mois d'octobre laissait à désirer... De la neige fondue tombait à l'horizontale, droit sur le visage des convives de la fête ! On avait beau être en train d'inaugurer la pastille à la réglisse en l'honneur du banditisme de grand chemin, l'été et la grande réunion annuelle n'étaient plus qu'un lointain souvenir !

Le maire a prononcé un discours solennel et on ne peut plus ennuyeux, puis il a félicité d'une poignée de main le directeur de l'usine d'Orkola, qui n'était autre que l'oncle Brave Citoyen de Tiina Pärnänen. La miss Pärnänen, elle, se tenait à côté de lui, un large sourire aux lèvres, et le pauvre maire, ne sachant pas quoi faire, a fini par lui serrer la main à elle aussi. Tim et Ben Pärnänen se tenaient un peu plus loin. C'était drôle de les voir habillés avec leurs vêtements civils : pour les deux hommes, des imperméables froissés, et pour Ben, en plus, un vieux bonnet déformé. Ce dernier tenait par la main une jeune femme grande et blonde que je ne connaissais pas. Les cheveux mouillés de Tiina Pärnänen étaient plaqués contre son crâne, et même son maquillage avait commencé à couler. Pour garder en tête que c'étaient de dangereux bandits, je m'efforçais de les imaginer avec leurs gilets « P » !

Dans la cour de l'usine, une grande bâche couvrait un modèle grand format de la pièce à la réglisse. Il faisait un mètre et demi de diamètre ! Le maire était invité à soulever la bâche pendant que l'orchestre jouerait une marche.

J'avais imaginé que Hilda resterait à la maison avec le bébé pendant la cérémonie. À ma grande surprise, je l'ai vue sortir de la camionnette, customisée pour l'occasion en camion de fleuriste, avec un porte-bébé sur le ventre. Kaarlo-le-Rude a caressé tendrement le bébé sur le front.

– Je te présente Tinka Filouttinen, a dit Hilda, toute fière, en rabattant le haut du porte-bébé.

J'ai vu le visage d'un bébé qui dormait, les joues rosies par le sommeil.

– Sympa, ai-je dit sans trop d'enthousiasme. Elle est très mignonne.

– C'est une tueuse, tu vas voir ! a dit Helen avec un clin d'œil.

– La tétine, elle est où ? répétait Marko-les-Crocs. Saperlipopette ! Je suis sûr de l'avoir vue quelque part...

Il avait l'air hystérique, voire complètement cinglé, en fouillant ainsi sous les banquettes.

– Elle l'a dans la bouche, tout va bien, a dit Hilda.

Marko-les-Crocs a poussé un soupir de soulagement qui s'est terminé par un sifflement, tel un ballon qui se dégonfle.

– L'équilibre de la terreur, a-t-il murmuré en passant à côté de moi. C'est peut-être un drôle d'équilibre, mais quelle efficacité !

Je me suis approchée de Helen. Je voulais avoir les détails du déroulement de l'opération « Monnaie royale ». Elle m'avait envoyé un message via *Robber-H*, mais s'était contentée du strict minimum :

L'opération a été un grand succès. Nous avons pris en otage le fabricant du moule et nous l'avons menacé avec des comprimés de chrome – ce sont des comprimés qui coupent toute envie de sucré. C'était une vraie menace, quand on sait que les employés de l'usine bénéficient d'un avantage en nature sous forme de bonbons !

– Comment ça s'est passé ? ai-je demandé. Est-ce que l'ingénieur a accepté de fabriquer un nouveau moule ? Avez-vous détruit le moule original ? Et les premiers moulages, où sont-ils passés ? Est-ce que l'ingénieur a essayé d'appeler à l'aide ? Et les autres employés, vous en avez fait quoi ?

– Disons qu'on ne leur a pas vraiment laissé le choix. On s'est servis de notre arme secrète. Elle est d'une efficacité incroyable avec ses effets à long terme.

Je languissais d'en savoir plus.

– Mais c'est pas possible de me laisser comme ça, dans le flou ! me suis-je écriée, tentant de lui faire un croche-pied.

Helen a évité mon pied d'un bond, puis elle a poussé un ACAR : elle avait compris que j'essayais de l'énerver pour qu'elle crache le morceau !

– Tu vas tout savoir, a-t-elle dit. Je parie un kilo de pièces du Rude que nous aurons encore besoin de notre arme secrète aujourd'hui, pour pouvoir sortir d'ici.

– « Pièces du Rude » ? me suis-je étonnée.

– Pièces de Kaarlo-le-Rude, m'a-t-elle éclairée. Eh oui ! Les bandits adorent les raccourcis !

Le maire se réchauffait les mains. Le chef d'orchestre avait levé sa baguette pour lancer la marche de bienvenue.

– C'est vraiment dingue d'être ici, a dit Helen. Il n'y a que les Filouttinen pour mettre le pied dans un nid de vipères tout en fredonnant ! D'ailleurs, tu veux que je fredonne pour de vrai ?

– Eh bien, vas-y, ai-je dit non sans une certaine rancœur, en sachant que Helen détestait chanter. Ton groupe est déjà en place !

– Même pas en rêve, a dit Helen en riant. Je ne retenterai pas l'expérience une seconde fois.

L'orchestre a commencé à jouer.

– Tu vois d'autres bandits ? m'a demandé Elina à mi-voix, alors que nous observions le public rassemblé dans la cour de l'usine. Je veux dire, autres que les Pärnänen.

J'ai secoué la tête. Je cherchais des visages familiers, des voix que j'aurais déjà entendues. Mais il n'y avait aucun Hurmala dans mon champ de vision.

– On peut donc oublier la théorie du complot, a dit Elina, déçue. Je dois avouer que je l'aimais bien. Ça aurait pimenté l'intrigue. Tout le monde connaît déjà les Pärnänen et leur sournoiserie.

– Au fait, juste un truc... Je peux te demander de me griffonner vite fait un autographe ? ai-je dit, un peu gênée. Derrière un ticket de caisse, par exemple.

– C'est pour toi ? m'a-t-elle taquinée en cherchant un bout de papier dans son portefeuille. Pour ton père ? Pour te racheter ?

– Non, pour ma sœur. Tu n'as qu'à écrire « Pour Julia », ai-je dit.

À ce moment précis, j'ai reconnu un visage dans la foule. « À Julia, joliment prénommée », a-t-elle écrit, sans s'apercevoir que je m'étais raidie.

La grande blonde qui se tenait à côté de Ben Pärnänen n'était autre que Julia Järnström, la sous-chef des Poignards Volants, coiffée d'une perruque. Les Pärnänen s'étaient alliés avec une nouvelle bande depuis cet été. La théorie du complot tenait la route, en fin de compte !

– Le moment tant attendu est enfin arrivé, a annoncé Tiina Pärnänen d'une voix faible malgré le micro. L'inauguration de cette année de festivités... Après les pirates, on passe la main aux bandits de grand chemin. Voici pour vous la pastille à la réglisse la plus savoureuse de l'année, la pièce de Kaarlo-le-Rude ! En vente dans tous les supermarchés dès demain matin !

Les représentants des journaux locaux préparaient leurs appareils photo. Les Pärnänen levaient leurs têtes, Tête d'Œuf affichant un air encore plus suffisant que d'habitude. Ils pensaient tous que le lancement de la pastille marquerait la fin des Filouttinen. Je me suis alors demandé quel effet ça nous aurait fait de ne comprendre qu'à ce moment-là que nous nous étions fait piéger.

Le vieux maire s'est avancé en titubant jusqu'à la bâche, puis il a tiré sur la corde. La bâche est tombée, dévoilant le modèle géant de la pièce. Le long du bord inférieur, il était bien inscrit « Kaarlo-le-Rude », mais avec des caractères tellement tarabiscotés que c'en était illisible. Le concepteur avait dû étudier tous les ouvrages de numismatique imaginables pour les trouver ! Je m'y connaissais un peu grâce à mon père. Et à mon avis, Helen aussi, maintenant...

Ensuite, il y avait le portrait.

Tim Pärnänen a été le premier à crier.

– Mais ça ne lui ressemble pas ! Ce satané portrait est méconnaissable !

Tiina Pärnänen a rejoint son mari à grands pas, lui fermant la bouche avec sa paume.

Ensuite, ce fut le tour de Julia Järnström de perdre son sang-froid :

– C'est quoi, ça ? On s'est encore fait avoir ! Ce n'est rien d'autre qu'un pauvre bonbon !

Elle a soufflé dans le sifflet qu'elle portait sous son pull en laine. Des membres des Poignards qui se cachaient derrière les bâtiments voisins se sont précipités vers nous à grandes enjambées. Quelques voitures ont surgi en fanfare. À l'évidence, Julia Järnström avait prévu un plan B qui lui permettrait d'écraser les Filouttinen quoi qu'il advienne.

– Prends ça, m'a dit Helen en me tendant une paire de boules Quies.

Elles avaient l'air bien sophistiquées. Rien à voir avec celles qu'on trouve dans les pharmacies. De la silicone, sûrement modelée par des ingénieurs en astronautique !

– Elles vont adoucir les pires fréquences. Autrement dit, tu seras en sécurité. Répète-toi que ça va t'aider ! a-t-elle dit.

Toute la famille Filouttinen a mis les boules Quies, y compris Kaarlo, Hilda et Elina. Les officiers des Poignards approchaient à grands pas : ils étaient déjà presque arrivés à notre niveau.

– Tétine ! a crié Kaarlo-le-Rude.

C'était le signe.

Hilda a alors retiré la tétine de la bouche de Tinka. Immédiatement, sa lèvre inférieure est tombée de surprise (je l'ai presque entendue !). Le petit visage s'est assombri, puis Tinka a respiré un bon coup et a poussé un hurlement !

Mes genoux se sont dérobés sous moi. Le cri était pétrifiant. Je me sentais complètement paniquée. *Obéissez-moi*, semblait-il dire. *Faites tout ce que je veux*. Dire qu'en réalité, ce n'étaient que des pleurs de bébé ! Des pleurs qui semblaient pourtant mille fois amplifiés ! J'ai vu des gens se jeter à terre en hurlant. Le maire s'agitait sur le dos, comme s'il avait eu une crise cardiaque. Replié sur lui-même, Tête d'Œuf faisait des grimaces, et Julia Järnström pleurait. Même les membres les plus endurcis des Poignards s'étaient recroquevillés. Quand Hilda est passée à côté d'eux avec Tinka dans ses bras, ils se sont protégé les oreilles, se mettant à gémir.

Helen essayait de me dire quelque chose en riant. Elle a dû répéter sa phrase plusieurs fois avant que j'arrive à la lire sur ses lèvres :

– L'arme de destruction massive !

Sans presser le pas, nous nous sommes mis en route vers la camionnette. Quelle arme parfaite ! Et quel bébé parfait pour les Filouttinen ! Quel atout pour réaliser de futurs coups de maître !

Nous avons quitté l'usine d'Orkola, laissant derrière nous un troupeau de gens recroquevillés, et une pastille à la réglisse d'un mètre et demi sur laquelle était inscrit le nom de Kaarlo-le-Rude sous l'immense bouille de Tinka Filouttinen !

Post-scriptum

Où Liisa déguste des pièces du Rude, et où le roi tend la main

Assise sur mon lit, je fixais avec réticence mes livres de mathématiques posés sur le bureau. Je venais de rentrer de l'inauguration. Une boîte de pièces du Rude, joliment emballée avec un ruban, pointait de mon sac à dos. C'était ça, ma vie, désormais. Des moments exceptionnels, suivis de retours difficiles à un quotidien ennuyeux où il ne se passait jamais rien. J'ai ouvert la boîte pour prendre un bonbon. La délicieuse amertume de la réglisse salée emplissait ma bouche, de haut en bas, de droite à gauche, chatouillant délicieusement la gorge à son passage. Marko-les-Crocs ne se trompait décidément jamais quand il s'agissait de bonbons !

D'une humeur massacrante, j'ai saisi ma coupe cabossée, posée sur ma table de chevet, pour la caresser. J'essayais de me consoler en me disant que j'étais quand même la championne du Bluff de cette année. J'avais combattu plusieurs adversaires redoutables. Et quoi qu'il advienne, je serais au rendez-vous pour défendre mon titre l'année prochaine.

Je pensais à mes deux étés avec les bandits. Ils avaient changé ma vie. Je me demandais ce qui m'arriverait si, pour une raison ou pour une autre, je ne revoyais plus jamais les Filouttinen, si le joyeux « ciao » échangé après notre fuite de l'usine était le dernier. Prise d'angoisse à cette idée, j'ai serré le pied de la coupe très fort. À mon grand étonnement, j'ai entendu un « clic », et le pied en bois s'est ouvert, dévoilant une sorte de petite trappe. Je me suis relevée d'un bond pour l'entrouvrir de mes mains tremblantes. J'ai découvert un bout de papier enroulé sur lequel était inscrit, avec une écriture ancienne, et à l'encre rousse :

Mes meilleures salutations et une bonne poignée de main à ce Victorieux Représentant des Bandits des temps futurs !

Je trouve que les aptitudes requises pour l'épreuve du Bluff sont de loin les plus importantes dans le cheminement professionnel d'un bandit. En cas de nécessité, elles permettent de dissimuler cette activité, difficile mais brave, que certains appellent le « banditisme ».

Pour cette raison, je te confie la tâche de veiller sur l'endroit où repose le premier tome de mon guide si controversé. Quant au second tome, je le confierai à un parent en partance pour l'Amérique pour qu'il le mette en sécurité dans notre coffre de famille.

Que la réunion de ces deux tomes donne beaucoup de peine à celui qui s'y attellera, de même que beaucoup de joie à celui qui finira par la mener à bien.

L'an du Seigneur 1898
Helmeri Wihta-Wainio

Derrière ce vieux papier poreux, j'ai trouvé une carte, et quelques mots écrits d'une écriture si minuscule qu'il m'aurait fallu une loupe pour les lire. Où avais-je donc mis la mienne ?

J'ai attrapé une deuxième pastille « pièce du Rude », me délectant de cette découverte : l'aventure ne faisait en fait que commencer !

Table des matières

Née en 1972 en Finlande, **Siri Kolu** est l'aînée d'une famille nombreuse. Avant tout femme de théâtre, c'est aussi une grande lectrice, qui aime tout particulièrement la littérature française (Baudelaire, Dumas, Georges Perec...).

Mariée et mère de deux enfants, Siri Kolu vit au nord de Helsinki, dans un magnifique chalet, au cœur de cette nature scandinave qu'elle dépeint si bien.

Elle s'est lancée dans l'écriture de romans en 2010 avec la série *Les Filouttinen* (*Me Rosvolat* en finnois), qui a d'emblée reçu un succès spectaculaire. Traduites dans plus de 17 langues, récompensées par de nombreux prix, les aventures de cette famille de bandits font également l'objet d'une adaptation cinématographique.

D'autres romans à découvrir chez Didier Jeunesse

Les Filouttinen (tome 1, 256 p.)
Siri Kolu

Tout remonte à l'été dernier. Quand on m'a kidnappée. Un kidnapping qui ne pouvait pas mieux tomber ! Les vacances étaient tellement mal parties... Il y avait bien eu un projet de rando à vélo, mais à cause d'une pauvre petite bruine, nous avions dû rester à la maison. Puis il avait été question d'aller camper, mais comme d'habitude, papa avait été retenu à cause de son travail, et nous n'étions pas partis. Lui, c'est un vrai champion pour nous organiser des vacances hors du commun – sans jamais nous demander notre avis à nous, ses filles. De toute manière, tout tombe toujours à l'eau. Ça fait belle lurette que je ne crois plus à ses promesses !

Le Grillon. Récit d'un enfant pirate (144 p.)
Tristan Koëgel

Il faut que je m'explique. C'est ce qu'ils veulent, je crois. Il faut que je m'explique, que je raconte. Tout. Et j'ai pas tellement envie. Ils veulent que je leur dise pourquoi je lui ai cassé la gueule, à Abdel. Mais j'en sais rien. C'est mon ami, Abdel. Je sais pas quoi leur raconter. Je sais pas quoi dire, voilà, c'est tout. Mais je vais être obligé... Je me suis mis en colère ; c'est sûr que quand on me met en pétard... Il l'a fait exprès aussi, Abdel, exprès de me contrarier, exprès de m'énerver. Il le sait pas, peut-être, que j'aime pas les pirates ! Enfin, ses pirates à lui, avec des gros anneaux dans les oreilles et des têtes de mort sur leur chapeau...

Le Cœur en braille (304 p.)

Pascal Ruter

Le réveil a sonné et aussitôt après j'ai entendu papa qui montait l'escalier. Il a ouvert en grand la porte de ma chambre.
– Allez, debout, c'est le grand jour !
Il m'a secoué un peu dans le lit.
– Dépêche-toi, tu vas être en retard !
Il est redescendu, bourré d'énergie. Avec les vacances, j'avais vraiment perdu l'habitude des précipitations scolaires et ce matin, rentrée ou non, j'avais du brouillard jusqu'au fond du cerveau. J'entendais papa qui s'affairait en bas pour préparer les petits déjeuners en faisant des bruits familiers qui me berçaient. J'étais prêt à replonger la tête la première dans le sommeil, quand il a hurlé :
– Tu vas te lever, ou faut commander une grue ?

Du même auteur : **Du Bonheur à l'envers**
et **L'Amour au subjonctif**

La trilogie SUBLUTETIA

La Révolte de Hutan (tome 1, 288 p.)

Eric Senabre

Nathan et Keren ne pouvaient détacher leur regard de ce ciel improbable, ce fragment d'infini mystérieusement emprisonné dans le ventre de la capitale. Après des heures de fuite dans des dédales obscurs, ce bain de lumière était pour eux bien plus qu'un repas copieux ou une boisson fraîche – dont ils mouraient pourtant d'envie. Sans même s'en rendre compte, Keren serra un peu plus fort la main de Nathan. Ils n'avaient fait que descendre, toujours plus profondément : comment le ciel pouvait-il être au-dessus de leur tête ?

Également disponibles :

Tome 2 : **Le Dernier Secret de maître Houdin**

Tome 3 : **Le Ventre de Londres**

La série JONAH

Les Sentinelles (tome 1, 448 p.)

Taï-Marc Le Thanh

Jonah était né sans mains.
Lorsqu'il sortit du ventre de sa mère, la sage-femme constata cette terrible malformation, mais sous le coup de la surprise, elle ne put émettre qu'un petit :
– Oh !
Elle ajouta aussitôt :
– Quel beau bébé !
Et elle le posa délicatement sur la poitrine de la mère, qui, respirant avec difficulté, murmura :
– Mon petit Jonah.
L'enfant restait muet. La sage-femme, Miss Atterton, car tel était son nom, fronça les sourcils. Un enfant qui ne pousse aucun cri à sa naissance ne peut que présager de terribles augures, qui plus est quand il naît sans mains. Elle se signa rapidement et tapota doucement le dos du bébé, en attendant le cri qui permettrait aux poumons du nouveau-né d'acquérir leur fonction respiratoire. Elle tendit l'oreille et crut déceler un faible souffle. C'était la première fois qu'elle se trouvait confrontée à un phénomène aussi inexplicable. Elle quitta prestement la pièce.
– Mon petit Jonah, répéta la mère.

Également disponibles :
Tome 2 : **Le Retour du Sept**
Tome 3 : **La Balade d'Adam et Véra**

Rendez-vous sur www.jonahlelivre.com pour retrouver l'univers de la série.

La trilogie LES MONDES DE L'ALLIANCE

L'Ombre blanche (tome 1, 256 p.)

David Moitet

Depuis près d'un an, la vingt-sixième heure de la journée était le moment que Nato préférait. L'heure où chaque soir, sa sœur jumelle, Jade, déboulait dans sa chambre…
Nato se remémora avec un sourire ce jour béni où ils avaient reçu le paquet mystérieux, le soir de leur anniversaire. Ils s'étaient longuement demandé qui en était

l'expéditeur. Une fois le colis ouvert, ils avaient découvert, perplexes, une drôle de clé. Elle était accompagnée de quelques mots : « Chambre 29. Armoire ».
Nato occupait justement cette chambre depuis son arrivée à l'Académie, mais ne s'était jamais intéressé à cette fameuse armoire, d'une banalité qui n'avait rien à envier au reste du mobilier. Mais ce jour-là, cet amas de métal usé par le temps avait pris une autre dimension. Presque religieusement, les jumeaux l'avaient ouverte, puis vidée, sans rien découvrir. Jusqu'à ce qu'ils aient l'idée de regarder derrière...

Titre original : *Me Rosvolat ja konnakaraoke*
Éditeur original : Otava, Helsinki, 2011

Ouvrage publié avec le concours de FILI – Finnish Literature Exchange

8, rue d'Assas – 75006 Paris
www.didierjeunesse.com
Graphisme : Laurent Batard
Composition, mise en pages et photogravure : IGS-CP (16)
ISBN : 978-2-278-05940-9 • Dépôt légal : 5940/01
N° d'impression : 1401787
Loi n° 49-956 du 16 juillet 1949 sur les publications destinées à la jeunesse

Achevé d'imprimer en France en mai 2014 chez Normandie Roto Impression s.a.s,
imprimeur labellisé Imprim'Vert, sur papier composé de fibres naturelles renouvelables,
recyclables, fabriquées à partir de bois issus de forêts gérées durablement.